Stille Nacht, heilige Nacht,
morgen wirst du umgebracht

Wenn sich Weihnachten von seiner dunklen Seite zeigt, wenn das Festtagsessen zum Leichenschmaus wird und wenn böse Überraschungen in den bunt verpackten Geschenken lauern, dann wird es höchste Zeit, sich vorzubereiten auf ein Fest der anderen, der besonderen Art.

Die hier zusammengestellten weihnachtlichen Kurzkrimis stimmen ein auf ein mordsmäßig spannendes Weihnachtsfest. Auf dem Papier rauben und morden für Sie:

Jussi Adler-Olsen, Dani Baker, Dietmar Bittrich, Charlotte Charonne, Marlies Ferber, Randi Fuglehaug, Frank Goldammer, Romy Hausmann, Ulrich Hefner, Dora Heldt, Rebecca Michéle, Jutta Profijt, Anne B. Ragde und Ursula Schröder.

Karoline Adler ist Lektorin in einem großen Münchner Verlag und Herausgeberin diverser Anthologien. Der 24. Dezember ist auch bei ihr turbulent, denn sie feiert an dem Tag doppelt: Weihnachten und ihren Geburtstag.

Stille NACHT, heilige Nacht, MORGEN WIRST DU umgebracht

Weihnachtskrimis

Zusammengestellt
von Karoline Adler

dtv

Originalausgabe 2022
© 2022 dtv Verlagsgesellschaft mbH & Co. KG, München
Alle Rechte vorbehalten
(siehe Quellenhinweise S. 251 ff.)
Umschlaggestaltung: dtv unter Verwendung eines Bildes von Gerhard Glück
Satz: Uhl + Massopust, Aalen
Gesetzt aus der Minion Pro
Druck und Bindung: Druckerei C.H.Beck, Nördlingen
Printed in Germany · ISBN 978-3-423-22035-4

INHALT

Dora Heldt
Geld oder Lebkuchen 7

Anne B. Ragde
Eine Pistole mehr oder weniger 17

Dietmar Bittrich
Festliche Schussfahrt 26

Jussi Adler-Olsen
Kredit für den Weihnachtsmann 35

Marlies Ferber
Null-null-siebzig: Operation Dottie 44

Randi Fuglehaug
Wer will Weihnachten schon auf die Lofoten? 65

Romy Hausmann
Merry Misery 76

Frank Goldammer
Der Weihnachtsmann ist tot –
es lebe der Weihnachtsmann 88

Ulrich Hefner
Requiem für den Nikolaus   113

Rebecca Michéle
Plumpudding mit Schuss oder Ein fast perfekter Mord   151

Ursula Schröder
Perfektes Timing   176

Dani Baker
The same procedure as every year   198

Charlotte Charonne
Mandeln und Marzipanwölkchen   211

Jutta Profijt
Stille Nacht   235

Die Autorinnen und Autoren   251

DORA HELDT

Geld oder Lebkuchen

»Ich bin dann weg.« Ernst stand schon an der Haustür und warf einen nervösen Blick auf die Uhr. »Bis später.«

»Ernst, warte mal«, plötzlich stand Gudrun vor ihm. »Du musst mir noch ganz schnell einen Gefallen tun.«

»Mach ich nachher«, mit dem Türgriff in der Hand drehte er sich noch kurz um. »Ich muss los, Hella wartet.«

»Sie kann fünf Minuten länger warten.« Verwundert sah sie an ihm runter. »Hast du das Werkzeug schon im Auto?«

»Welches Werkzeug?«

»Für die Waschmaschine? Die immer noch nicht geht?« Gudrun sah ihn fragend an. »Du fährst doch wieder zu Hella?«

»Ja, ja«, Ernst nickte heftig. »Das ist schon im Auto. Also, dann …« Seine Hand ging wieder zur Tür, Gudrun schüttelte bestimmt den Kopf.

»Du musst eben mal schnell was für mich fotografieren. Es ist wichtig. Komm mal bitte mit.« Sein Aufstöhnen ignorierend zog sie ihn unerbittlich mit sich. Im Wohnzimmer blieb sie stehen und zeigte auf den ausgezogenen Esstisch. »Alle einzeln bitte.«

»Was zum …«, verblüfft trat Ernst näher und betrachtete die Gegenstände, die Gudrun auf dem Tisch drapiert hatte. Sechs Handtaschen, zwei Bodenvasen, eine Brotbackmaschine, ein Schnellkochtopf, ein komplettes Kaffeeservice mit Goldrand, eine original verpackte Waage und ein Radiowecker. Vor jedem Gegenstand lag ein Zettel mit einer Zahl darauf. Langsam drehte Ernst sich um. »Was soll das?«

»Das soll verkauft werden«, triumphierend lächelte Gudrun ihn an. »Ich habe mit Mats telefoniert und unser geschäftstüchtiger Enkel hat mich auf diese Idee gebracht. Er verkauft für mich dieses ganze Zeug bei eBay. Und das Geld geht in unsere Spendenkasse. Dafür verzichtet Mats auch auf eine Provision. Du musst die Sachen nur fotografieren, mit meinem Handy kann ich das ja nicht, und nachher an Mats schicken. Damit er loslegen kann. Also, fang an.«

»Ach, Gudrun, kann ich das nicht auch nachher …«

»Nein.« Sie stellte sich in die Tür und verschränkte die Arme vor der Brust. »Jetzt. Mats will das in den nächsten Tagen machen und wir brauchen das Geld.«

»Wo bleibst du denn?« Noch bevor Ernst klingeln konnte, hatte Hella schon die Haustür aufgerissen und zeigte demonstrativ auf ihre Uhr. »Wir haben elf gesagt, jetzt ist es zwanzig nach und du musst dich noch umziehen. Mach zu, sonst ist gleich Mittagspause.«

»Gudrun wollte noch was.« Im Vorbeigehen zog Ernst schon den Reißverschluss seiner Jacke auf und sah Hella hektisch an. »Ist es nicht schon zu spät?«

Sie schob ihn energisch ins Wohnzimmer. »Nein, nicht, wenn du dich jetzt ein bisschen beeilst. Schnell, Jacke aus, Bauch umschnallen, Mantel an. Ich hole dir den Bart und die Mütze.«

Als Hella zurückkam, mühte sich Ernst noch mit dem Schaumstoff ab. Sie verdrehte die Augen. »In die Mitte, mein Gott, du hast es doch gestern auch geschafft, lass mich mal.«

Während er mit hängenden Armen vor ihr stand, schob sie den Schaumstoffbauch in die richtige Position und half ihm anschließend in den Mantel. Dann stülpte sie ihm die Mütze auf den Kopf, reichte ihm den Bart und sah wieder auf die Uhr. »Es ist halb. Der Rucksack und die Knarre liegen schon im Auto, mach den Bart fest, nimm die Sonnenbrille und dann los.«

»Hella, meinst du nicht, dass wir das auch morgen …«

»Spinnst du?« Sie hatte schon ihre Jacke an und griff nach den Autoschlüsseln. »Minna und Gudrun müssen nächste Woche anfangen, die Geschenke zu kaufen. Und ich habe Minna gesagt, dass wir genug Spenden eintreiben und ihnen das Geld bringen. Wir können nicht mehr warten. Sitzt der Text noch?«

»Natürlich.« Ernst fühlte sich ein bisschen unter Druck gesetzt, Hella hatte so einen Kommandoton an sich, der ihm nicht besonders gut gefiel. »Du kannst aber auch anders mit mir reden. Immerhin ist es meine Idee gewesen.«

»Ja, ja«, Hella hielt ihm die Haustür auf und deutete mit dem Kopf in den Flur, »wenn wir Zeit haben. Dann singe ich auch wieder Lobeshymnen. Nur jetzt, mein Lieber«, sie schob ihn mit Nachdruck in den Flur, »nur jetzt überfallen wir erst mal die Bank.«

»Pst«, entsetzt sah Ernst sich um. »Wenn uns jemand hört.«

Hella drehte den Schlüssel um, zog ihn raus und lächelte ihn an. »Du bist der Weihnachtsmann, das glaubt uns doch kein Mensch.«

»11:45 Uhr.« Hella rollte langsam auf den Parkplatz vor der Bank und warf Ernst einen Seitenblick zu. »Bereit?«

Er zuckte zusammen, als sie schwungvoll die Handbremse anzog, ohne den Motor abzustellen. Er wischte sich ein paar Schweißtropfen von der Stirn. »Bereit«, presste er heraus und versuchte, sich an das entschlossene Gefühl von gestern zu erinnern. Da war er irgendwie sicherer gewesen.

»Rucksack?«

Er nickte.

»Knarre?«

Er nickte wieder.

»Text?«

»Ach, jetzt ist gut, Hella.« Unwirsch kontrollierte er die Position des Revolvers. »Du machst mich ganz nervös. Ich gehe da jetzt rein.«

Er hob den Rucksack vom Fußraum auf den Schoß und schob sich einen Riemen über die Schulter. Dann nickte er. Und schluckte. Und sah Hella an. Die sah zurück.

»Los.« Sie nickte ihm aufmunternd zu. »Gentleman-Räuber. Du rockst das Ding.«

Ernst schloss kurz die Augen und konzentrierte sich.

Dies ist ein Überfall. Machen Sie, was ich sage, dann passiert Ihnen nichts. Und nun das Geld her. Dies ist ein Überfall. Machen Sie, was ich sage, dann passiert Ihnen nichts. Und nun das Geld her. Dies ist ein Überfall. Machen Sie, was ich sage, dann passiert Ihnen nichts. Und nun das Geld her.

Der Text saß. Der Revolver auch. Mit einem Griff rückte er Mütze und Sonnenbrille zurecht, dann atmete er tief durch und öffnete die Autotür. Hella sah ihm aufgeregt nach und biss sich dabei auf die Faust.

Vor der Eingangstür hielt Ernst kurz inne, dann hob er kämpferisch das Kinn und stieß die Tür auf. Mit entschlossenen Schritten ging er auf die Glastür zu, die sich jetzt automatisch öffnete. Der leere Schalterraum lag still vor ihm, irritiert sah er sich um, im selben Moment tauchte Martinas Kopf hinter dem Schalter auf, den Blick von ihm abgewandt, hatte sie sich gerade aufgerichtet. Es waren nur wenige Schritte zum Kassentresen, mit dem letzten Schritt legten seine Finger sich schon um den Griff des Revolvers. Schon stand er vor ihr. Aber Martina sah noch nicht mal hoch, sie bewegte stumm ihre Lippen und starrte gebannt auf den Bildschirm. Als wäre Ernst gar nicht anwesend. Er räusperte sich. Martina reagierte nicht. Jetzt musste er handeln. Entschlossen zog er den Revolver aus der Tasche und richtete ihn auf die Scheibe.

»Kleinen Moment«, sagte Martina, ohne den Kopf zu heben, unsicher ließ Ernst die Waffe wieder sinken. Auf dem Tresen stand ein bunter Teller, auf einer Papiermanschette lagen Schokolebkuchen für die Kunden. Ernst atmete tief ein und wieder aus, eine leichte Ungeduld stieg in ihm hoch. Wieso merkte Martina nicht, dass sie gerade überfallen wurde?

Hella wartete mit laufendem Motor im Fluchtwagen, den Blick abwechselnd auf den Rückspiegel und den Eingang der Bank gerichtet. Glücklicherweise schien das ganze Dorf wie ausgestorben, es schneite leicht, es war kalt, wettermäßig also ideale Bedingungen für einen Banküberfall. Es war niemand auf der Straße, es gab keine Zeugen, es sah nach einem hervorragenden Plan aus. In Gedanken versunken stellte Hella das Radio an, mitten in einem alten Schlager, sofort fiel ihr der Text wieder ein. Und dass sie damals in einem Lokal namens *Ziegenstall* zu dieser Musik geschwoft hatte. Schlagartig hob sich ihre Stimmung, was waren das für lustige Zeiten gewesen. Sie richtete den Rückspiegel so aus, dass sie sich darin sehen konnte, und sang mit Inbrunst den Refrain. »Darf ich bitten zum Tango um Mitternacht, dum, dum, hab ich sie gefragt, sie hat ja gesagt …«

Es war lange her, den *Ziegenstall* gab es nicht mehr, aber Hella sah eigentlich immer noch sehr gut aus. Zufrieden stellte sie den Spiegel wieder in die richtige Position und sah nach vorn, genau in dem Moment, als die Eingangstür der Bank hinter der alten Frau Berg und ihrem Rollator zuschlug. Ihr Atem stockte. Ihr Herzschlag setzte fast aus, Hella sah sich hektisch um, fieberhaft überlegte sie, was sie jetzt tun sollte. Wieso um alles in der Welt marschierte die alte, schwerhörige Alma Berg ausgerechnet jetzt in die Bank? Die gerade von Ernst überfallen wurde.

Ernst atmete ungeduldig ein letztes Mal durch, dann richtete er die Waffe plötzlich auf die Scheibe, ein lautes Klong war zu hören, er hatte den Abstand unterschätzt. Martina sah hoch, genau in den Lauf.

»Bitte schön?«

Das hatte sie noch nie gesagt, noch nie, warum machte sie das jetzt? Ernst spürte, wie sich seine Entschlossenheit in Luft auflöste, ihm wurde warm, nervös versuchte er, sich an die erste Zeile seines Textes zu erinnern, wie hatte er denn bloß angefangen? Er wedelte ein bisschen mit der Waffe, sein Mund war plötzlich ganz trocken, während Martina ihn unbewegt anstarrte und wartete.

»Moin, moin«, eine sehr laute, knarzige Frauenstimme ließ ihn herumfahren. Der Lauf des Revolvers war jetzt auf Alma Berg gerichtet, die mit beschlagenen Brillengläsern ihren Rollator in einem Mordstempo genau auf ihn zuschob. »Oh, wenn das mal nicht der Weihnachtsmann ist«, schrie sie begeistert und rammte ihm den Rollator gegen sein Schienbein. »Ich kann ein Gedicht aufsagen. Willst du, dass ich ein Gedicht aufsage?«

Sie ging ihm vielleicht bis zur Brust, klammerte sich plötzlich an seinem Ärmel fest und brüllte: »Lieber, guter Weihnachtsmann, schau mich nicht so böse an, packe deine Rute ein, ich will auch immer artig sein. Und? Wie war ich?«

Ernst merkte, dass er den Revolver immer noch auf sie gerichtet hatte, schnell ließ er ihn sinken. Alma Berg war über neunzig, etwas verrückt, ziemlich schwerhörig und mit diesen beschlagenen Brillengläsern im Moment auch noch blind. Aber sehr gut gelaunt. »Wie war ich?«, wiederholte sie jetzt lauter und schob den Rollator ungeduldig wieder gegen sein Schienbein. »Kriege ich jetzt ein Geschenk?«

Ernst unterdrückte einen Schmerzensschrei und starrte sie an. Die Brillengläser waren immer noch beschlagen, die Arme stand hier tatsächlich wie im Nebel. Sie konnte doch kaum was sehen. Und sie störte. Sie hatte keine Ahnung, wie sehr.

»Frau Berg, was wollen Sie denn?« Martina hatte tatsächlich Nerven wie Stahl, dachte Ernst und verstärkte den Griff um seine Waffe. Er hoffte, dass er sie nicht bräuchte, andererseits musste es hier mal vorangehen.

»Habt ihr schon Kalender?«, krähte Frau Berg jetzt an ihm vorbei in Richtung Martina. »Für umsonst?«

»Die kommen nächste Woche.«

»Gut, dann komme ich wieder.« Alma Berg rangierte umständlich mit ihrem Rollator, dann marschierte sie zielstrebig zum Ausgang. »Tschüs, Weihnachtsmann.«

Ernst atmete langsam aus, schloss kurz die Augen, um sich zu konzentrieren. Martina hatte keinen Alarm geschlagen, es war noch alles möglich. Jetzt lag es an ihm. Bevor er es sich anders überlegen konnte, riss er die Waffe hoch, blickte Martina entschlossen an und rief:

»Ich …«, seine Stimme war plötzlich weg, es kam nur ein Krächzen, sein Blick irrte umher, er räusperte sich. »Geld.«

Martina hob die Augenbrauen, anscheinend verstand sie überhaupt nicht, in welcher bedrohlichen Situation sie sich gerade befand. Ernst fuchtelte gefährlich mit der Waffe herum, sie stieß gegen den bunten Teller, der ein paar Zentimeter nach links rutschte. »Geld oder … Lebkuchen«, platzte es aus ihm heraus. »Ähm … oder Leben. 2100 Euro. In kleinen Scheinen. In diesen Rucksack. Sofort. Sonst …«

Ohne hören zu wollen, was sonst wäre, zog Martina eine Schublade auf und begann, die Banknoten vorzuzählen. Als sie fertig war, schob sie den Stapel ordentlich in den Rucksack. Ernst riss ihn ihr fast aus der Hand, bevor er sich mit vorgehaltener Waffe rückwärts entfernte. Und plötzlich war sein Text wieder da. »Machen Sie, was ich sage, dann passiert Ihnen nichts«, rief er ihr zu, dann drehte er sich um und floh.

Hella hielt ihr Handy auf ihn gerichtet, erst als er die Autotür aufriss, ließ sie es sinken.

»Fahr los«, herrschte er sie an. »Schnell.«

»Alma Berg … Ich konnte nicht … Was war …«

»Fahr los!«

Hella gab Gas, kleine Steinchen knirschten unter ihren Reifen, als sie rückwärts auf die Straße schoss.

Erst als Hella vor ihrer Haustür parkte und den Motor abstellte, fragte sie gepresst: »Was war mit Alma Berg? Ich dachte, ich kriege einen Herzinfarkt, aber ich konnte nicht eingreifen.«

Ernst nahm seine Hände von den Knien, deren Zittern langsam aufhörte. »Sie wollte nur einen Kalender. Sie hat nichts gemerkt.«

»Und Martina?« Hella sah ihn mit aufgerissenen Augen an. »Hat sie … Hast du das Geld gekriegt?«

Ernst nickte.

»Und sie hat …« Hella sah ihn zögernd an. »Sie hat dich nicht erkannt?«

»Ich bin doch kein Anfänger, ich hatte genügend geprobt.« Eine große Erleichterung hatte sich über Ernst gelegt, er hatte wieder und wieder die Situation Revue passieren lassen, trotz der anfänglichen Widrigkeiten hatte er das Ding erfolgreich durchgezogen. Er war sehr zufrieden. Und so erfolgreich gewesen. Langsam nahm er die Sonnenbrille ab und schob sie in die Manteltasche. »Wir haben das Problem gelöst.« Er lächelte.

Der Bankräubermantel hing wieder in Hellas Garderobenschrank, die Mütze, der Bart und die Knarre waren wieder in einer der Hutschachteln verstaut, die Beute lag zwischen ihnen auf dem Esstisch.

»Hättest du nicht ein bisschen mehr rauben können?« Mit gerunzelter Stirn hatte Hella die Geldscheine auf kleine Häufchen gelegt. »Hatten die nicht mehr als 2100 Euro da?«

»Doch, bestimmt«, war Ernsts fröhliche Antwort. »Aber das ist das, was wir brauchen. Erinnere dich, wir haben darüber gesprochen, du hast geschätzt, dass Dietrich so 700 Euro gesammelt hat, und dann haben wir gesagt, wir bräuchten das Dreifache. Bitte, das sind genau 2100.«

»Aber mehr wäre ja auch …«, versuchte Hella einzuwenden, wurde aber sofort von Ernst unterbrochen.

»Das wäre nicht richtig gewesen«, erklärte er bestimmt. »Wir sind ja nicht kriminell und wollen uns nicht bereichern, sondern wir haben aus einer Notlage heraus gehandelt. Und so ein Problem gelöst. Fertig, aus. Jetzt musst du dir nur noch überlegen, wie du diese Summe bei Minna und Gudrun begründest, dann kann Weihnachten kommen.«

»Das ist meine leichteste Übung.« Plötzlich lächelte Hella und sah ihn an. »Wie du da rausgestürmt bist, Ernst, also, ich muss schon sagen, das war ganz großes Kino.«

»Fandst du?« Geschmeichelt legte Ernst seinen Kopf schief.

»Ja«, heftig nickend beugte Hella sich zur Seite und griff nach ihrem Handy. »Ich war sehr stolz, auch weil ich gesehen habe, was ein bisschen Schauspielunterricht doch bringt. Aber du bist in der Tat auch sehr begabt.« Sie wischte über ihr Display, während sie weiterredete. »Ich habe es aufgenommen, sozusagen als Zeugnis unserer kongenialen Zusammenarbeit. Möchtest du es mal sehen?« Sie tippte auf das Gerät und hielt es ihm hin.

Überrascht rutschte Ernst nach vorn und sah sich selbst. Ein Weihnachtsmann, der mit gezückter Waffe, leichtfüßig und gleichzeitig entschlossen, die Beute im Rucksack über der Schulter wippend, aus der Bank stürmte. Das Ziel vor Augen, die Welt ausgeblendet, Mission erledigt.

»Das ist ja toll«, sagte er sich selbst bewundernd. »Wirklich toll. Nur schade, dass wir das keinem zeigen können.«

»Ja«, Hella drückte noch mal den Pfeil zum Abspielen, beide verfolgten noch mal beeindruckt seine Performance, »wirklich schade.« Sie tippte auf dem Handy herum. »Ich schicke dir das Filmchen trotzdem. Vielleicht in ein paar Jahren, wenn Gras über die Sache gewachsen ist, kannst du es wenigstens mal Gudrun zeigen.«

»Apropos Gudrun«, sofort sprang Ernst auf. »Es ist gleich halb zwei, ich muss los.«

Während er seine Jacke anzog, warf er einen kurzen Blick aus dem Fenster und deutete nach draußen. »Falls du Martina siehst, sei nett zu ihr. Ich hoffe, dass ich sie durch den Überfall nicht traumatisiert habe.«

Hellas Blick wurde besorgt. »Meinst du? War sie so geschockt?«

»Eigentlich nicht«, Ernst zog den Reißverschluss seiner Jacke zu, »sie wirkte ganz ruhig. Aber trotzdem, man kann ja nicht hinter ihre Stirn schauen.«

»Selbstverständlich.« Hella trat vom Fenster zurück. »Also dann, wir sehen uns morgen, bei der Übergabe der Beute.«

»Spende, Hella, Spende«, korrigierte Ernst sie scharf. »Pass bloß auf, dass du dich nicht verhaspelst. Keine Fehler auf den letzten Metern.«

»Geht klar«, Hella salutierte. »Vergiss nicht, ich bin die Schauspielerin von uns beiden. Grüß Gudrun.«

ANNE B. RAGDE

Eine Pistole mehr oder weniger

Irgendwann kommt immer der Punkt, wo man einfach keinen Nerv mehr hat. Ich will auch ein Leben haben, zum Henker! Warum können immer nur die anderen ans Mittelmeer fahren und sich jeden Abend in der Stadt volllaufen lassen? Man kann im Laden herumstehen und zusehen, wie Leute ganze Einkaufswagen voller Weihnachtsleckereien bezahlen, wie sie berstend volle Brieftaschen hervorziehen und einen Hunderter nach dem anderen herausfischen. Nicht nur die Mannsbilder, sondern auch die Frauen. Alle haben sie dicke Brieftaschen. Und sie können doch nicht allesamt Geschäftsführer sein, sondern müssen ziemlich normale Jobs haben und die gleichen Rechnungen kriegen wie ich. Vielleicht hätte ich mir ja doch ein paar Kinder zulegen und Kindergeld kassieren und jede Menge Steuern sparen sollen. Es könnte doch nett sein, ein Kind zu haben, und meine Mutter quengelt auch dauernd rum, ich solle mir einen Mann suchen und ihr Enkel verschaffen. Aber irgendwie komme ich nicht so richtig in die Gänge.

An Männern fehlt es ja eigentlich nicht. Es fehlt nur an den richtigen Männern. An denen, die ich mir so im Alltag hier im Haus vorstellen kann, mit denen zusammen ich die normalen Dinge machen will. An denen fehlt's. Aber Salonlöwen gibt's genug. An Schwätzern über Whiskey und Soda herrscht kein Mangel. Von denen, die mir über die Hüften streichen, wenn wir die Tanzfläche verlassen, wimmelt es nur so. Aber einer, der mich mit Rosen und Champagner auf der Wochenstation besucht? Einer, mit dem ich romantische Weihnachtsferien im Hochgebirge verbringen kann und der mich so sehr liebt, dass ich keine Wimperntusche brauche, ehe ich ihm morgens unter die Augen trete? So einen finde ich nicht, obwohl ich immer wieder meine Kronen zusammenkratze und in die Stadt gehe und suche. Solche Männer sind einfach spurlos verschwunden. Vielleicht sind sie zu Hause und wechseln Windeln? Eine Frau aus der Wäscherei, wo ich arbeite, meinte, ich solle einen Kurs machen, mir dabei einen Mann suchen. Das hab ich dann auch getan. Nach langem und gründlichem Nachdenken ging mir auf, dass Porzellanmalerei und Blumenstecken keine gute Idee wären. Da wird's ja wahrscheinlich nicht gerade Männer in Hülle und Fülle geben. In einem meiner genialen Augenblicke sah ich deshalb ein, dass ich meinen Kurs in einer männlichen Umgebung absolvieren musste. Ich dachte schon an einen Autoreparaturkurs, aber das gab ich dann auf, wo ich doch gar kein Auto habe. Und Fliegenbinden will ich nicht, was soll ich mit einem Haufen Fliegen, wo ich Fische hasse und lieber ein vor Blut triefendes Steak zu mir nehme, das die Béarnaise rosa färbt?

Und dann hatte ich die Lösung: Waffen. Ich wollte schießen lernen. Und das tat ich dann auch. Wurde eine richtig gute Schützin. Lieh mir anfangs eine Waffe, eine französische Pistole, zweiundzwanzig Kaliber, und kaufte mir dann später selbst eine, vom selben Typ, das Gewicht gefiel mir, die Form. Aber zurück zu den Mannsbildern. Auch im Schießkurs konnte ich keinen passenden finden. Entweder waren es total stinklangweilige Heinis, die sich eben erst vom Sofa erhoben hatten, um vor den Fernsehnachrichten ein wenig Spannung in ihren Alltag zu bringen, oder es waren Machos. Und Machos kann ich nicht ausstehen. Männer mit Muskeln an Stellen, die nie für Muskeln vorgesehen waren. Aber ich lernte schießen. Bekam meinen Waffenschein, fand die knisternde Stille in der Schießkabine wunderbar, das Gefühl der Waffe in der Hand, die Spannung, wenn ich danach die Schießscheibe überprüfen sollte.

Es war allerdings ein teurer Spaß. Munition. Das Geld für die Pistole hatte ich mir bei der Bank geliehen. Ich war nämlich an einem Punkt angekommen, wo ich keinen Nerv mehr hatte, wollte nicht mehr sparen und knausern. Rund um die Uhr dachte ich an Geld, brauchte unglaublich viel Gehirnkapazität, um alles aufzuzählen, was ich mir nicht kaufen oder woran ich nicht teilnehmen konnte. Ich sah ein, dass ich mir einfach Geld verschaffen musste. In mir wuchs ein wahnsinniges Verlangen, ich konnte die Augen schließen und Bündel von Tausendern zwischen den Fingern fühlen, und bei dieser Vorstellung brach mir der Schweiß aus, ich sah ganze Hallen voller Geld vor mir, wo ich an den Regalen entlangging und mir die saubersten Scheine aussuchte …

Ich beschloss, Geld zu stehlen. Nicht ein bisschen Geld, sondern viel Geld, weil ich ja wusste, dass es ein einmaliges Unternehmen sein würde. Ich musste gleich beim ersten Versuch richtig zuschlagen. Und plötzlich hatte mein Leben einen Sinn.

Ich glaube, sie waren die glücklichste Zeit meines Lebens, diese Adventswochen, in denen ich meinen Coup vorbereitete. Mein Plan sah aus wie folgt: Ich wollte mich als Mann verkleiden und kein Wort sagen, ich wollte nur einen Zettel mit der Aufschrift »Her mit dem Geld, und zwar sofort!« vorzeigen. Ich wollte Tarnkleidung und eine Strumpfmaske tragen, und das alles schaffte ich mir an, indem ich meine Miete nicht bezahlte. Eine Waffe hatte ich, und normale Menschen wissen ja nicht, dass es sehr schwer ist, mit einer .22er-Pistole einen Menschen umzubringen. Wichtig war, dass meine echt war.

Ich entschied mich für eine kleine Bankfiliale, am letzten Freitag im Advent, wenn sie bestimmt jede Menge Kohle gebunkert hatten, weil die Leute ihren Weihnachtsbraten kaufen wollten. Eine große Bank kann schnell unübersichtlich werden, mit Wachen in Zivil und Alarmsystemen und anderen Gemeinheiten. Und ich hielt eine Filiale mitten in der Innenstadt für sinnvoller, denn danach könnte ich mich unter die Leute auf der Straße mischen und brauchte mich nicht auf den Fluchtwagen zu verlassen, den ich gar nicht besaß. Sicher, ich weiß, dass sie Alarmknöpfe und so was haben, aber auch daran hatte ich gedacht: Ich wollte eine Geisel nehmen und drohen, sie zu erschießen. Und dann würden die Finger doch einen Bogen um diese blöden Knöpfe machen. Ihr begreift jetzt vielleicht, wie verzweifelt ich war, wo ich sogar eine Geisel nehmen wollte. Aber Geld kann wirklich zur Besessenheit werden, wenn man es nicht hat. Wenn man sieht, wie das Leben vorüberzieht und man selbst nicht mitmachen kann. Wenn die Mädels beim Job Stapel von verwackelten Urlaubsbildern vom Mittelmeer zeigen und auf dunkle Mannsbilder tippen und kichern und rot werden. Herrgott! Und die Klamotten! Ich freute mich darauf, mir Klamotten zu kaufen. Und einen Computer, damit wollte ich dann umgehen lernen und mir eine neue Stelle suchen. Denn ich wollte nicht plötzlich reich auftreten und mich dadurch entlarven. Nichts da. Langsam, aber sicher wollte ich mein Leben neu aufbauen. Mit Geld in der Schublade und dem Job in der Wäscherei. Ich bin ja schließlich auch nicht ganz blöd.

Und dann war der große Tag gekommen. Ich muss zugeben, dass ich ziemlich fertig war. Beim Job hatte ich mich krankgemeldet. Ich ließ das Schminken ausfallen, machte mir einen Pferdeschwanz, färbte meine Augenbrauen, damit sie männlich aussahen, zog die Tarnkleidung an, steckte Zettel, Pistole und Strumpfmaske in die Tasche und ging. Es war erst zehn Uhr, ich konnte die Vorstellung von zu vielen Leuten in der Bank nicht ertragen. Es schneite. An der Eingangstür war mit Klebeband ein riesiger Weihnachtsmann befestigt. Ich blieb ein wenig vor der Tür stehen und lugte hinein, ich zerknüllte die Kappe in meiner linken Faust und versuchte zu atmen, ganz tief bis ins Zwerchfell, ohne beim Ausatmen zu zittern. Das hatte ich im Schützenverein gelernt. Atmen und Gleichgewicht finden, Blut ins Gehirn. Jetzt würde ich bald auf Film gebrannt werden, denn in solchen Lokalitäten wimmelt es ja nur so von Kameras. Ich packte meine Strumpfmaske und ärgerte mich sofort darüber, wie teuer sie gewesen war. Aber bei der Vorstellung, wie ich die Hunderter zwischen meinen Fingern rascheln hören würde, wurde ich dann wieder ruhig genug, um die Maske überzustreifen, mit der rechten Hand die Pistole zu packen (ungeladen, ich wollte doch niemanden verletzen) und in die Bank zu stürmen.

Ich konnte aber nicht richtig sehen. Der Stoff der Mütze verrutschte ein wenig, was ich sah, kam mir vor wie ein Film mit schwarzen Balken oben und unten. Und ich bekam keine Luft, denn ich hatte eine Kappe ohne Mundöffnung gekauft, aus Angst, man könnte sonst sehen, dass ich mich nicht jeden Tag rasieren musste. Der Wollstoff war schon feucht, noch ehe ich vor der Kasse stand, und zu allem Überfluss schmolzen und tropften nun auch noch die Schneeflocken, die auf meinen Kopf gefallen waren.

Zwei Frauenzimmer fuhren herum und heulten los. Herrgott, was machten die für ein Geschrei. Als wäre ich total lebensgefährlich. Auf der anderen Seite wusste ich so, dass meine Kiste klappte. Und ich wusste, dass jetzt alles schnell gehen müsste. Es gab Knöpfe, auf die gedrückt werden könnte, und deshalb winkte ich die Frauenzimmer beiseite, und sie warfen sich kreischend auf ein Sofa. Die dritte Person in der Schalterhalle war ein Mann. Ich registrierte eine grüne Hose und Militärstiefel und hatte plötzlich Angst, er könne beim Anblick meiner .22er einen Lachanfall bekommen, aber das passierte nicht. Seine Augen schienen ihm aus dem Kopf quellen zu wollen, nie im Leben hatte mir ein Mann dermaßen totale Aufmerksamkeit geschenkt.

Ich hätte gern losgebrüllt und alle durch die Gegend gescheucht, aber ich atmete meinen eigenen feuchten Atem ein und spürte, wie mir der Schweiß über den Rücken lief. Das hier war kein Spaß, es war sogar ziemlich widerlich. Ich packte den Mann am linken Arm und zielte auf ihn, ich zog ihn zum Schalter, und er kam willenlos mit, wie in Trance, und dann schob ich den Zettel über die Schalterplatte und bohrte dem Typen die Pistole in den Bauch. Und die Frauenzimmer hinter mir schrien und schluchzten hemmungslos.

Die Schalterfrau war auch nicht gerade in Spitzenform, sie sah überaus bleich aus. Sie fing an, Geld in meinen Sack zu stopfen. Mir ging das nicht schnell genug, ich schlug mit der flachen Hand auf die Schalterplatte, um sie zur Eile anzutreiben. Ich schaffte es, kein Wort zu sagen, obwohl mein ganzer Körper wehtat, so gern hätte ich die Klageweiber auf dem Sofa mit »Fresse halten« angeschrien. Aber es ging wirklich alles gut.

Der Typ weinte jetzt lautlos, er stand einfach kerzengerade da und ließ die Arme hängen. Bestimmt hatte er jede Menge Action-Filme gesehen und weinte jetzt, weil er sich nicht traute, etwas zu unternehmen, jetzt, wo endlich mal was passierte. Es ist nämlich unglaublich, wie unser Mut verfliegt, wenn uns eine echte Waffe in den Bauch gebohrt wird. Dann war der Sack voll. Wenn ich mehr Zeit gehabt hätte, hätte ich sie aufgefordert, den Tresor zu leeren: Ich konnte hinter einer Trennwand den Eingang ahnen, das Tor zum Ziel meiner Träume. Aber zugleich hatte ich die fetten Geldbündel zwischen ihren Fingern gesehen und fühlte bei diesem Anblick das Blut in meinen Ohren pochen. Ich ging rückwärts, schwenkte die Pistole und tastete hinter meinem Rücken mit meiner linken Hand nach der Tür.

Doch dann hörte ich ein Geräusch. Eine kleine Kinderstimme, die sagte: »Mama, guck mal! Eine Pistoooooole!«

Ich fuhr herum und starrte in ein strahlendes, von einer Fellkante umgebenes Kindergesicht. Die Augen leuchteten vor Glück, und eine teilweise von klebrigen Brötchenkrümeln bedeckte Hand streckte sich nach der Pistole aus. Ich richtete den Lauf auf die Decke und schaute mich verzweifelt um. Das Kind saß in einem Wagen. Der Wagen versperrte mir den Ausgang. Hinter dem Wagen stand eine Mutter. Die Mutter fing an zu schreien. Das Kind lächelte und zeigte auf die Pistole. Und an dieser Stelle ging die ganze Sache in die Hose. Denn ich bin doch kein Mann, verdammt noch mal, auch wenn ich meinen Körper in noch so maskuline Klamotten stecke. Ein Mann hätte nämlich den Wagen fortgeschleudert, mit Kind und Kegel sozusagen, das wäre ihm doch scheißegal gewesen. Aber was tat ich? Na, ich schob den Wagen vorsichtig zur Seite, quetschte mich daran vorbei und sagte: »Verzeihung, Verzeihung.« Das sagte ich. Und auch wenn ich keine Dozentin an der Polizeihochschule bin, so wusste ich doch, dass jeder halbwegs fähige Ermittler großes Gewicht auf diese mit Frauenstimme ausgesprochenen zwei Wörter legen würde. Das ging mir auf, sowie ich die Straße erreicht hatte. Es war ein grauenhafter Augenblick. Denn ich hatte ja keine Sekunde lang vorgehabt, aus dem Land zu fliehen oder mich nach Südamerika abzusetzen. So viel Geld hätte ich nun auch wieder nicht erbeutet.

Ich riss mir die Strumpfmaske vom Kopf und rannte los. Dachte an Spuren. Sprintete in eine Seitenstraße, hinter einige Abfallcontainer, und fing an nachzudenken. Was mir aber nicht so ganz gelang. Was ich am Leib trug, musste weg, das war klar. Und die Waffe? Die musste weggeworfen werden, niemand durfte sie finden, sonst könnte sie zu mir zurückverfolgt werden. Ich streifte die Jacke ab, wickelte meine feine kleine Pistole hinein, kletterte in den Container, stopfte alles in den erstbesten Müllsack und klappte den Containerdeckel wieder zu. Ich leerte eine Plastiktüte, die Abfall enthalten hatte, steckte das Geld hinein und ging zurück auf die Straße, ging langsam und gelassen nach Hause und tröstete mich damit, dass ich mir eine neue Pistole kaufen könnte, das Geld hatte ich jetzt ja.

Erst als ich in meiner Wohnung stand, brach ich zusammen. Ich fing wirklich an zu heulen, allerlei Spannungen in meinem Körper brauchten Auslauf. Ich hatte Angst, hatte eine Sterbensangst. Aber nach und nach beruhigte ich mich ein wenig, duschte, holte mir eine Flasche Bier und kam endlich zu mir. Es würde schon gut gehen. Das Geld verstaute ich im Schlafzimmerschrank. Am nächsten Tag machte ich mit der Hose und den Stiefeln, die ich getragen hatte, einen Spaziergang zum Fluss, und ich nahm auch die berühmte Strumpfmaske mit. Ich fand es ziemlich theatralisch, den ganzen Kram beschwert mit Steinen in den Fluss zu feuern, und deshalb stopfte ich die Sachen in einen weiteren Container. Der Einzige, der mich eines Blickes würdigte, war ein zufällig vorüberkommender Labrador.

Aber es dauerte nicht einmal bis Heiligabend, bis sie kamen, das Leben ist schon seltsam. Die Polizei hatte sich natürlich eine Liste der Waffenbesitzerinnen in unserer Stadt besorgt. Und folgendes Gespräch fand statt, gegen acht Uhr, am dritten Abend, am letzten Montag im Advent:

»Guten Abend, wir kommen von der Polizei!« (Er wedelte mit dem Dienstausweis.)

»Ja, worum geht es?«

»Das ist nur eine Routineuntersuchung, aber wir möchten Sie bitten, uns Ihre Waffe zu zeigen, wir wissen, dass Sie als Besitzerin einer .22er Unique-Pistole registriert sind.«

Das war's also. Ich hätte die Pistole nicht wegwerfen dürfen. Ich hätte sie im Haus haben, sie mit stolzer Besitzerinnenmiene vorführen müssen. Nie im Leben hätten sie dann auch nur das Geringste beweisen können. Sie hätten noch nicht einmal genug für eine Hausdurchsuchung gehabt. Und der Mann, der das Wort führte, wirkte müde und genervt. Er wäre sicher zum Christbaumschmücken nach Hause gegangen, wenn ich die Pistole geholt hätte. Hätte genickt und sich verzogen.

»Nein, leider«, sagte ich. »Die habe ich nicht mehr.«

Sie erwachten.

»Sie wissen doch, dass es verboten ist, Waffen zu verleihen? Oder zu verkaufen?«

»Sicher, das hab ich auch nicht getan. Ich habe … ich habe … sie verloren.«

»VERLOREN?«

Jetzt waren sie hellwach. Und ließen nicht mehr locker. Sie wollten wissen, wo und wann und wie, und ich meine, wenn ich eine solche Situation in den Griff bekommen könnte, dann würde ich ja wohl nicht in einer Wäscherei malochen! Ich wusste alles über Atmung und Gleichgewicht, aber das hier nicht. Den Zettel hatten sie auch, mit Fingerabdrücken. Ich hatte ihn ohne Handschuhe geschrieben, aber ich will hier nicht zu tief in die peinlichen Details gehen. Ich möchte nur klarstellen, dass es nicht so einfach war, mir knisternde Geldscheine zu krallen, wie ich geglaubt hatte.

Aber ich will mich nicht beklagen. Eigentlich geht es mir hier ja gut. Brauch nicht zum Scheißjob, brauch nicht sauer zu sein, weil ich nie auf die Piste komme. Die anderen hier tun das ja auch nicht. Wir sitzen allesamt im selben Boot, und das beruhigt mich ein wenig. Aber niemals werde ich das Gesicht dieses Kindes vergessen. Ich sollte mir vielleicht doch bald eins anschaffen. Kindergeld und weniger Steuern. Mutterschaftsurlaub bei vollem Gehalt. Und ich könnte lernen, mit einer Wasserpistole zu schießen. Das Einzige, was mir jetzt noch fehlt, ist also ein Mann. Und ich merke schon, dass ich so nach und nach weniger anspruchsvoll werde.

DIETMAR BITTRICH

Festliche Schussfahrt

Es ist wohl nicht so lange her, wie es mir vorkommt. Aber verjährt muss es sein. Und streng genommen war ich nicht schuldig. Ich habe mich nur so gefühlt. Bis heute. Aber jetzt, in dieser besinnlichen Zeit der Hoffnung und der Liebe, befreie ich mich, indem ich davon berichte. Ich danke dem Verlag, auch für den Rechtsbeistand. Von jenem weit zurückliegenden Weihnachtsfest erzähle ich hier zum ersten Mal.

Damals war ich sicher, die Liebe meines Lebens gefunden zu haben. Aus heutiger Sicht war es Tollheit, Trunkenheit, Rausch. Das kalkulierte Ableben einer dritten Person schien uns zweien nicht mehr als ein schwarzromantischer Spielzug zu sein. Er gehörte dazu. Als Finesse, als Kunst, als sarkastischer Scherz. Bereits der Plan fachte die Leidenschaft an.

Es war in der Zeit, als ich im Sommer Wandergruppen durch die Berge führte und im Winter als Skilehrer jobbte. Kleine Wandergruppen leite ich heute noch. Den Job als Skilehrer habe ich aufgegeben, nach zwei Meniskusoperationen und einem Kreuzbandriss. Das Altern des Körpers hat sich auch darin gezeigt, dass ich dem

Après-Ski nichts mehr abgewinnen konnte. Konkreter, dass ich dem nächtlichen Verlangen sportlicher Singlefrauen nicht mehr gewachsen war. Auch für Ehefrauen galt der Service. In der Adventszeit betrachteten sie meine Leistung als vorgezogene Bescherung. Und für eine, für Maren, sollte die Bescherung über die Heilige Nacht hinaus währen.

Um Weihnachten herum warb unser Skigebiet mit seiner naturgegebenen Adventskalender-Idylle, mit golden leuchtenden Fenstern vor bläulichen Schneebergen unter glänzendem Sterngewölbe. Man organisierte Krippenspiele und Treffen mit dem Weihnachtsmann, der auf Skiern ins Dorf wedelte. Es gab abendliche Erlebniswanderungen im Fackelschein, Konzerte zum Mitsingen in der kleinen Barockkirche und natürlich den hochprozentigen Christkindlmarkt.

In der Zeit, von der ich berichte, waren die Schneeverhältnisse um Weihnachten noch gut bis fantastisch, vor allem auf den blauen und roten Pisten, auf denen ich Unterricht gab. Gewöhnlich unterrichtete ich kleine Gruppen, nicht mehr als sechs Einsteiger. Und zuweilen stand ich einer wohlhabenden Anfängerin oder einer, die ihre Fertigkeiten erweitern wollte, auch als Solist zur Verfügung.

Weichgespülte Wellness-Gurus waren noch selten. Ich galt als streng und puristisch und als respektgebietend traditionell. Und genau das war ich auch. Schlepplifte akzeptierte ich noch für Einsteiger, Gondeln nicht. Muskelfaserrisse und Brüche waren kaum vorgekommen, als die Gäste ihre Skier noch über der Schulter den Hang hinauftrugen. Das ging zwar langsamer und war weniger bequem, aber es war zugleich sportlicher, achtsamer und naturverbunden. Klimafreundlicher war es obendrein, aber das Klima war zu meiner und Marens Zeit noch kein Thema.

Es geht also um Maren. Ihr Mann hieß Benno. Maren war in jenem Jahr gerade über ihren vierzigsten Geburtstag hinweggekommen. Ihr Mann hatte den fünfzigsten noch nicht ganz erreicht.

Ihrem Wunsch gemäß erreichte er ihn auch nicht mehr, es sei denn, die Zählung der Jahre wird – wie die Innuit glauben – auch auf den Schneefeldern der Ewigkeit fortgesetzt.

Es war jener außergewöhnliche Winter, in dem die Iller bis zur Donaumündung von Schlittschuhläufern befahren wurde und die warmen Quellen von Bad Gastein unter einer Kuppel grünlichen Eises dampften. Das Ehepaar war in unseren kleinen Ort südlich von Kempten gereist. Benno hatte sich gleich am ersten Tag in eine jener getäfelten Stuben zurückgezogen, in denen zu Bergweihnachtsklängen schwere Vesperplatten und Bauernschnitzel serviert wurden. Für ihn war es das zehnte Jahr, dass er seine Frau in die Hotels der Skigebiete begleitete, ihrem Wunsch entsprechend. Sie fühlte sich von seiner Anwesenheit gestärkt und beruhigt. Ihm selbst bedeuteten die Vergnügungen des Skilaufens wenig. Er wollte die Beschwernisse des Winters nicht noch um die Anstrengungen des Sports vermehren und mochte sich kaum zu einer Wanderung aufraffen.

So saß er denn in den mit Tannengirlanden und Herrnhuter Sternen geschmückten Jausenstationen, studierte Handelsblätter und die Ziffern schneefreier Terminmärkte und kümmerte sich wenig um den Zeitvertreib seiner Frau. Manches spricht dafür, dass er ihr die Affären mit meinen Kollegen verziehen hätte, wenn sie überhaupt in den Bereich seiner Wahrnehmung gelangt wären. Dazu kam es offenbar nie.

Umso überflüssiger erscheint sein bizarrer Abschied, wenn nicht gerade sein Desinteresse den Groll seiner Frau geschürt hat, was wohl in diesem Winter der Fall war. Den Ausschlag für Marens Entschluss jedoch gab die Begegnung mit mir, der ich damals noch nicht ganz dreißig Jahre alt war. Heute bilde ich mir nichts darauf ein. Damals tat ich es. Sie erschien mir wie eine verführerisch duftende Frau von Welt, eine Erscheinung aus unerreichbaren Metropolen, ich ihr wie ein derber Naturbursche. Sie verliebte sich vielleicht weniger in mich als in ihre Vorstellung von Kernigkeit, und ich mich weniger in sie als in ihre urbane Eleganz.

»Du bist mein Weihnachtswunder«, flüsterte sie in unserer ersten Nacht. »Du sollst mein Erlöser sein.«

An diese Worte erinnere ich mich, weil ich mich dabei geschmeichelt und zugleich unbehaglich fühlte.

Bis wir uns trafen, hatte Maren genug gehabt an kleinen Flirts beim Einkehrschwung und in den Warteschlangen der Lifte, an flüchtigen Liebkosungen auf den Liegestühlen der Panorama-Terrassen mit dem Geruch von Sonnencreme und dem Geschmack des Lippenbalsams. Sie hatte, wenn ich ihr glauben darf, Küsse und Umarmungen erlebt im Schutz von Waldschneisen und in der Dämmerung harziger Unterstände, in den Umkleidekabinen unseres schwefeligen Thermalbades und sogar in den Abseiten des unterirdischen Tunnelsystems, über das die Hotels ihre Versorgung abwickelten.

All das hatte sie als knisternde Unterhaltung genossen und als aufregendes Spiel, das innerhalb der Ordnung ihres Lebens stattfand und zu dessen Regeln die Vergänglichkeit gehörte.

Diesmal war es anders. Unsere Affäre begann am Ende einer Übungsstunde zum Carving, das Maren in diesem Jahr zur Perfektion bringen wollte. Die übrigen Teilnehmerinnen begaben sich bereits zu Prosecco und Energy Drinks an die Schneebars. Maren wollte ihnen folgen, als ich sie beim Vornamen rief.

Anscheinend hatte sie in meiner Gegenwart bis dahin keinerlei Aufregung verspürt. Das verletzte meine Eitelkeit. Ihr Gleichmut zog mich an. Ihr lässiges Selbstbewusstsein war aufreizend. Und ich fand sie begehrenswert, seit die kleine Gruppe das »Fahren wie ein Zwerg« und das »Fahren wie ein Riese« geübt hatte, mit so viel Rücklage und mit so viel Vorlage wie möglich. Maren hatte sich als die Beweglichste erwiesen, als Pole-Tänzerin auf Skiern. Ihr Schwung war erotisch.

Als ich ihr jetzt sehr nahekam, wich sie nicht zurück. Später hat sie erzählt, dieses sei der Augenblick gewesen. Dass sie auf einmal glaubte, meine Wildheit zu wittern, den Duft der Wälder, der Erde und der sprudelnden Wildbäche. Ich hätte gar nichts zu sagen brauchen. Aber das wusste ich nicht.

»Maren«, sagte ich, »Sie müssen es doch spüren!« Und als sie mich schweigend ansah, fügte ich hinzu: »Wie sehr ich Sie begehre!« Das war mutig. Und noch mutiger war ich, als ich sie packte, wie ich es danach nie wieder bei einer Frau gewagt habe. Einen Skilehrer von heute würde es mindestens die Lizenz kosten. In dem Augenblick damals gab es keine andere Möglichkeit. Auch für sie nicht. Von da an duzten wir uns.

Ihr Mann bemerkte ihre Erschütterung nicht, als sie sich am Abend zu ihm an den reservierten Tisch setzte. Das erstaunte sie zuerst, dann empörte es sie. In seinem Mangel an Wahrnehmung meinte sie den Mangel an Empfindung und Kraft zu erkennen. Und wie nie zuvor empfand sie ihn als erbärmlich und störend. Nicht nur, weil nach all den Weihnachtsurlauben, in denen ihr die Dämmerung genügt hatte, sie jetzt die ungekürzte Spanne der Nächte brauchte. Sie glaubte in ihm einen verfetteten Machthaber zu erkennen, der ihr einen schalen Abglanz des Lebens als das Leben selbst vorgesetzt hatte und der die Beruhigungsmittel des Wohlstandes benutzt hatte, um ihre Leidenschaft zu beerdigen.

»Er ist das bemooste Denkmal meiner vergeudeten Jahre!«, raunte sie mir am folgenden Abend ins Ohr. »Und dieses Denkmal muss fallen, wie die Denkmale jeder überlebten Diktatur!«

Der Satz war unheimlich. Doch ich fand ihn vor allem aufregend. Ich war getränkt von Verliebtheit, Leidenschaft, Rausch. Als Maren flüsterte: »Dietmar, du machst mir das zum Geschenk!«, ergab ich mich – wie mir heute vorkommt – willenlos diesem Befehl.

Ich hatte keinen Zweifel daran, dass ich mit Maren alle gewöhnlichen Amouren hinter mir ließ. Ich redete mir ein, mit ihr gebe es eine weite, leuchtende Zukunft, und ich folgte ihrer Überzeugung, dass die Vorteile einer schnellen Befreiung die Mühsal einer langwierigen Trennung überwogen.

Amour Fou nennen es die Franzosen, wenn die Obsession etwas Wahnhaftes bekommt und der letzte Kern der Vernunft in der Hitze schmilzt. Das gemeinsame Projekt fachte unsere wilde Sinnlichkeit an. Wir suhlten uns mit diabolischer Lust im Pfuhl unserer weihnachtlichen Intrige.

Ich holte einen Schulfreund, den Amtsarzt, mit ins Spiel. Nicht als Mitwisser; ich bat ihn einfach um einen geringen Gefallen. Eine Ehefrau in meinem Kurs, berichtete ich, sorge sich um ihren phlegmatischen Mann. Ob diesem Mann nicht zu mehr Luft und Gesundheit verholfen werden könne durch das Verordnen leichter Bewegung?

Nun, verordnen konnte mein Arztfreund so etwas nicht, aber empfehlen. Marens Mann, Benno also, kann es nur für einen Zufall gehalten haben, dass er an einem der folgenden Tage mit diesem Arzt ins Gespräch kam. Es war in der Dampfbierbrauerei, wo gestylte Endvierzigerinnen gegen die aktuellen Christmas-Remixes anzwitscherten. An der Bar, unter Wildbächen von Lichterketten, besserten die Männer ihre Laune mit hochprozentigem Gletscherwasser auf. Und im Kaminzimmer fühlte mein Arztfreund sich als verschwiegener Wohltäter, als er bei einem Glas Punsch den dicken Benno ins Gespräch zog.

Da sich bei Benno um diese Zeit ein Leiden zurückgemeldet hatte, das Anhänger der sitzenden Lebensart häufig ereilt, ließ er sich von dem freundlichen Doktor überzeugen, zumal die Finanzmärkte festlich stagnierten und im Ort kein einziges Lokal ohne Weihnachtsgejodel zu finden war. Glücklicherweise wusste der Arzt einen Skilehrer, einen gewissen Dietmar, der auch Unsportliche mit Humor und Nachsicht in die Geheimnisse des Schneepflugs einweihen konnte und der Benno nichts anderes zumuten würde als einsame, flache Genusshänge.

Als Benno seiner Frau von der Idee berichtete, liebte sie ihn mit so viel Hingabe, dass er sich wunderte, weshalb ihm ein derartig beflügelnder Einfall erst so spät gekommen war.

Am fünften Nachmittag meines Privatunterrichtes, genau am Weihnachtstag, und nach meinem verschwenderischen Lob, »an einen derartig begabten Spätanfänger kann ich mich partout nicht erinnern!«, konnte ich Benno zu einer originelleren Abfahrt bewegen. Immer noch einfach, nämlich schnurgerade, führte sie durch eine breite Waldschneise.

»Und an deren Ausgang werde ich mit einer Flasche Champagner warten!«, versprach ich.

»Ach, Benno«, fiel mir noch ein, »sind Sie verheiratet? Und ist Ihre Frau hier am Ort? Dann rufen wir sie an! Sie soll unten am Hügel warten. Ich mache ein Foto von Ihnen beiden, wie Sie sich in die Arme schließen. Hier«, ich überreichte ihm die Nikolausmütze, die ich zur atmosphärischen Lockerung manchmal bei Kursen aufsetzte, »einen Helm brauchen Sie für diese leichte Fahrt nicht! Kommen Sie als Weihnachtsmann runtergesegelt, das wird eine originelle Bescherung für die Frau Gemahlin.«

Während Benno mit geschulterten Skiern den Hügel hinanstieg (»Nur faule Säcke nehmen den Lift!«), die Stöcke brav mit der Spitze nach unten, bat ich Josip, einen kroatischen Saisonarbeiter, mit der Pistenraupe ein paar Unebenheiten unterhalb der Schneise zu beseitigen. Als das stählerne Ungetüm genau im Ziel der Abfahrt stand, lud ich den liebenswerten Josip ein, mit mir ein Glas Enzian zu nehmen. Bevor wir um den Hügel verschwanden, wandte ich mich noch einmal um und sah gerade, wie mein gelehriger Schüler mit seiner albernen roten Mütze in Schussfahrt aus dem Wald herausschnellte und in rekordverdächtigem Tempo auf die Pistenraupe zuraste. Ich winkte ihm aufmunternd zu.

Die Nachricht vom Ableben des Mannes erreichte mich erst Stunden später bei einem Teller Backerbsensuppe. Ich reagierte zutiefst betroffen, zumal ich diesen Herrn immer vor jener Schneise gewarnt hatte. Obgleich ich sofort aufbrach, kam ich zu spät, um pietätlose Lokalschreiber an der Ablichtung des Schauplatzes zu hindern. Sie umschwärmten das Bild bereits mit Lampen und Exklusivrechten. Auf den Fotos sah es später so aus, als habe der unglückselige Nikolaus in verzweifelter Liebesumarmung die Pistenraupe zu beglücken versucht.

Mit Maren hatte ich verabredet, dass wir uns frühestens am ersten Weihnachtsfeiertag sehen würden. Aber sie kam nicht. Auch nicht am zweiten Weihnachtsfeiertag. Als ich am ersten Vormittag nach den Feiertagen meinen kleinen Kurs zusammenscharte, fehlte sie noch immer. Die Stimmung war gedämpft. Skiunfälle sprechen sich schnell herum, zumal die ungewöhnlichen. »Einfach aus dem Büro kommen und auf die Bretter steigen«, lehrte ich, »das geht selten gut. Was wir hier machen, hat der bedauernswerte Herr offensichtlich versäumt. Wir hier schaffen die Voraussetzungen, um allzeit sicher und fröhlich zu fahren: Kraft, Ausdauer, Geschicklichkeit, Reaktionsvermögen, Balance.«

Später, im Hotel, vermochte man mir nicht weiterzuhelfen. Maren war abgereist. Eine Nachricht hatte sie nicht hinterlassen. Ihre Anschrift wurde verschwiegen. Auch an den folgenden Tagen hörte ich nichts. Das neue Jahr war schon über eine Woche alt, als ohne Absender eine Grußkarte kam. Maren musste sie noch in unserem Ort erworben haben. Die Ansicht zeigte den Dorfkern mit der geschmückten hohen Tanne als friedliche Idylle im Weihnachtsglanz.

Ihre Handschrift hatte den gleichen tänzerischen Schwung wie ihre Bewegungen auf der Piste und anderswo. Fasziniert und schmerzenssüchtig folgte ich dem kurvigen Auf und Ab der blauen Tintenschrift.

»Manchmal«, stand da ohne Anrede, »führt das Schicksal zwei Menschen zusammen, nur damit ein dritter gezeugt wird; dann trennt es sie wieder. Und manchmal führt es zwei Menschen zusammen, nur damit ein dritter abberufen wird. Es ist ein ewiges Stirb und Werde, und wir Menschen sollten nicht versuchen, dieses Geheimnis zu ergründen.«

Ich schrie auf vor Empörung. Der Stuhl fiel um. In meinem Zorn riss ich die kitschige Karte in Fetzen. Ein paar Stunden später klebte ich sie reumütig wieder zusammen. Heute hängt sie gerahmt neben meinem Schreibtisch.

Enttäuschung, Wut, Schuldbewusstsein, das Gefühl, benutzt worden zu sein, haben mich nie ganz verlassen. Ja, richtig, man soll verzeihen, um sich selbst zu befreien. Ich weiß das. Und ich glaube sogar, ich bin jetzt so weit. Und da abermals Weihnachten naht, Maren, falls du dies liest, es würde mich freuen, wenn du dich meldest. Mit einer Botschaft. Einer frohen, wenn's geht.

JUSSI ADLER-OLSEN

Kredit für den Weihnachtsmann

Als er klein war, nannten sie ihn einen Schlawiner. Was für ein Junge! So große Augen! Und dieses Lächeln!

Das war vor langer Zeit gewesen: vor genau fünf geknackten Autos, Dutzenden Ladendiebstählen und ungezählten Betrügereien.

Brian hatte seine Strafe verbüßt. Er lebte nun in Ishøj mit seiner Frau, deren Bauch langsam, aber sicher wuchs. So weit war alles gut, nur – gerade war er hochkant gefeuert worden. »Hau ab und komm nicht wieder, sonst zeigen wir dich wirklich an«, hatten sie gesagt. Fünf Tage vor Weihnachten. Ohne eine Öre Kleingeld in der Tasche. Verdammt, wieso hatte es so kommen müssen? Aberhunderte von Menschen mit blassen Gesichtern und nachlässig abgestellten Taschen am Fußende der Betten hatte er durch die Klinikflure geschoben. Das war schließlich sein Job gewesen. Warum zum Teufel hatte er bloß die Finger in das Portemonnaie gesteckt? Wer bestiehlt schon jemanden, der wachen Auges dabei zusieht? Nur ein Idiot.

Ein absoluter Idiot! Bedrückt stand Brian vor dem Kaufhaus. Rote Herzen, groß wie Wagenräder, blinkende Lichter. Menschen hasteten vorbei, um in letzter Minute noch Geschenke zu besorgen.

Nur der Idiot konnte nicht mithalten und dabei sein. Brian Severin Jørgensen, ehemals verurteilt und nun schon wieder gestrauchelt. Seine Liebste würde sofort stutzen, wenn der Platz unter dem Weihnachtsbaum leer wäre. O verdammt, was für ein Versager. In sechs Tagen würde er allein vor einem nadelnden Weihnachtsbaum sitzen und an den Bauch denken, der dort drüben im gottverlassenen Jütland bei ihren Eltern immer weiter wuchs.

Zum Kuckuck, Brian, dachte er. Unter dem Weihnachtsbaum *müssen* Geschenke liegen. Fünf mindestens, sonst ist was los.

Als Brian merkte, wie ihn ein Kaufhausdetektiv beobachtete, kam ihm eine Idee. Der Typ steckte in einem Weihnachtsmannkostüm. Brian kannte ihn und starrte zurück. So ein Kostüm müsste man haben, dachte Brian. Was man darunter alles verstecken könnte!

Er ließ den Blick schweifen. Bei den Rolltreppen entdeckte er noch einen Weihnachtsmann. Auf jeder Etage war wahrscheinlich mindestens einer. Doch – die Idee war nicht schlecht. Ein Weihnachtsmann mehr oder weniger in diesem riesigen Kaufhaus, wer zum Teufel würde das schon bemerken.

Den Umkleideraum fürs Personal fand er im dritten Stock. Dort hingen, hübsch aufgereiht auf Bügeln, noch drei Weihnachtsmannkostüme, dazu gab es die passenden gelben Holzpantinen. Er zog das größte Kostüm über. Himmel, darin wurde einem vielleicht warm.

Er sah sich um. In der Ecke stand eine Sporttasche. Adidas und ziemlich schmutzig. Kurz entschlossen zog er das Kostüm wieder aus, warf Jeans, Hemd und Windjacke drüben in die Ecke, stellte die Tasche oben drauf und zog dann wieder das Kostüm an. Das war angenehmer so. Zufrieden mit sich selbst nickte er seinem Spiegelbild zu. Die Weihnachtsmannmütze saß keck schräg auf dem Kopf, der Wattebart verdeckte das Gesicht vorzüglich, die Hose saß wunderbar locker. Er beschloss, das Kostüm anzubehalten, bis er zu Hause im Flur stehen würde. Teufel auch. Weihnachten war gerettet!

36

Brian verfolgte jetzt Frauen, aber natürlich nur besondere: Frauen, die eine ähnliche Figur wie seine Frau hatten. Er schlüpfte, gleich nachdem sie wieder gegangen waren, in die Umkleidekabinen und sammelte ein, was sie auf den Bügeln hatten hängen lassen. Wie fix doch so ein Paar Holzpantinen diese behämmerten Diebstahlsicherungen knacken konnte.

Gesegnet seien die schludrigen Frauen, dachte er und band sich die Sachen um den Leib. Markenartikel, die er noch nie zuvor in Händen gehalten hatte. Seidiges von Simone Pérèle, Chantelle und Passionata sowie hauchzarte Unterwäsche von La Perla. Alles in Größe vierzig und Einzelnes in zweiundvierzig für die späteren Schwangerschaftswochen.

Genial, dachte er und tätschelte seinen eigenen langsam wachsenden Bauch. Sobald die Jacke des Weihnachtsmanns richtig straff sitzen würde, hätte er sein Ziel erreicht. Aber noch war Platz für mehr. Möglichst unauffällig lauerte er Frauen auf, die Nachtwäsche probierten. Gern so was Knappes mit dünnen Trägern … Was bei pikanten Klamotten nebenbei abfiel, war nämlich nicht zu verachten. Das hatte er gelernt.

Den Weihnachtsmannkollegen entdeckte er erst, als der ihn angaffte. Dieser Blick verhieß: »Du bist durchschaut. Warte nur, einen Augenblick noch, und die Handschellen schnappen ein.«

Schon tauchte ein weiterer Weihnachtsmann auf. Im Hintergrund quakten die Lautsprecher etwas von Spielzeugangeboten im vierten Stock und plötzlich ernster: »Hier spricht der stellvertretende Direktor Antonsen. Soeben wurde die Hauptkasse unseres Kaufhauses überfallen. Deshalb bitten wir …«

In diesem Moment bemerkte Brian, dass keiner der Weihnachtsmänner Holzpantinen trug. Ohne diese klobigen Dinger waren sie bestimmt schnell wie der Blitz.

Verdammt, Brian, mach, dass du wegkommst, ehe die sich formiert haben, dachte er und nahm direkt auf die Rolltreppe Kurs. Ein

Junge schrie laut auf, als Brian ihm mit seinen Riesenlatschen auf die Zehen trat. In großen Sätzen rannte Brian vorbei an verdatterten Kundinnen, die sich ungern ihre Nerze ruinieren lassen wollten. Brian wusste ganz genau, was hinter ihm passierte. Die Weihnachtsmänner spurteten die Treppen hinunter. Die Nerzmäntel würden binnen Kurzem im Servicebüro stehen und Stunk machen.

Sieh zu, dass du den Mist loswirst, schoss es ihm durch den Kopf. Der Tag hatte mit duftendem Kaffee und heißen Umarmungen auf dem Sofa begonnen. Wenn Brian nicht aufpasste, endete das Ganze zwischen Knackis hinter Gittern. Weihnachten à la Vridsløse-Knast.

Brian nahm die Hintertreppe, beim Rennen scannte er die Umgebung und entdeckte tatsächlich eine Kundentoilette. Anscheinend hatte er seine Verfolger abgehängt. Vielleicht musste er nur noch ein Weilchen warten, bis die Lage sich komplett beruhigt hatte. Und trotzdem! Die Leute standen sicherlich an den Ausgängen und hielten Ausschau nach einem Ladendieb im Weihnachtsmannkostüm. Verdammt! Seine eigene Kleidung lag etwa fünfhundert Schritte von hier entfernt, unmöglich zu erreichen. Hätte er die Sachen doch bloß anbehalten! Hätte er doch lediglich ein paar Herrenklamotten geklaut!

Er trippelte vor der Toilettentür auf und ab. Endlich öffnete so ein Alter selig lächelnd die Tür. Brian schob sich in die Kabine. Jetzt musste er schnellstmöglich das Diebesgut loswerden und abhauen. Sollten sie doch eine Leibesvisitation durchführen. Was konnten sie ihm schon nachweisen? Dass er das Kostüm des Weihnachtsmanns angezogen hatte? War es denn etwa verboten, die Leute in Weihnachtsstimmung zu versetzen?

»Weihnachtsmann, bist du da drin?«, hörte er von draußen eine helle Stimme.

Was zum Teufel hatte ein Weib auf dem Männerklo zu suchen?

»Komm schon raus, ich kann ja deine Holzpantinen unter der Tür sehen«, hörte er die Stimme wieder.

Was für ein Scheißtag, dachte er und schloss auf.

»Gut, dass ich dich hier gefunden habe«, sagte die Frau. »Nun komm!« Sie machte einen sehr energischen Eindruck. Die hatte bestimmt Pfefferspray in der Handtasche.

»Sie warten schon auf dich da hinten in der Spielwarenabteilung«, rief sie ihm zu und eilte weiter in Richtung eines vergoldeten Königsthrons.

Was ging hier eigentlich vor?

Unwillig nahm Brian auf dem Thron im Scheinwerferlicht Platz. Er umriss seine Situation erst, als er sich etwa zwanzig Kindern gegenübersah, die ihn erwartungsvoll anstarrten. Sie wünschten sich sehnlich Wii-Spiele und Playstations und Barbie-Kissen aus Mikrofaser, und *er* sollte das alles herbeischaffen.

Auf keinen Fall setzen die sich auf meinen Schoß, dachte er. Da hätte ich ruckzuck auch noch eine Anklage wegen Pädophilie am Hals. Ich käme nie mehr auf freien Fuß.

»Wir möchten die Aufmerksamkeit der Kunden auf einen etwa einen Meter fünfundachtzig großen Ganoven lenken, der als Weihnachtsmann verkleidet ist und Holzpantinen trägt«, tönte es aus den Lautsprechern des Kaufhauses. »Wir bitten um äußerste Vorsicht, denn er könnte bewaffnet sein. Bitte wenden Sie sich …«

Brian sah an sich hinunter. Mannomann, die Beschreibung passte ja haargenau. Was ging hier ab? Sollte er jetzt auch noch wegen Gewaltanwendung angeklagt werden?

»Du bist aber hässlich«, sagte das erste Kind in der Reihe, dem der Rotz aus der geröteten Nase lief. Die Erwachsenen standen im Halbkreis außen rum und musterten Brian, als wäre er ein Massenmörder.

»Und was wünschst du dir denn?«, knurrte Brian dem Jungen zu. Mindestens dreißig vorwurfsvolle Augenpaare waren auf ihn gerichtet. Brian versuchte, seine Lage zu überdenken.

Alarmierte Eltern, habgierige Kinder und zwei grimmige Weihnachtsmänner mit Spezial-Sportschuhen. Er spürte, wie sich der Schweiß unter der Mütze sammelte und der Wattebart den Mund immer mehr verklebte. Wie zum Teufel kam er hier nur wieder raus?

»Ich will eine Beautybox für mich allein«, sagte eine auch ohne diese Beautybox auffallend stark geschminkte zehnjährige Blondine mit kreideweißem Lächeln. »Das musst du unbedingt meiner Mami sagen.«

Zu spät bemerkte Brian, wie fasziniert das Mädchen von seinem Bart war. Sie kämmte die weiße Lockenpracht mit ihren Fingern von oben nach unten, so als hätte sie eine Frisierpuppe vor sich. Immer tiefer griff sie hinein. Schließlich war sie bis zum Revers des Mantels vorgedrungen. Darunter bekam sie etwas zu fassen. Sie kicherte hysterisch, und die anderen Kinder stimmten schrill ein, als sie einen Chantelle-BH durch den Weihnachtsmannbart manövrierte.

Brian kniff die Augen zusammen. Klaute ihm die kleine Mistbiene vor aller Augen sein mühsam erworbenes Diebesgut? Konnte es überhaupt noch schlimmer kommen?

»Schau mal, Mami!«, rief das Mädchen und klappte den Weihnachtsmannmantel ganz auf. »Der hat unsere Geschenke dabei! Hab ich doch gleich gesagt.«

»Briannnn!«, donnerte da eine nur allzu vertraute Stimme aus der Mitte der Zuschauerschar. In wilder Panik riss er die Augen auf. O nein, da stand sie, seine Liebste mit dem schwangeren Bauch, und hielt kleine Teddybären in den Händen. Es wurde also alles für die Ankunft des Babys vorbereitet, die garantiert in Jütland stattfinden würde. So viel war klar.

Wie aus dem Nichts stürzten jetzt die beiden als Weihnachtsmänner verkleideten Kaufhausdetektive auf ihn zu. Die Menge stob auseinander. Alle schubsten und drängelten erbarmungslos. Keiner wollte niedergemetzelt werden von einem durchgeknallten Ladendieb, dem nicht mal Weihnachten heilig war.

Es sah nicht gut aus für Brian.

Da entdeckte er in dem riesigen Tumult das Kind. Es stand ganz hinten bei der abwärts führenden Rolltreppe, viel zu nahe am niedrigen Geländer. Die vielen drängelnden Menschen schoben sich immer dichter auf das Kind zu. Es war nur noch eine Frage von Sekunden, bis es keinen anderen Ausweg mehr sehen würde. Brian holte aus und verpasste dem ersten Detektiv einen Hieb, der den Mann umwarf und den dahinter stehenden Kollegen gleich mit. Dann stürzte Brian sich in die panische Menschenmenge wie ein Löwe in eine Horde Gnus, die am Durchgehen ist. Kometenhaft schnell erreichte Brian das Geländer der Rolltreppe und die beiden kleinen Hände, die gerade über den Rand gleiten wollten. »Hier, fass an!«, rief er und warf dem Kind einen Ärmel von Passionata zu.

Fünf Minuten später standen drei Kriminalpolizisten mit ernsten Mienen in einem der Kaufhausbüros und fixierten ihn. »Brian, Sie sind im Milieu bekannt. Deshalb haben die Detektive Sie die ganze Zeit im Auge behalten. Und so wissen wir auch, dass Sie die Hauptkasse nicht ausgeraubt haben können«, sagte einer der Beamten.

»Vielleicht war es der Weihnachtsmann, der statt meiner in der Spielzeugabteilung hätte sitzen sollen?«, mutmaßte Brian. Er wusste es ja auch nicht.

Ein Polizist schüttelte den Kopf. »Kaum. Der wurde gefunden. Unten in der Weinabteilung, sturzbetrunken.«

Brian bemühte sich, den Augen seiner Frau auszuweichen. Wie peinlich, hier in Unterwäsche zu sitzen, umwickelt von Diebesgut.

»Wo sind Ihre Sachen?«, fragte der Beamte.

Brian erklärte alles wahrheitsgetreu und dass Hose, Hemd und Jacke unter einer weißen Adidas-Sporttasche in einem Umkleideraum fürs Personal lagen.

»Gehen Sie bitte und holen Sie die Sachen«, sagte der Polizist zu

Brians Frau. »Wir haben in der Zwischenzeit ein paar Worte mit Ihrem Mann zu wechseln.«

Brian wagte nicht, sie anzusehen. Ob sie wohl zurückkommen würde?

»Tja, Brian. Eigentlich müssten wir Sie wegen Kaufhausdiebstahls anzeigen«, fuhr der Beamte fort. »Aber im Augenblick beschäftigt uns ein weit schwereres Delikt. Außerdem haben Sie für die geistesgegenwärtige Rettung eines Kindes etwas Kredit verdient.«

Ein Mann trat vor. Es war Antonsen, der stellvertretende Direktor, der den Diebstahl der Hauptkasse über die Kaufhauslautsprecher bekannt gegeben hatte.

Antonsen lächelte. »Jetzt geben Sie alle gestohlenen Artikel zurück, Brian, und dann gehen Sie mit Ihrer Frau nach Hause und lassen sich hier nie mehr blicken. Verstanden?«

Brian nickte. Aber er war sich nicht sicher, ob er dieses Ende der Geschichte gutheißen konnte. Würde er verhaftet, hätte er zumindest über Weihnachten Kost und Logis frei. Wer aber garantierte ihm das noch für zu Hause?

In diesem Moment trat Brians Frau ins Büro. Offenbar hatte sie seine Sachen in die Sporttasche gestopft.

»Hier«, sagte sie. »Die Tasche stand nicht auf den Sachen, sondern hinten in einer Ecke.«

Der gepflegte Antonsen zuckte zusammen. »Das ist meine Tasche!«, rutschte es ihm heraus.

»So ein Quatsch«, sagte Brians Frau. »Schauen Sie doch.« Sie drehte die Tasche um. BRIAN S. JØRGENSEN stand da in zierlichen schwarzen Blockbuchstaben.

Brian lächelte schwach. Das war unverkennbar die Handschrift seiner Frau. Sie hatte das bestimmt mit ihrem Eyeliner geschrieben. Aber warum?

Unerwartet lächelte sie zurück. Wirkte fast sanft. »Hier, Brian.

Zieh deine Sachen an«, sagte sie und reichte ihm die Tasche. »Wenn du so weit bist, nehme ich die Tasche mit nach Hause.«

Brian fiel auf, dass der stellvertretende Direktor plötzlich nach Luft rang. Verräterische Schweißperlen liefen Antonsen übers Gesicht. Also deshalb lächelte Brians Frau.

Brian warf Antonsen einen unmissverständlichen Blick zu. »Das war smart, Kumpel. Hat aber nicht geklappt. Du hast das Geld geklaut, ich weiß es. Cool, die Schuld einem nicht existierenden Weihnachtsmann in die Holzpantinen zu schieben, während du die heiße Ware versteckst. Echt schade, dass es nun trotzdem der Weihnachtsmann sein wird, der mit dem Mist abzieht, wie?« Und dann fügte er mit seinem schärfsten Killerblick hinzu: »Untersteh dich, noch irgendwas in der Sache zu unternehmen, ist das klar?«

Brian steckte die Hand in die Sporttasche und zog vorsichtig seine Kleidung heraus. Ja, genau. Darunter lag eine Plastiktüte, die gut und gerne so etwas wie gebündelte Geldscheine enthalten mochte.

»Schatz, mach dir keine Sorgen«, sagte Brian. »Die lassen mich mit dir nach Hause gehen. Natürlich trage *ich* die Tasche und nicht du.«

Mit leuchtenden Augen sah er die Umstehenden an.

»So macht das nämlich ein echter Weihnachtsmann.«

MARLIES FERBER

Null-null-siebzig: Operation Dottie

James wollte heute Sheila von der Suppenküche an der Belsize Road abholen. Es war ihr Ehrenamtstag, und als er den Kopf zur Tür reinstreckte, komplimentierte sie gerade die letzten Gäste hinaus.

»Einen Moment noch, James«, rief sie, »ich muss noch aufräumen, bin heute allein! Gib mir eine Minute, ja?«

Er nickte, schlug den Mantelkragen hoch und zog den Hut tiefer ins Gesicht. Seit Tagen schneite es beinahe ununterbrochen, der schneereichste Dezember in London seit Jahren. Wo blieb die Klimaerwärmung, wenn man sie brauchte? Dieser Winter kam den Leugnern der Klimakrise mit den »Fuck-you-Greta!«-Aufklebern auf ihren Spritschleudern gerade recht. James sah das hell erleuchtete Fenster der Gaststätte an der Ecke zum Kilburn Vale und beschloss, sich die Zeit im Warmen zu vertreiben. Wenn Sheila eine Minute sagte, meinte sie eine halbe Stunde.

Er bestellte einen Whisky, sandte ihr eine Nachricht, dass er in der Priory Tavern warte, und setzte sich ans Fenster. Der Schnee bedeckte die Hässlichkeit der Hauptverkehrsader mit einer weißen Watteschicht, dämpfte die Hektik und den Lärm, aber nicht seinen Unmut über die neuesten Schlagzeilen des Guardians. Der Zustand Britanniens war übel, die Politik der Regierung noch übler. Er war im Laufe eines langen Lebens im Dienst des Secret Intelligence Service zu einer deprimierenden Erkenntnis gelangt: Je höher die Menschen auf der Karriereleiter standen, desto eher siegte im Wettstreit zwischen Gemeinsinn und Egoismus, zwischen Vernunft und Bauchgefühl, zwischen Realität und Wunschdenken Letzteres. Und ganz oben appellierte der Clown in der Downing Street an Gefühle und schaffte es damit immer wieder, von seinen Lügen abzulenken.

Der Wirt brachte den Whisky, und James ließ ihn sanft im Glas kreisen und beschloss, dass es Zeit war für gute Gedanken. Es gab Sheila. Seit zwei Jahren war sie zugleich Sturm und Sonne seines Lebens. Er war sich wohl bewusst: Wenn es sie nicht gäbe und ihren nervigen Terrier, der James' Zurückhaltung naiv ignorierte, dann wäre aus ihm schon längst ein alter Misanthrop geworden. Sheila genoss, allen Widrigkeiten zum Trotz, das Leben und alles, was es zu bieten hatte. Während der Pandemie hatte sie die Ärmel aufgekrempelt und in der Suppenküche zu arbeiten begonnen. Im Gastraum eines ehemaligen polnischen Restaurants, dessen Besitzer nach dem Brexit das Land verließen, teilten Sheila und andere Ehrenamtliche warme Mahlzeiten an Bedürftige aus. Von denen gab es wöchentlich mehr. So ist das, dachte James. Die Ausländer verlassen das Land, die Wirtschaft geht den Bach runter.

Er trank seinen Whisky, der unmittelbar von innen wärmte. Aber solange es Leute wie Sheila gab, gab es Hoffnung. Sheila scherte sich nicht um Politik, aber sie packte mit an und half, pragmatisch und direkt. Meist blieben bei der Essensausgabe einige Portionen übrig, und wenn der Gefrierschrank der Suppenküche voll war, brachte sie die Reste mit nach Hause und fror sie ein. Er ahnte, wofür. Wahrscheinlich würde sie bald Obdachlose von der Straße auflesen und ihnen zuhause überheiße Suppenküchenreste aus ihrer Mikrowelle aufdrängen. James lächelte zustimmend, als der Wirt wortlos fragte, ob er noch einen Whisky wolle. Wenn es so weit wäre, dass diese Leute in Sheilas Wintergarten übernachteten, würde er ihnen morgens einen Porridge kochen, mit einem ordentlichen Schuss Scotch drin – das einzige Gericht, das er besser zubereiten konnte als sie. Hauptsache, das Ganze spielte sich nur bei Sheila ab. So begrüßenswert er das alles fand: Seine eigenen vier Wände waren ihm heilig.

Sheila betrat das Gasthaus, zog sich das vollgeschneite Kopftuch von den dunkelbraunen Locken und griff erfreut zu James' zweitem Whisky.

»Für mich? Wie lieb von dir, den kann ich gut gebrauchen!« Sie nieste in die Armbeuge. »Himmel, was für ein Tag. Meine Kollegin tauchte nicht auf. Einfach so, ist eigentlich gar nicht Dotties Art. Und von den Frauen auf der Ersatzliste hatte jede eine andere Ausrede. Und die Heizung war ausgefallen.« Sie kippte den Whisky hinunter. »Ah, der tut gut! Aber jetzt möchte ich bitte rasch nach Hause, James, ich brauche ein heißes Bad!«

James war zwar nicht zu Wort gekommen, aber er liebte solche Momente mehr, als er zugegeben hätte. Nach vielen Jahren als einsamer Wolf, in denen er die Marschrichtung seines Lebens allein bestimmt hatte, genoss er es, ähnlich wie ihr Hund, auch mal bei Fuß zu gehen. Er nahm Sheila die Tasche ab, reichte ihr auf dem kurzen Weg zum Auto den Arm, während sie von ihrem Einsatz in der Suppenküche erzählte, und hielt ihr die Tür auf. Von einer Sheila-Plauderwolke umhüllt, startete er den Wagen, setzte den Blinker, scherte aus der Parklücke – im nächsten Augenblick knallte es.

Benommen von dem heftigen Stoß sah James zu Sheila. Gott sei Dank, sie war zwar weiß im Gesicht, schien aber unverletzt. »Alles in Ordnung?«

Sie nickte nur, für einen Moment sprachlos. Dann murmelte

sie Flüche, die James noch nie von ihr gehört hatte und die dem anderen Autofahrer galten.

James stieg aus und ging zu dem anderen Wagen. Erleichtert sah er, dass die junge Frau am Steuer offenbar ebenfalls unverletzt war. Sie telefonierte gerade, wahrscheinlich mit der Polizei.

»Alles in Ordnung mit Ihnen?«, fragte James, als sie aufgelegt hatte und aus dem Auto stieg. Da erst sah er, dass sie weinte. Sie zeigte schluchzend auf ihr demoliertes Auto. »Natürlich nicht, was denken Sie denn?«

»Haben Sie schon die Polizei verständigt?«, fragte James.

Sie nickte und musterte ihn aus verheulten Augen.

»Sie sind genau wie unser alter Nachbar, wissen Sie das?«

»Wie bitte?«

»Warum setzen Sie sich überhaupt noch hinters Steuer, wenn Sie halbblind sind? Rentner am Steuer sind eine Gefahr für die Allgemeinheit!«

James zog es vor, keine Antwort auf diese Unverschämtheit zu geben. Sheila war auch ausgestiegen und hatte die letzten Sätze mitbekommen. Sie holte schon tief Luft, aber er legte ihr schnell die Hand auf den Arm.

»Lass nur. Sie steht unter Schock. Da sagen Menschen oft unpassende Dinge, die sie hinterher bereuen.«

James und Sheila begutachteten die Autos. »Das wird zweimal richtig teuer, oder?«, murmelte Sheila. Er nickte. Und das kurz vor Weihnachten. Gut, dass er seine Vollkasko-Versicherung noch nicht gekündigt hatte. Wenig später traf die Polizei ein, und James atmete auf, jetzt würde alles sachlich geregelt und wäre bald vorbei. Halb erwartete er, dass die Unfallgeschädigte ihre Meinung zu Rentnern am Steuer noch einmal kundtat, aber sie hielt sich zurück. Dafür kam aus der Menge der sich inzwischen eingefundenen Schaulustigen plötzlich ein lauter Zwischenruf: »Jede Wette, da war Alkohol im Spiel, der Mann, der plötzlich ausparkte, kam aus der Priory Tavern!«

Wenig später nahm ein Arzt James im örtlichen Polizeirevier Blut ab.

»Weißt du, was schön wäre?«, ereiferte Sheila sich, als der Arzt sich verabschiedet hatte und James den Hemdsärmel wieder herunterkrempelte. »Wenn es einen Bluttest zur Messung von Hinterfotzigkeit gäbe.« Sie nestelte an seinen Manschettenknöpfen herum. »Was mischte dieser Kerl sich überhaupt ein? Der hatte doch gar nichts damit zu tun!«

»Es war nur ein Whisky«, beruhigte James sie. »Du erinnerst dich? Der zweite Whisky war deiner.« Sie erhoben sich und gingen zum Ausgang. Auf einer Wartebank im Eingangsbereich saß eine ältere, vornehm wirkende Dame in einem Dufflecoat. Sheila hielt überrascht inne.

»Dottie!«

Die Angesprochene rang sich ein gezwungenes Lächeln ab. Offensichtlich war ihr die Begegnung unangenehm.

Was Sheila ignorierte. »Himmel, was machst du denn hier?«

»Mrs Macklin, hier bitte noch eine Unterschrift!«, rief der Beamte hinter dem Schalter. Als Dottie wiederkam, stellte Sheila James und Dottie einander vor. »Also, erzähl«, drängte sie dann, während sie gemeinsam hinausgingen, »was ist passiert? Du liebe Zeit, ich hätte mir denken können, dass etwas passiert ist, dass du mich nicht einfach so im Stich lässt!«

Vor der Tür wehte ihnen ein eisiger Wind entgegen. Dottie wickelte sich umständlich ihren Schal um den Hals und streifte ihre Handschuhe über. »Diebstahl«, sagte sie leise.

»Ach, du liebe Zeit, was haben sie dir geklaut?«

Dottie schüttelte nur den Kopf, zog die Handschuhe gleich wieder aus, nestelte ein Taschentuch aus ihrer Handtasche und schnäuzte sich. Sheila wartete geduldig, bis sie fertig war.

»Andersherum, ich wurde erwischt«, sagte Dottie schließlich.

»Bei Sainsbury's an der Kasse. Mit Frühstücksschinken in der Manteltasche.«

»Frühstücksschinken«, wiederholte Sheila und sah Dottie mit
großen Augen an. »Aber warum das denn? Ich meine, du bist
doch … das ist doch … da kannst du nichts dafür, oder? Geh zum
Arzt, lass dir ein Attest geben, dann …«

Dottie starrte Sheila an, sie hatte Tränen in den Augen. »Was …
für … ein Attest?«, stammelte sie.

Sheila zuckte hilflos die Schultern und warf James einen verun-
sicherten Blick zu.

»Ich bin nicht krank«, sagte Dottie heftig. »Ich bin nur … arm.«

»Arm«, wiederholte Sheila perplex. »Aber … aber du arbeitest
in der Suppenküche. Du … du willst helfen und stehst doch … auf
der anderen Seite.«

Dottie wischte sich mit beiden Händen über die Augen. »Willst
du wissen, warum ich in der Suppenküche arbeite? Weil wir Ehren-
amtlichen auch dort essen und ich satt werde, ohne dass es auffällt.
Und wir Reste mitnehmen können.«

Sheila rang mit den Händen. »Aber du wohnst in einer teuren
Wohngegend. Deine Kleidung, sieh dich an, die Qualität deines
Mantels … du bist doch nicht mittellos!«

Dottie schluchzte auf. »Früher nicht, aber inzwischen schon«,
gestand sie. James reichte ihr ein Taschentuch. Sheila legte ihr den
Arm um die Schultern. »Komm erst mal mit zu mir, ich mach uns
einen Tee.«

Wenig später saßen sie in Sheilas Wohnzimmer bei Tee und Mince
Pies, und Dottie erzählte stockend, dass sie bis vor einem halben
Jahr keine Geldsorgen gehabt hätte. Sie bezog zwar eine magere
Rente, hatte jedoch ein beträchtliches Vermögen von ihren Eltern
geerbt.

»Es war ein Enkeltrick«, erzählte sie, und schon wieder kamen ihr die Tränen. »Dadurch habe ich von heute auf morgen mein ganzes Barvermögen verloren, mit dem ich noch in zwanzig Jahren sorgenfrei hätte leben können.«

»Enkeltrick«, wiederholte Sheila ungläubig. »Hast du überhaupt Enkelkinder?«

Dottie schüttelte den Kopf. »Nur eine Tochter. Aber heißt das nicht so, wenn man plötzlich angerufen wird und jemand dir sagt, dass ein Angehöriger dringend Geld braucht? Es musste alles so schnell gehen, ich hatte keine Zeit zu überlegen oder jemanden um Rat zu fragen. Ich hatte solche Angst, dass meine Tochter stirbt!«

»Mein Gott, wie furchtbar.« Sheila legte Dottie mitfühlend die Hand auf den Arm. »Was hat man dir denn gesagt, was deiner Tochter passiert sei?«

Dottie starrte in ihren Tee. »Dieser … Doktor Andersson sagte, dass sie einen schweren Autounfall hatte.« Sie unterbrach sich, kämpfte schon wieder mit den Tränen, schnäuzte sich. »In Mexiko, und sie müsse operiert werden, sie brauche eine neue Leber. Sie hätten zwar ein Spenderorgan, was ein unglaublicher Glücksfall sei, aber wenn das Geld für die Operation nicht spätestens in zwanzig Stunden da sei, würde es an den nächsten Patienten auf der Liste gehen.«

»Haben Sie denn nicht versucht, Kontakt zu Ihrer Tochter aufzunehmen?«, fragte James.

»Doch, ja, natürlich. Ich habe sie auf dem Weg ins Finanzviertel zigmal auf dem Handy angerufen. Immer nur die Mailbox.«

»War die Aussage, sie sei in Mexiko, für Sie glaubwürdig?«

Dottie nickte. »Miranda wohnt dort mit ihrem Ehemann, er ist Amerikaner. Neil und sie hatten schon lange den Traum, am Golf von Mexiko ein Restaurant zu eröffnen. Letztes Jahr haben sie es dann gemacht. Weil der Anruf aus Mexiko kam, habe ich keinen Verdacht geschöpft. Wer sollte sonst überhaupt wissen, dass meine Tochter in Mexiko wohnt? Das wissen doch nur ein paar Freunde.«

Sheila seufzte und warf James einen Blick zu. Er wusste, was sie dachte: Dottie hatte keine Ahnung von den kriminellen Möglichkeiten des Internets.

»Um wie viel Geld handelte es sich?«, fragte James.

»Eine Viertelmillion.«

»Was?« Sheila riss die Augen auf. »So eine gewaltige Summe? Nur für eine Operation? Und da bist du nicht misstrauisch geworden?«

Dottie nahm sich noch einen Mince Pie. »Es waren zweihundertvierundfünfzigtausend Pfund genau«, sagte sie. »Irgendwie hat mich gerade diese krumme, große Summe beruhigt. Und es war im Ausland, da ist es doch klar, dass das alles teuer ist, und … es musste ja so schnell gehen.«

»Haben Sie denn nicht daran gedacht, beim Ehemann Ihrer Tochter anzurufen?«, fragte James. »Oder im Restaurant?«

Dottie schnäuzte sich wieder. »Der Anruf kam um etwa neun Uhr morgens, da war es in Mexiko drei Uhr in der Nacht, das Restaurant ist da schon geschlossen. Und mein Schwiegersohn und ich … nun ja, wir haben Differenzen. Jedenfalls habe ich seine Handynummer gar nicht.«

»Wann haben Sie den Betrug bemerkt?«, fragte James.

»Am selben Tag, als meine Tochter sich zurückmeldete.«

»Was hat sie zu dem Ganzen gesagt?«

»Nichts«, sagte Dottie. Sie beugte sich nach vorn, sah James und Sheila flehentlich an. »Sie darf das nie erfahren! Ich will sie auf keinen Fall damit belasten.«

Sheila schenkte Dottie Tee nach. »Aber hast du sie nicht sofort gefragt am Telefon, wie es ihr geht? Und dass das Geld unterwegs ist und du alles getan hast, damit sie operiert werden kann?«

Dottie schüttelte den Kopf und griff zum nächsten Mince Pie. »Zum Glück«, sagte Dottie kauend, »hat meine Tochter nicht angerufen, sondern eine WhatsApp geschickt. Mit einem Schnappschuss

51

von sich beim Einkaufen. Da habe ich begriffen, dass ich reingelegt wurde.«

»Aber wenn Sie Ihrer Tochter alles erklären?«, wandte James ein. »Sie haben das doch für sie getan.«

Dottie nahm einen großen Schluck Tee. »Das hätte jede Mutter getan.«

James lächelte. »Und jede Tochter wäre dafür dankbar. Ich bin überzeugt, auch für Ihre Tochter wird es eine Selbstverständlichkeit sein, Ihnen jetzt finanziell über die Runden zu helfen.«

Klirrend stellte Dottie die Teetasse ab. »Nein, das kommt nicht infrage.«

»Soll ich vielleicht mal mit deiner Tochter …«, versuchte Sheila es noch einmal.

»Nein, auf keinen Fall!« Dottie schrie jetzt fast, ihr flackernder Blick hatte etwas von der Verzweiflung eines in die Enge getriebenen Wildtiers. Aufschluchzend stand sie auf und ging zur Toilette.

James sah aus dem Fenster, inzwischen waren Häuser und Autos von einer dicken Schneeschicht bedeckt. Sheila füllte großzügig Mince Pies nach und legte Mandarinen dazu. »Kein Wunder, dass sie Hunger hat«, raunte sie James zu. »Sie ist ja vor ihrem Einsatz in der Suppenküche erwischt worden.«

Als Dottie wiederkam, schälte Sheila sich eine Mandarine und plauderte ein wenig über das Wetter und die Aussicht auf weiße Weihnachten, woraufhin Dottie sich entspannte, ebenfalls eine Mandarine aß und auch nicht Nein sagte, als Sheila schnell ein paar Sandwiches zubereitete und James ihr einen Sherry anbot.

»Was ist mit dem Haus?«, fragte Sheila schließlich sanft, als sie gemeinsam das Geschirr in die Küche räumten. »Du könntest eine Hypothek auf das Haus aufnehmen. Oder du verkaufst das Haus und ziehst in eine Wohnung.«

Dottie stellte kopfschüttelnd das Tablett auf den Küchentisch. »Das Haus habe ich schon letztes Jahr verkauft, um meiner Tochter und ihrem Mann die Existenzgründung zu ermöglichen, aber ich habe lebenslanges Wohnrecht.«

Sheila nickte, und sie kehrten ins Wohnzimmer zurück. »Dann wirst du auf jeden Fall nicht obdachlos, das ist gut. Aber ganz praktisch gedacht solltest du staatliche Fürsorge beantragen. Und wirklich mit deiner Tochter sprechen.«

»Nein!« Dottie blieb auf halbem Weg ins Wohnzimmer stehen. »Ich schäme mich so«, sagte sie mit gesenktem Blick. »Wie konnte ich so dumm sein.«

James schenkte ihr noch einen Sherry ein. »Sind Sie nicht misstrauisch geworden, dass Sie das Geld jemandem bar aushändigen sollten? Eine Überweisung ist schneller und nachvollziehbarer.«

Dottie schlug sich die Hände vors Gesicht und weinte jetzt hemmungslos. »Es ist wohl besser, ich gehe jetzt«, schluchzte sie.

Sheila sah James kopfschüttelnd an. »Ja, gib ihr nur den Rest. Hinterher ist man immer schlauer«, schimpfte sie. Mitfühlend legte sie ihren Arm um Dottie. »Liebes, gib dir nicht die Schuld.« Sie zögerte, sah zu James. »Weißt du was, vielleicht können James und ich dir helfen. Wir haben schon einige Kriminalfälle gelöst.«

Während Sheila ihre Freundin zur Tür brachte, ging James zur Bar und schenkte sich einen Glenmorangie ein. Das durfte nicht wahr sein.

»Bist du von allen guten Geistern verlassen?«, sagte James, als Dottie gegangen war. »Vielleicht erinnerst du dich: Unseren letzten *Fall*, wie du es nennst, hast du beinahe mit dem Leben bezahlt!«

»Das ist doch Äpfeln mit Birnen vergleichen«, rief Sheila über die Schulter, während sie Higgins aus dem Wintergarten ließ. Er galoppierte auf James zu und begrüßte ihn stürmisch. »Da ging es um Mord, hier nur um Trickbetrug. Dottie braucht Hilfe. Oder zumindest einen Strohhalm, an dem sie sich festklammern kann. Ein bisschen Nächstenliebe. Komm schon, James. Bald ist Weihnachten.«

James versuchte, den Hund daran zu hindern, zu ihm aufs Sofa zu springen. »Was sie braucht, ist kein Strohhalm, sondern Geld.«

»Genau«, stellte Sheila fest und griff nach einem Notizblock. »Sie muss ihr Geld zurückbekommen. Wir müssen diesen Doktor Andersson ausfindig machen und ihm das Handwerk legen.«

»Gute Idee, am besten, du schaust im Telefonbuch nach. Ich bin sicher, sowohl der Doktortitel als auch der Name sind echt.«

»Die Ironie kannst du dir sparen, James.« Sie kritzelte etwas in den Notizblock. »Erstens«, murmelte sie dabei, »damit Dottie fürs Erste über die Runden kommt, werden wir Spenden sammeln.«

»Stell doch eine Spendendose in der Suppenküche auf«, warf James ein. »Ich bin sicher, die Bedürftigen haben Mitleid mit einer Frau, die lieber klaut, als das einzig Vernünftige zu tun: zuzugeben, dass sie auf einen Trickbetrug hereingefallen ist.«

Sheilas Gesicht hellte sich auf. »Spendendose, das ist es! Wir sammeln in der Nachbarschaft!« Sie verschwand in der kleinen Vorratskammer unter der Treppe, tauchte mit einer Blech-Spendendose wieder auf, von der sie den Aufkleber »Pets in Need for Vets« abknibbelte.

»Wollen wir gleich los?« Sie holte die Leine für Higgins. »Den Hund nehmen wir mit, Tiere sind bei solchen Aktionen immer gut. Und wie passend, dass bald Weihnachten ist! Zieh deinen Tweedmantel an, James. Wenn zwei gutgekleidete ältere Herrschaften mit Hund und Spendendose klingeln, gibt man gern eine milde Gabe für eine in Not geratene Nachbarin.«

»Ist das dein Ernst? Mit einer rührseligen Geschichte über Trickbetrug den Leuten Geld aus der Tasche ziehen? Am Ende halten die uns noch für Trickbetrüger!«

»Das wird nicht passieren.« Sie reichte ihm lächelnd seinen Kaschmir-Schal. »Wir klingeln nur bei Leuten, die mich kennen.«

James fluchte leise, aber er zog den Mantel an. Er hasste es, noch einmal vor die Tür zu müssen. Aber er wusste auch, dass der Bei-

Fuß-Modus in diesem Fall die einzige Option war. Allein zuhause würde er sich doch nur Sorgen um Sheila machen.

Die Spenden-Sammelaktion verlief überraschend gut. Von den meisten Nachbarn wurden sie freundlich hereingebeten in gut geheizte Wohnzimmer, die nach Plätzchen, Tannen und Kerzen dufteten, in manchen Stuben war schon eine Leine mit den Weihnachtskarten aufgespannt. Man bot ihnen Gebäck und Sherry oder Tee an, und Sheila erzählte die traurige Enkeltrick-Geschichte, ohne Dotties Namen zu nennen, gab nur preis, dass es sich um eine Nachbarin und Ehrenamtskollegin handele. Sheila war im Viertel bestens bekannt, man glaubte und vertraute ihr, und die vorgeschlagene Spende von zehn Pfund war ein gern gezahlter Preis für eine tragische Geschichte, die zum Glück nicht einem selbst passiert war. Womit James und Sheila nicht gerechnet hatten, war aber, wie viele Nachbarn schon Bescheid zu wissen schienen. »Ja, ich habe davon gehört«, hieß es bekümmert. Oder mitleidig: »Ach ja, die arme Seele.« Oder, ein wenig sensationslüstern: »Oh, nein, schon wieder ein Opfer!« Und einige Nachbarn wisperten hinter vorgehaltener Hand: »Sie können es mir ruhig sagen, es geht um Lauren Miller, nicht wahr?« – »Es geht um Mary-Ann Dickinson, nicht wahr?« – »Es geht um Andrew Lancaster, nicht wahr?«

»Na bitte«, stellte Sheila fest, als sie am späten Abend benebelt und erschöpft von zu viel Sherry und Gebäck auf dem Küchentisch das Geld zählten. »Operation Dottie hat zweihundertdreißig Pfund gebracht. Wir runden auf dreihundert Pfund auf, das lindert Dotties Geldnot, bis sie klarer sieht und sich dazu überwindet, ihre Tochter um Hilfe zu bitten.«

»Und vor allem die Polizei einschaltet«, sagte James, stellte zwei Tassen unter die Kaffeemaschine und drückte auf den Knopf. »Sie scheint ja tatsächlich nicht das einzige Opfer zu sein.«

Sheila nickte nachdenklich. »Kaum, dass sie das Wort Enkeltrick hörten, sprudelte es aus den Leuten hervor. Wir haben drei Namen möglicher weiterer Opfer, aber wahrscheinlich schweigen wie Dottie aus Scham noch viele andere.«

James überreichte Sheila ihren Kaffee. »Hier bitte, zum Nüchternwerden.« Er nahm seinen mit zum PC und begann, konzentriert zu tippen.

»Was tust du?«, fragte Sheila.

»Nach den erwähnten Personen schauen. Schauen wir mal … hier haben wir schon etwas zu Lauren Miller. Sie wohnt im Flask Walk. Mary-Ann Dickinson … wohnt ebenfalls hier ganz in der Nähe, in der Willow Road. Mr Lancaster … ist im Candlewood-Altenheim am Bentley Drive gemeldet.« James machte sich ein paar Notizen, dann rief er das Altenheim an und bat darum, Mr Lancaster zu sprechen. Das Gespräch dauerte nicht lange, James stellte sich vor, erläuterte sein Anliegen, und Mr Lancaster gab sachlich Auskunft. Ja, er habe einen Enkeltrick-Anruf bekommen. Der vorgebliche Enkel habe fünfhundert Pfund erfleht, er sei in großen Schwierigkeiten. Ein Freund werde kommen und das Geld abholen. Er sei aber nicht darauf hereingefallen, denn er kenne die Stimme seines Enkels genau, also habe er aufgelegt und die Heimleitung informiert.

James bedankte sich, wählte die nächste Nummer, entschuldigte sich für die späte Störung und schilderte, dass es mehrere Trickbetrugsversuche in Hampstead gegeben habe. Mrs Miller reagierte verhalten, und erst als James weiter ausführte, dass eine gute Freundin seiner Lebensgefährtin Mrs Humphrey nun praktisch mittellos sei, gab sie zu, dass in der letzten Woche zwei Polizeibeamte bei ihr geklingelt hätten, eine Frau und ein Mann. Sie warnten, es gebe aktuell im Nordwesten Londons eine Einbruchserie, deshalb nehme die Polizei, wenn man dies wünsche, gegen Quittung Bargeld und Wertgegenstände in Gewahrsam, bis die Täter gefasst seien.«

»Haben Sie den Betrügern etwas gegeben?«

»Nein. Das heißt, ich wollte, aber dann kam zufällig meine Tochter, und da sagten die Beamten, ich könne es in Ruhe mit meiner Tochter besprechen, sie würden später wiederkommen. Aber sie kamen nicht wieder.«

Der dritte Anruf brachte ein ähnliches Ergebnis wie der zweite: Auch bei Mrs Dickinson hatten zwei Polizeibeamte vor der Tür gestanden. »Es war alles sehr glaubwürdig«, erzählte sie. »Auftreten und Dienstkleidung der Beamten waren tadellos, sie zeigten ihre Dienstmarken und sprachen so posh, ein bisschen wie Prince William. Aber andererseits, ich bitte Sie: Polizisten, die von Tür zu Tür gehen und Bargeld und Schmuck einsammeln?«

James bedankte sich, beendete das Gespräch und sah Sheila an. »Vier Fälle von versuchtem Trickbetrug. Und nur bei Dottie hat es geklappt.«

»Die Dunkelziffer«, erinnerte Sheila.

James nickte. »Sicher. Aber Dotties Fall ist trotzdem anders.«

»Inwiefern?«, fragte Sheila. »Es war doch immer ein ähnliches Muster. Ein alter Mensch wird verunsichert und unter Druck gesetzt, damit er Geld oder Wertsachen herausgibt.«

James setzte sich mit seinem Kaffee wieder neben sie an den Kamin.

»Es hat eine andere Dimension«, sagte er. »Bei Mr Lancaster ging es um ein paar hundert Pfund, bei Dottie um eine Viertelmillion. Bei Mr Lancaster wollte der Betrüger kommen und das Geld abholen. Das ist für die Betrüger eine relativ sichere Methode, denn sie agieren zu mehreren. Bis zum Abholen des Geldes überwachen Komplizen die Nachbarschaft des Opfers. Falls die Polizei alarmiert wurde oder sich sonst etwas Verdächtiges regt auf der Straße, wird die Sache abgeblasen. Bei Mrs Miller und Mrs Dickinson standen die Betrüger gleich vor der Tür, das ist besonders clever. Das Opfer hat gar keine Zeit, jemanden zu informieren. Es muss sich sofort, hier und jetzt entscheiden.«

Sheila nickte. »Aber es ist doch dasselbe bei Dottie. Die Horrornachricht, dass die Tochter sonst stirbt, verbunden mit enormem Zeitdruck.«

»Ja, aber Trickbetrüger, die sich ihre Opfer mehr oder weniger zufällig suchen, fordern maximal ein paar tausend Pfund. Diese Summe haben die meisten älteren Leute auf dem Konto. Oder sie greifen, wie die falschen Polizisten, einfach ab, was sie kriegen können. Aber gleich eine Viertelmillion?«

Sheila riss die Augen auf. »Du meinst, Dottie ist womöglich kein zufälliges Opfer wie die anderen?«

»Ja. Da wusste jemand genau Bescheid über ihre Vermögensverhältnisse. Und noch etwas: Warum ist der Betrüger so ein großes Risiko eingegangen, indem er sich zur Geldübergabe mit ihr an einem öffentlichen Ort traf? Dort sind überall Kameras. Wenn Dottie vor der Geldübergabe die Polizei informiert hätte …«

»Zum Beispiel, wenn sie ihre Tochter vorher noch erreicht hätte«, ergänzte Sheila. »Dottie hat es doch auf dem Weg ins Finanzviertel mehrfach versucht.«

James nickte. »Es war zwar in Mexiko zu der Zeit mitten in der Nacht, aber trotzdem. Und zuletzt stört mich die anhaltende Irrationalität. Dass jemand, wenn er unter Druck gesetzt wird, nicht vernünftig nachdenken kann, ist verständlich. Aber warum hat Dottie nicht wenigstens im Nachhinein die Polizei eingeschaltet? Warum schreibt sie lieber ihr ganzes Geld ab, isst in der Suppenküche und klaut, statt zuzugeben, dass sie auf einen miesen Betrug hereingefallen ist?«

Higgins sprang zu Sheila aufs Sofa. »Ich verstehe sie. Wenn Gefühle im Spiel sind … du hast doch erlebt, wie sehr sie weinte. Die Scham ist so groß.« Plötzlich sah sie James an, in ihrem Gesicht spiegelten sich Erkenntnis und Entsetzen: »O nein, und genau das haben die Betrüger gewusst! Dass zuerst Dotties Angst um ihre Tochter, dann die Scham sie davon abhalten würde, zur Polizei zu gehen. Sie wussten, wie Dottie reagieren würde! Und sie wussten auch ganz genau, dass Dottie ihre Tochter nicht telefonisch erreichen würde. Weil die Tochter nämlich selbst dahintersteckte, wahrscheinlich gemeinsam mit ihrem Mann. Nachdem die beiden schon vom Verkauf des Hauses profitiert hatten, wollten sie auch noch Dotties Ersparnisse an sich bringen! Und sie wussten genau, wie viel sie hatte!«

James nickte langsam, wandte den Blick ab, beobachtete das Züngeln der blauen Flammen im Gaskamin. Sheila streichelte den Hund, und schweigend saßen sie lange vor dem Kamin.

»Meinst du, Dottie ahnt es?«, fragte Sheila schließlich. »Und will es nicht wahrhaben? Ist das Mutterliebe? Sich lieber ausrauben lassen und in Armut leben, als sich einzugestehen, dass die eigene Tochter einem so etwas antut?«

James trank den letzten Schluck des inzwischen kalten, bitteren Kaffees und erhob sich.

»Was sollen wir bloß machen?«, fragte Sheila, traurig und fassungslos. Ihre Augen glitzerten. Es tat ihm weh, sie so zu sehen. Er reichte ihr die Hand, zog sie vom Sofa und nahm sie in den Arm. »Zwei Optionen«, raunte er ihr ins Ohr. »Entweder ich öffne meine beste Flasche Whisky, und wir betrinken uns jetzt richtig. Oder wir gehen zu Bett. Lass uns schlafen gehen. Dann ist es morgen immer noch eine traurige Geschichte, aber wir haben wenigstens keine Kopfschmerzen.«

»Geizhals«, sagte sie und umarmte ihn.

Am nächsten Morgen stand James schon früh in Sheilas Küche, und als sie herunterkam, richtete er Spiegeleier, Baked Beans und Toastbrote auf zwei Tellern an und lächelte ihr zu.

»Nanu?« Sheila setzte sich erstaunt. »So fröhlich?«

»Allerdings.« James gab einen Spritzer Worcestersauce zum Tomatensaft und überreichte ihr das Glas. »Hier bitte, eine Virgin

Bloody Mary, wird dir gut tun! Und übrigens, Dotties Tochter ist unschuldig.«

Sie ergriff das Glas, ließ den ausgestreckten Arm perplex in der Luft. »Du meinst, es war der Schwiegersohn allein?«

»Nein, auch er hat nichts damit zu tun. Heute Nacht lag ich lange wach und hatte immer das Bild der weinenden Dottie vor Augen. Und ich habe mich irgendwann gefragt, warum sie eigentlich so viel weinte. War es wirklich aus Scham? Oder Trauer? Würde man dann nicht lieber weinen, wenn man allein ist? Warum weinen erwachsene Menschen im Beisein von anderen?«

Sheila nahm einen Schluck Tomatensaft, verzog das Gesicht, stellte das Glas ab und sah James milde lächelnd an. »Wir tun das.«

»Frauen?«, fragte James.

Sie verdrehte die Augen. »Nein, wir Menschen.«

Er butterte seinen Toast. »Ist es nicht so, dass Tränen auch verschleiern? Dass man mit ihnen nicht nur Gefühle ausdrückt, sondern sie auch bei anderen weckt, dass man also mit seinem Weinen auch manipulieren kann? Tränen rufen Gefühle bei anderen hervor, und Gefühle vernebeln den Verstand.«

»Ja, meinetwegen«, sagte Sheila, »Dottie hat sich geschämt, sie war traurig, sie wollte außerdem vielleicht auch unser Mitleid und unser Verständnis, aber das ist doch normal in ihrer Situation.«

»Weißt du noch, Sheila, was dein allererster Impuls war, als sie von dem Diebstahl erzählte? Was du zu ihr gesagt hast?«

Sheila griff sich an die Schläfe, während sie überlegte. »Ich habe sie gefragt, was ihr gestohlen wurde.«

»Ich meine danach. Als sie sagte, sie selbst sei beim Stehlen erwischt worden.«

»Dass sie zum Arzt gehen und sich ein Attest besorgen soll.«

»Exakt. Du hast gedacht, dass sie irgendwie krank ist. Und da hat es angefangen mit dem Weinen. Weil sie verzweifelt in die Enge getrieben war. Denn genau das stimmte! Du hattest intuitiv ins Schwarze getroffen, und sie hat es heftig dementiert, weil sie nicht wollte, dass ihre Kleptomanie in der Nachbarschaft ans Licht kommt. Ihr Ruf wäre dahin. Niemand lädt eine krankhafte Diebin zu sich nach Hause ein. Für die meisten Menschen aber ist soziale Isolation ein unerträglicher Gedanke. Zumal für eine alleinstehende Rentnerin wie Dottie. Also hat sie geweint und behauptet, sie habe aus Armut geklaut. Damit wollte sie uns dazu bringen, dass wir die Sache für uns behielten. Jeder hat schließlich Mitleid mit einer armen, alten Frau, die Frühstücksschinken stiehlt.«

»Klauen aus Not ist quasi Mundraub«, sagte Sheila.

»Nur dass Dottie im ersten Augenblick nicht bedacht hatte, dass du ihr die Armut nicht abkaufen würdest. Also weinte sie noch mehr, und auf dem Weg zu deinem Haus hatte sie dann genug Zeit, sich eine Begründung dafür auszudenken, warum sie plötzlich arm war. Wahrscheinlich hatte sie die Gerüchte über die Trickbetrüger im Viertel mitbekommen.«

Sheila fasste sich an die Stirn. »Und ich habe es nur gut gemeint! Ich wünschte, wir hätten sie auf dem Polizeipräsidium nicht bemerkt.«

»Ein Gutes hat die Sache«, sagte James mit einem breiten Lächeln. »Dottie hat diese scheußlichen Mince Pies von deiner Mutter aufgegessen.« Dann wurde er wieder ernst. »Was Dottie braucht, ist ein guter Anwalt, der durchsetzt, dass, wenn es zum Gerichtsverfahren kommt, ein psychologisches Gutachten hinzugezogen wird. Ob pathologischer Diebstahl vor Gericht als strafmildernd betrachtet wird, hängt leider immer noch vom Richter ab. Auch wenn Kleptomanie als psychische Störung anerkannt ist, behandeln viele Richter den Diebstahl schlicht als Strafsache. Das darf ihr nicht passieren. Bei Wiederholungstätern ist irgendwann der Punkt erreicht, an dem es kein Pardon mehr gibt und sie wegen einer Tafel Schokolade ins Gefängnis wandern.«

»Oder wegen eines Frühstücksschinkens.« Sheila griff zum Besteck und begann mit Appetit zu essen. »Ob Dotties Tochter von ihrem Problem weiß?«

»Nein. Sagt jedenfalls Dottie.«

Sheila sah empört vom Teller auf. »Du hast schon mit Dottie gesprochen?«

James schenkte ihr Tee ein. »Sie rief in der Frühe an, als du noch schliefst. Wollte sich nach dem Stand der Dinge erkundigen. Dein Hilfsangebot gestern hat sie beunruhigt. Sie meinte, sie habe in der Nacht kein Auge zugemacht und beschwor mich, die Sache ruhen zu lassen. Ich habe ihr daraufhin gesagt, dass wir in der Nachbarschaft schon dreihundert Pfund für sie gesammelt hätten. Und jetzt darfst du raten, wie sie darauf reagiert hat.«

»Sie hat geweint?«

»Rotz und Wasser. Es hatte keinen Zweck, ich habe erst mal aufgelegt und sie eine halbe Stunde später wieder angerufen. Da war dann ein Gespräch möglich, und ich habe ihr vorsichtig dargelegt, dass sie meiner Ansicht nach nicht Geld, sondern einen guten Anwalt und vielleicht eine Therapie braucht, aber die Sache ansonsten kein Grund zur Panik sei. Da gab sie schließlich zu, dass sie diesen Drang schon seit ihrer Jugend habe. Es passiere einfach, wie in Trance, sie könne sich in bestimmten Momenten nicht mehr richtig kontrollieren. Es komme immer in Krisenzeiten über sie. Die Pandemie sei eine schwere Zeit gewesen, und dann der Wegzug ihrer Tochter, da sei der Zwang wieder übermächtig geworden.«

»Arme Dottie«, stellte Sheila fest.

»So arm nun auch wieder nicht«, sagte James lächelnd. »Jedenfalls finanziell gesehen.«

»Apropos Geld.« Sheila griff wieder zur Gabel. »Jetzt ahne ich auch, warum du das gute Frühstück gemacht hast: Stärkung für unsere nächste Runde durch die Nachbarschaft. Der Anstand gebietet es wohl, den Leuten das gespendete Geld zurückzugeben.«

Er prostete ihr mit seinem Tomatensaft zu. »Korrekt, Mrs Humphrey.«

Wenig später stapften James und Sheila die stille New End Lane hinunter. Die Schneewolken hatten sich verzogen, die Morgensonne stand schräg am Himmel, die Luft war klar und der Schnee knirschte unter ihren Sohlen, während der Hund ausgelassen herumtollte.

»Wir sind wie die Carol Singers, nur andersrum, wir geben Geld«, bemerkte Sheila grinsend, als sie an der ersten Tür klingelte.

Die Nachbarn waren erfreut zu erfahren, dass der Fall von heute auf morgen gelöst und die betroffene alte Dame nicht mehr bedürftig sei. Weder James noch Sheila hatten den Eindruck vermitteln wollen, dass sie etwas damit zu tun hatten, aber das Gerücht verbreitete sich trotzdem wie ein Lauffeuer, Mrs Humphrey und ihr Partner James Gerald, der, wie man munkelte, ein ehemaliger Geheimagent des Secret Intelligence Service sei, hätten einem Trickbetrüger-Ring das Handwerk gelegt.

Zwei Tage vor Weihnachten waren Sheila und James gerade damit beschäftigt, den Weihnachtsbaum zu schmücken, als es an der Tür klingelte. James sperrte den kläffenden Higgins in den Wintergarten und öffnete. Ein älterer Herr, den James vom Sehen bei Spaziergängen im Hampstead Heath kannte, stand vor der Tür und knetete verlegen seinen Hut.

»Guten Tag, mein Name ist Merrifield, entschuldigen Sie bitte die Störung, Mr Gerald. Aber ich habe gehört … nun, es heißt hier in Hampstead, Sie lösen Kriminalfälle.«

James zog die Augenbrauen hoch.

»Mir ist da so eine Sache passiert«, redete der Nachbar schnell weiter, »ein Unfall, aber im Nachhinein glaube ich immer mehr …«

»Was glauben Sie?«

Der Mann sah auf seine Schuhe, dann gab er sich einen Ruck.

»Ich hatte einen Drink. Wirklich nur einen. Ich trinke nie mehr als einen, wenn ich Auto fahre. Ich kam also aus dem Pub, ging zu meinem Auto, scherte aus der Parklücke aus und im nächsten Augenblick knallte es. Ich weiß nicht, woher dieses Auto so schnell kommen konnte. Das junge Mädchen am Steuer des anderen Wagens war zum Glück unverletzt, aber sie weinte ganz schrecklich und machte mir dann Vorwürfe, dass ich in meinem Alter überhaupt noch Auto fahre, und als die Polizei kam, sagte ein Mann aus der Menge auch noch aus, ich sei gerade aus dem Pub getorkelt. Da war die Sache für die Polizei klar. Aber je länger ich drüber nachdenke, ich war wirklich nicht betrunken, und ich schaue automatisch jedes Mal über die Schulter, bevor ich losfahre, immer …«

»War das der Paketbote?«, rief Sheila aus dem Wohnzimmer. »Und was meinst du, sollen wir die Lichterkette nehmen oder doch lieber echte Kerzen?«

»Die Lichterkette«, rief James zurück. Er wusste, es würde letztlich auch dieses Jahr wieder ein Spiel mit dem Feuer werden. Dann lächelte er dem Mann zu und trat von der Tür zurück.

»Kommen Sie doch bitte herein.«

RANDI FUGLEHAUG

Wer will Weihnachten schon auf die Lofoten?

Tödlicher Wohnmobilabsturz

Sie sah die Schlagzeilen schon vor sich. In den Kurzmeldungen der Online-Zeitungen. Und die Eltern, die auf ihrer Beerdigung weinten, während sie gegen Gefühle der Scham ankämpften. Alle würden das Gleiche denken: Was für eine unwürdige Art zu sterben.

Sie standen buchstäblich am Rand des Abgrunds.

Vidar hatte darauf bestanden, die Blechkiste auf einer Klippe zu parken, mit dem schneebedeckten Strand mehrere Dutzend Meter unter ihnen. Morgen früh werde sie sich über den Stellplatz freuen, meinte er, dann sei der Nebel verschwunden und die Aussicht atemberaubend.

Schon möglich. Doch heute Nacht würde sie garantiert kein Auge zumachen.

Der Wind klang wie ein wildes Ungeheuer, das an der Tür hämmerte und hereinwollte.

Noch nie im Leben war sie weniger in Weihnachtsstimmung gewesen.

»Glückwunsch zur miesesten Idee aller Zeiten«, sagte sie und nahm einen Schluck aus dem Weinglas, das sie nicht abzustellen wagte, sondern so fest umklammerte, dass ihre Handfläche schweißnass war.

Er lächelte nur. Hatte die beiden Betten hinten hergerichtet und sich auf die Seite gelegt, auf der er auch zu Hause immer lag. Er schien mit seinem Handy beschäftigt, legte es jetzt aber weg und rutschte vor bis zu dem Tisch, an dem sie saß.

»Gratuliere zum Hochzeitstag«, sagte er. »Mal ehrlich, jetzt musst du langsam mal anfangen, die Situation positiv zu sehen, es ist doch saugemütlich! Hier liegen und dem Wetter lauschen? Ich könnte mir kein besseres Weihnachten vorstellen.«

Normalerweise hätte sie sich nie auf fünf Tage im Wohnmobil eingelassen.

Nie, nie, nie.

Welcher vernünftige Mensch mietete ein solch großes grässliches Biest von Auto und fuhr damit auf den lebensgefährlichen norwegischen Straßen herum?

Darauf hätte sie sich *nie* eingelassen.

Allein wegen der spiegelglatten Winterstraßen nicht.

Wäre da nicht all das, was vorher geschehen war.

Irgendwann im November hatte sie Vidar gefragt, was er sich zu Weihnachten wünschte, und er hatte einen Roadtrip auf den Lofoten vorgeschlagen. Im nächsten Sommer dann, hatte sie gesagt, und er hatte erwidert, nein, er finde, sie sollten die Reise in den Norden mit Weihnachten und ihrem Hochzeitstag verbinden. Sie hatte es nicht weiter ernst genommen, bis sie eines Tages Anfang Dezember eine Kalendereinladung per E-Mail bekommen hatte. *Konnte nicht länger warten: Kommst du Weihnachten mit auf die Lofoten?*

Da war es zu spät. Er hatte alles organisiert, wie immer, die Flugtickets gekauft, diese schreckliche Riesenkarre gemietet, die Familienfeier bei seiner Schwester abgesagt, zu der sie eigentlich eingeladen waren.

Sie brachte es nicht übers Herz, ihn zu enttäuschen. Nicht auch noch damit.

Vor dem Fenster war es pechschwarz, es war unmöglich, auch nur einen einzigen dieser Berge zu erspähen, über die sie so viel gehört hatte. Es war nicht einmal möglich zu sehen, ob das andere Auto, neben dem sie geparkt hatten, nach wie vor dort stand.

»Das hier ist doch genial, warum ist niemand sonst darauf gekommen? Normalerweise ist dieser Platz garantiert rappelvoll mit Wohnmobilen, Wohnwagen und Zelten«, sagte er. »Jetzt, an Weihnachten, haben wir die ganzen Lofoten nur für uns!«

Sie war nie scharf darauf gewesen, die ganzen Lofoten für sich zu haben. Sie fühlte sich unsicher und unwohl ohne Menschen und ohne Geräusche um sich. Und außerdem waren sie streng genommen noch nicht einmal auf den Lofoten, sondern in Steigen, und das hätte sicher schön sein können, wenn das Wetter nicht so beschissen gewesen wäre. Sie schwieg.

Es regnete zwar nicht, aber es war den ganzen Tag auf eine Art und Weise bewölkt gewesen, die sie für sich immer als Alltagswetter bezeichnete. So ein Wetter, das nichts aus sich machte, nichts Halbes, nichts Ganzes, nur grau und gewöhnlich und wenig Instagramtauglich. Sollten die Bilder von hier auf ihrem Profil landen, mussten sie erst bearbeitet und aufgehübscht werden, und dazu hatte sie weder Inspiration noch Energie.

Sie beobachtete ihn aus dem Augenwinkel. Gerade saß er am Handy und schrieb mit jemandem.

»Grüße von Brede«, sagte er.

»Grüße zurück«, antwortete sie, und ihr Magen zog sich zusammen.

»Was macht er heute Abend?«

»Seine Frau vermissen.«

»Oh, Mann, traurig.«

Er stand abrupt auf, ging nach vorne zum Fahrersitz und startete den Motor.

»Was ist los?«

»Muss die Batterie laden. Will nicht riskieren, dass wir morgen früh keinen Strom mehr haben, wenn wir heißes Wasser für den Kaffee brauchen. Hast du nichts von dem mitbekommen, was der Wohnmobil-Typ gesagt hat?«

Sie schauderte beim Gedanken an den Mann vom Wohnmobilverleih. Der Typ war echt seltsam gewesen. Als sie ankamen, waren keine anderen Kunden in dem riesigen Laden gewesen. Auf dem Parkplatz davor standen die Wohnmobile in Reih und Glied wie eine weiße Armee.

»Wir haben gebucht«, sagte Vidar. »Für fünf Tage.«

Der Mann sah von ihm zu ihr. »Über Weihnachten?«, fragte er.

»Was habe ich gesagt«, murmelte sie, während sie ihm in das Hinterzimmer folgten. »Niemand kommt zu dieser Zeit des Jahres hierher und tut sich das an.«

Der Wohnmobil-Typ hatte sich ausschließlich an Vidar gewandt, während er ihnen die viereckige Kiste auf Rädern gezeigt, Schubladen und Schränke geöffnet und detaillierte Instruktionen zum Stromablesen und Tankleeren gegeben hatte. Aber dazwischen hatte er immer wieder sie angesehen.

Sein Blick war feucht und ekelhaft.

Sie war erleichtert gewesen, als sie vom Parkplatz rollen konnten.

Mittlerweile war dieses gute Gefühl längst verflogen. Im Dunkeln in einem dreieinhalb Tonnen schweren Wagen mit laufendem Motor zu sitzen, machte sie gelinde gesagt unruhig. Das Licht reichte bis zur Kante. Ab da war es schwarz.

Wenn doch bloß Mitternachtssonne gewesen wäre. Lange, helle Tage außerhalb dieser klaustrophobischen Kombination aus Transport und Unterkunft.

Sie starrte auf die Handbremse, voller Angst, das Auto könnte ins Rollen kommen, der Kante entgegen und dann wäre alles vorbei. Es war bestimmt höllisch glatt und sie hätten sicher nichts davon gemerkt, bevor es zu spät war. Durch das Unwetter hatte man das Gefühl, immer in Bewegung zu sein, wie in einem Boot an einem Tag mit rauer See.

»Hallo, was ist los mit dir?«

Sie hatte nicht bemerkt, dass er sich wieder neben sie gesetzt hatte.

»Sorry, ich war wohl mit den Gedanken woanders.«

Auch vorhin, als Vidar mit dem Taxifahrer geplaudert hatte, war sie mit den Gedanken woanders gewesen. Der junge kräftige Typ war einer von denen, die das Adjektiv »nett« für alles benutzten. Auf dem Weg vom Flughafen hatte er von all den netten Orten erzählt, die sie auf ihrer Tour besuchen sollten. Nur einmal hatte sie aufgehorcht, als er erwähnte, dass es diesen Sommer drei tödliche Wohnmobilunfälle auf den Lofoten gegeben hatte.

»Wo übernachtet ihr heute?«, hatte der Fahrer gefragt.

»Wir hatten an Engeløya gedacht«, antwortete Vidar. »Hab gehört, Bøsanden soll schön sein?«

Der Fahrer nickte und sagte nichts mehr.

Sie war rasend vor Wut.

»Du kannst ihm doch nicht einfach sagen, wo wir übernachten!«, sagte sie später aufgebracht. »Der Typ könnte sich als verrückter Axtmörder herausstellen!«

»Ich weiß, du bist ein Angsthase«, sagte er. »Aber meinst du wirklich, dass dieser Taxifahrer uns am Vorweihnachtsabend beim Wohnmobilverleih absetzt, uns in seinem Taxi hinterherfährt und bis abends hinter einem Busch herumlungert und uns dann umbringt? Nenn mich naiv, aber dieses Risiko bin ich bereit, einzugehen.«

Sie spähte wieder aus dem Fenster.

Angsthase.

Wenn er wüsste. Sie war anderen Menschen gegenüber zu Recht skeptischer geworden, nachdem sie im Herbst mitten auf der Straße mit einem Messer bedroht und ausgeraubt worden war. Aber davon wusste Vidar nichts.

Denn es war Brede, mit dem sie an diesem feuchtfröhlichen Abend zusammen gewesen war.

Ob er wohl schon ins Bett gegangen war?

Sie dachte an seinen warmen Körper unter der Bettdecke.

Bevor sie abgereist waren, hatte sie ihm mitgeteilt, dass sie es beenden mussten. Eigentlich hatte sie das bereits mehrmals vorher angesprochen, aber diese Reise sollte den Schlusspunkt markieren, hatte sie beschlossen, sie wollte Vidar nicht länger belügen.

Jetzt aber wollte sie nichts lieber tun, als unter Bredes Bettdecke zu kriechen, viele hundert Kilometer weit weg.

Was, wenn Brede jetzt plötzlich hier im Dunkeln auftauchte?

Was, wenn er an die Tür klopfte und sagte: »Tut mir leid, alter Freund, aber es ist *deine* Frau, die ich will.«

Vidar hätte das nie kommen sehen.

Sie war überrascht darüber, wie leicht es gewesen war. Vorher hatte sie nie verstanden, dass Leute es schafften, eine Affäre zu haben. Sie hatte gedacht, es erfordere so viel Logistik und Planung und Organisation, dass sie dazu nie Lust gehabt hätte.

Aber der Appetit kommt eben beim Essen. Und dann kann man nicht mehr so schnell aufhören.

Vidar ahnte nichts davon, dass sie mit seinem besten Freund schlief, wenn sie joggen war. Dass sie mit ihm schlief, wenn sie bei einem ihrer sogenannten Mädelsabende war. Wenn sie auf Geschäftsreise war. Er hatte keinen blassen Schimmer, dass sie so gut wie jede Sekunde, die sie nicht zusammen waren, mit seinem Sandkastenfreund schlief.

»Was zur Hölle war das?«

Ein Geräusch ließ sie hochschrecken.

Das war nicht der Wind. Es klopfte tatsächlich an der Tür.

»Vidar?«, fragte sie verängstigt.

Auch er sah für einen Augenblick besorgt aus.

»Ich muss ja wohl aufmachen«, sagte er.

»Musst du das?«, fragte sie.

Sie hielt den Atem an, als die Tür sich öffnete.

Der Mann draußen fröstelte ohne Jacke.

Es war der Taxifahrer von zuvor.

Es war verdammt noch mal der Taxifahrer!

Er kam einen Schritt näher, hob den Arm.

Schwarzes Leder.

Ein Geldbeutel.

Ihrer.

»Ich … den habe ich auf dem Rücksitz gefunden«, murmelte er.

Eine Sekunde lang wirkte Vidar genauso baff wie sie. Genauso scheißängstlich. Aber dann lächelte er, breit wie immer.

»Shit, also das nenne ich mal 'nen Service hier oben im Norden!«, sagte er. »Vielen Dank. Sie hat nicht mal mitbekommen, dass sie ihren Geldbeutel liegen gelassen hat. Du musst ja wohl einen Finderlohn bekommen. Hast du etwas Bargeld da drin, Stine?«

Hätte sie welches gehabt, wäre es wohl längst weg gewesen. War sie wirklich mit einem so gutgläubigen Trottel verheiratet?

»Kann ich dir was aufs Handy überweisen?«, fragte sie, hauptsächlich wegen Vidar.

Der Typ im Dunkeln schüttelte den Kopf.

»Passt schon«, winkte er ab. »Tat gut, noch mal rauszukommen.«

»Können wir dir etwas anbieten?«, fragte Vidar. »Trockene Klamotten? Ein Pils?«

Ein Bier? War er verrückt geworden? Wenn sie dem Typen Alkohol gaben, konnte er doch nicht mehr von hier wegfahren.

71

»Ein Pils wär nett«, antwortete er. »Habt ihr vielleicht auch zwei? Mein Kumpel wartet im Auto.«

Ihr wurde eiskalt.

Es waren zwei.

Zwei erwachsene Nordnorweger gegen sie und Vidar.

Sie würden Weihnachten nicht mehr erleben.

»Kein Ding!«, sagte er. »Hier ist Platz für vier.«

Sie suchte seinen Blick, aber er lächelte sie nur an.

»Und wir freuen uns über ein bisschen Gesellschaft, nicht wahr?«

Der Taxifahrer verschwand im Dunkeln.

Sie starrte Vidar weiterhin an, während er den Kühlschrank öffnete.

»Hast du denn gar keine Angst, dass wir ausgeraubt, vergewaltigt und umgebracht werden?«

»Entspann dich«, sagte er. »Wer weiß, vielleicht kann man dich ja auch noch überraschen.«

Wie merkwürdig er sich aufführte. So hatte sie ihn noch nie reden hören. Sie war sauer, dass er ihre Sorge nicht ernst nahm. Gleichzeitig musste sie zugeben, dass dieses unerwartete Selbstbewusstsein auch irgendwie sexy war.

Es war lange her, dass sie etwas an ihm auf diese Weise anziehend gefunden hatte. Lange her, dass sie bemerkt hatte, wie gut sein Hintern in der alten zerschlissenen Jeans aussah. Die hing ihm immer um seine Füße, wenn er sie auf der Küchenzeile nahm.

Für eine Sekunde versank sie in der Vergangenheit und spürte ein Ziehen in der Brust, als es erneut fest an der Tür klopfte.

Vidar öffnete und dort stand der Taxifahrer zusammen mit seinem Kumpel.

Der Mann vom Wohnmobil-Verleih.

Was zur Hölle.

»Krass, noch ein bekanntes Gesicht!«, sagte Vidar. »Kommt rein, kommt rein!«

Er wich einen Schritt zurück, sodass die beiden Männer eintreten konnten.

Das war kein Zufall, das war krank.

Kapierte Vidar nicht, wie krank und wie wenig zufällig das hier war?

Aber jetzt war es zu spät.

Die Tür war zu.

Die vier waren hermetisch eingeschlossen.

Die Gäste rochen bereits nach Alkohol und Zigaretten. Und Schweiß. Die Fenster beschlugen. Sie hielt krampfhaft ihr Weinglas umklammert.

»Na dann, Prost, Jungs!«, sagte Vidar und hob seine Bierdose. »Auf unseren Hochzeitstag!«

»Oh, fuck«, sagte der Taxifahrer. »War nicht die Absicht, eure Feier zu crashen. Wie lange seid ihr schon verheiratet?«

»Fünf Jahre«, antwortete sie und versuchte zu lächeln.

Der Wohnmobil-Typ sagte nichts, er glotzte sie nur an.

»Yes, wir haben in der Botschaft in Paris geheiratet, zusammen mit einem befreundeten Paar«, sagte Vidar. »Wir waren gegenseitig Trauzeugen. Das war schön. Die anderen beiden, Brede und Kathrine, haben sich mittlerweile getrennt, aber wir zwei haben es miteinander ausgehalten.«

Er zwinkerte ihr zu, und sie stieß ihr Weinglas an seine Bierdose. Falls sie diesen Abend überlebten, würde sie mit ihm schlafen. Sie würde ihn nicht verlassen, auch wenn er ein Spinner war. Auch wenn er viel zu naiv war und unverbesserlich an das Gute im Menschen glaubte. Das war es wohl, was man einander ergänzen nannte.

Vielleicht sollte sie versuchen, ihren Pessimismus abzulegen.

Vielleicht würde es ja doch ein netter Abend werden.

Vidar war ja hier, trotz allem.

Er drehte ihr den Rücken zu und füllte ihr Weinglas auf, sodass es randvoll war. Sie prostete den drei Männern an dem kleinen Tisch zu und trank.

Als sie aufwachte, konnte sie sich nicht mehr daran erinnern, sich hingelegt zu haben. Sie hatte auch keine Erinnerung daran, dass die Gäste gegangen waren. Und was dröhnte da so?

Sie öffnete ein Auge und sah Licht durch das Fenster auf ihrer Seite des Betts hereinscheinen. Der Himmel war blassrosa und zeugte davon, dass die Sonne irgendwo anders kurz davor war aufzugehen. Der Strand lag weiß und still viele Meter unter ihnen. Bei Tageslicht bereitete ihr das noch stärkeres Unbehagen, doch der Wagen hatte den Windstößen standgehalten. Und als sie die Berge erblickte, wie sie direkt aus dem Meer aufstiegen, als täten sie dies zum allerersten Mal, als hätte sie einen Logenplatz bei diesem historischen Ereignis, dachte sie erleichtert, dass sich dieser Tag zum Posten auf Instagram eignen würde.

Es würde der hübscheste Weihnachtsabend im Internet werden.

Müde, glücklich und geil streckte sie sich nach Vidar.

Er lag nicht neben ihr.

Für eine Sekunde rasten die Gedanken in ihrem Kopf.

War heute Nacht etwas passiert?

Erst jetzt begriff sie, dass es der Motor war, der dröhnte.

Sie setzte sich im Bett auf, merkte, dass sie nackt war, und spürte den Puls im Hals.

Dann fiel ihr Blick auf ihn. Seinen Rücken.

Dort vorne auf dem Fahrersitz.

Er saß ganz, ganz still.

»Guten Morgen«, versuchte sie es.

Keine Antwort.

»Vidar …?«

Sie schlich vorsichtig über den kalten Boden, ohne zu wissen, warum sie so leise sprach.

Das Herz schlug ihr bis zum Hals, als sie nach vorne kam.

Dort sah sie sein Gesicht und verstand zuerst nichts.

Dann verstand sie alles.

Vidar war kein gutgläubiger Trottel.

Er hatte sie nicht mit hierhergenommen, um den Hochzeitstag oder Weihnachten zu feiern.

Auf seinem Wunschzettel stand nur eine Sache. Ein Geschenk, das er bis heute nicht *geöffnet* hatte. Vielleicht, um die Lofotenwand noch bei Tageslicht zu sehen.

»Grüße von Brede«, sagte er und trat aufs Gas.

ROMY HAUSMANN

Merry Misery

Entenbraten, nach Mutters Rezept. Mein Becken drückt gegen die Kante der Arbeitsplatte, ich schneide unbeholfen Äpfel und Zwiebeln. Du atmest deine Anweisungen in meinen Nacken hinein. Ich trage Mutters Schürze. »Steht dir gut, Anni«, fandst du und warst ganz entzückt, als du sie mir im Rücken zugebunden hast. Du wolltest sogar, dass ich mich einmal für dich drehe. »Wunderschön.« Und dann hast du in die Hände geklatscht und gelacht.

Ich hasse dein Lachen. Überhaupt hasse ich es, wenn du den Mund aufmachst. Deine Stimme schneidet schärfer als das Messer in meiner Hand, sie durchdringt meine Schädelwände und schabt meine Nerven dünn. Manchmal denke ich zurück an die Zeit, als ich noch besinnungslos in meinem Krankenbett lag und alles so schön still und schwarz war.

»Fertig«, sage ich leise. In meiner Hand zittert das Messer. Du beugst dich über meine rechte Schulter, ich rieche den Schweinestall an dir und den vergeblichen Einsatz eines Parfüms mit Maiglöckchenduft. Dein Arm schlängelt sich an mir vorbei, deine Finger inspizieren die Stücke auf dem Schneidebrett. »Na ja«, lautet dein Urteil. »Bei Mutter sah das besser aus. Aber wollen wir mal nicht vergessen, dass deine Motorik nach dem Unfall noch etwas eingeschränkt ist.« Du nimmst mir das Messer ab, führst mich von der Arbeitsplatte weg und drückst mich auf einen Küchenstuhl. »Allerdings kommt der Braten bei deinem Tempo wahrscheinlich erst nächstes Weihnachten in den Ofen.« Lachend zupfst du Kräuter aus den Töpfen im Fensterbrett, Thymian, Salbei und Beifuß. Ich frage mich, wie sie wachsen können, hier, in dieser Küche, in diesem muffigen, alten Haus, in das niemals die Sonne dringt. Die Lamellen der geschlossenen Fensterläden lassen nur ein paar erbärmliche einzelne Strahlen herein. Den Rest erledigt das elektrische Licht. Ob draußen wohl Schnee liegt? Ich glaube … – nein, ich erinnere mich genau! –, dass ich den Schnee immer geliebt habe. Ich schließe die Augen und sehe ihn, den Schnee. Ich sehe auch den Rücken eines Mannes, der einen an einer dicken Kordel befestigten Holzschlitten eine Anhöhe hinaufzieht. Der Mann dreht sich um, seine Wangen und seine Nasenspitze sind kälterot, seine Wollmütze sitzt ein wenig schief und verdeckt die linke Augenbraue. Er heißt Stefan und ist Arzt im städtischen Krankenhaus. *Wir brauchen keinen Arzt*, hast du mal gesagt. *Wir haben noch nie einen gebraucht, wir kriegen das alleine hin.* Stefan, sein Name klingt so schön in meinen Gedanken, eine wunderschöne, erholsame Melodie. »Na los, Fräulein Lahmarsch!«, ruft er mir zu und lacht, lacht so wunderbar. Ich weiß nicht, wie oft wir diesen Abhang inzwischen hinuntergerodelt sind, zwei Erwachsene, albern wie Kinder, und wie viele Fahrten im Schnee endeten, weil wir zusammen eigentlich viel zu groß und schwer sind für den kleinen Schlitten. Es macht nichts, wir sind glücklich.

Ich zucke zusammen, als du anfängst, die Kräuter zu hacken. *Tacktacktacktacktacktack,* ein entschlossener, atemloser Rhythmus auf dem Schneidebrett. Ich öffne die Augen. Ich darf dir nicht sagen, dass ich an ihn denke und mich heimlich zu ihm zurückwünsche. Ich weiß nicht, was du tun würdest, wenn du das wüsstest.

»Schau her!« Deine Stimme knarzt, genau wie die alten Holzdielen unter deinen Schritten, als du auf mich zutrittst, um mir vom Stuhl aufzuhelfen. Mein Körper ist immer noch schwach, vom Unfall oder dem vielen Liegen. Über Monate habe ich gelegen, unten im Kellerzimmer, in meinem Krankenbett. Erst seit Kurzem, seit zehn Tagen, lässt du mich aufstehen. Tagsüber darf ich mit nach oben, in den Wohnbereich des alten Bauernhauses. Es gehörte unseren Eltern, die längst tot sind; hier sind wir geboren, im Ehebett, du zuerst, und dann, eine knappe halbe Stunde später, ich. »Zwillinge, und doch so verschieden«, sagst du immer, und manchmal klingt es vorwurfsvoll. Weil ich nicht ganz der Reihe nach bin. Weil mein Gehirn bei der Geburt nicht genug Sauerstoff abbekommen hat. Weil du dich dein Leben lang um mich kümmern müssen wirst und ich wiederum mein Leben lang auf deine Hilfe angewiesen werde. Ich bin siebenunddreißig Jahre alt. Ich werde niemals einen normalen Job machen können. Ich werde niemals eine Kindergärtnerin oder eine Krankenschwester sein, Verantwortung tragen. Das kann ich ja nicht mal für mich selbst. Dementsprechend war der Unfall auch meine eigene Schuld. Ich hätte mich nicht in das Auto setzen dürfen, damals, letztes Jahr, ausgerechnet an Weihnachten. Jemand wie ich, mit so einem kleinen, dummen Babygehirn, kann nicht Auto fahren. Jemand wie ich endet zwangsläufig mit aufgeschlagenem, blutigem Schädel über dem Lenkrad, während zwischen mir und dem massiven Baumstamm nur die Motorhaube ist, zusammengeknüllt wie ein Stück Papier.

Anni, Anni, Anni. Was hast du dir denn bloß dabei gedacht?

Ich unterdrücke ein Keuchen, als meine Beine, die sich gerade an das entspannte Sitzen gewöhnt hatten, nachgeben wollen. Du führst mich zurück zur Arbeitsplatte und zeigst mir den dichten grünen Krümelteppich auf dem Schneidebrett.

»Man muss die Kräuter so klein wie möglich hacken«, erklärst du mir mit deiner schabenden Stimme. »Nur so lassen sie sich am

besten miteinander vermischen und entfalten ihr volles Aroma.«
Ich kann nichts dafür, schaue auf das Messer, das du neben dem
Brett abgelegt hast. Du deutest meinen Blick und nimmst es in die
Hand. Als du es vor mir drehst, spiegeln sich unsere Gesichter abwechselnd in der Klinge. *Zwillinge,* zitiere ich stumm, *und doch so
verschieden.* Du hast braunes Haar, das aussieht wie dünne, krat-
zige Wolle. Meines, auch braun, hängt in langen, fettigen Strähnen
an meinem Kopf herunter. Dein Gesicht ist rund, ein blasser runder Mond, mit zwei geröteten Kreisen auf den Wangen und Augenbrauen, die wie ein dichter, dunkler Pfad einmal quer unter deiner Stirn entlangführen. Dein Körper ist massig, die Knöpfe deiner
weißen Bluse spannen über deiner gewaltigen Brust. Ich trage die
gleiche Bluse, nur versinke ich darin; ich bin ein Strich, so wie man
eben ein Strich ist, wenn man fast ein ganzes Jahr lang nur im Krankenbett gelegen hat und mit Suppe gefüttert wurde. Wir tragen auch
die gleichen schwarzen Röcke, schwarze Strumpfhosen und lackle-
derne Riemchenschuhe, wie zwei zu groß geratene Konfirmandin-
nen. Du nimmst das Messer herunter und legst es links neben das
Schneidebrett; zu weit weg. Dann weist du mich an, eine Schüssel
aus dem unteren Schrankfach zu holen, damit du die Füllung für die
Ente darin vermengen kannst.

»So, Anni«, sagst du unter den schmatzenden Geräuschen, die
entstehen, als du mit deinen bloßen, großen Händen die Masse
durchknetest, und deutest mit dem Kinn zum Kühlschrank. »Hol
sie raus, ja? Jetzt stopfen wir das Vieh.« Ich gehorche, obwohl ich
schon ahne, dass mir gleich schlecht werden wird.

Und genau so ist es. Wie der Vogel vor dir liegt, seine nackte,
kalte Haut, wehrlos, tot, seiner Federn beraubt. Wie deine Pranken-
hand in die Schüssel greift, wie sie die Füllung in die winzige Öff-
nung hineinzwängt, den Ablauf nochmal und nochmal wiederholt,
und es mir so schmerzhaft sinnbildlich vorkommt. Nichts anderes
hast du mit mir gemacht. Genauso lag ich wehrlos vor dir, in mei-

nem Krankenbett, mit kalter, von blauen Flecken übersäter Haut,
während du mich unablässig mit deinen Geschichten gestopft hast.
Damals, nach meinem Autounfall.

Zuerst war alles bloß schwarz und still, dann kam der Schmerz
und mit ihm schließlich das Bewusstsein. Ich erwachte in diesem
Bett, um mich herum gemauerte Kellerwände, über mir eine Glüh-
birne. Ich wollte schreien vor Schreck, aber aus meinem Mund
drang nur ein klägliches Grunzen.

»Ganz ruhig«, hörte ich deine Stimme und fühlte, wie du meine
Hand streicheltest. »Du hattest einen schweren Unfall, Anni …«

Ich erinnerte mich nicht. An gar nichts. Weder an einen Unfall noch an dich. Nicht an dieses Haus, den Bauernhof, unsere
toten Eltern. Ich erinnerte mich nicht einmal mehr daran, wie man
schluckte. Sprach. Seine Blase kontrollierte. Über die nächsten Wochen versorgtest du meine Wunden, die Platzwunde an der Stirn,
die gebrochene Schulter und die vielen Prellungen. Du füttertest
mich mit Suppe und püriertem Gemüsebrei, gabst mir zu trinken,
tupftest weg, was mir über das Kinn rann, wuschst mich, wechsel-
test meine Windeln und drehtest meinen unfähigen Körper, damit
er sich nicht wundlag. Und: Du erzähltest mir Geschichten. Ein-
fachste Geschichten, die du mit verstellter Stimme aus alten Kin-
derbüchern vortrugst, damit ich das Sprechen wieder erlernte und
vor allem das Begreifen. Am liebsten hörte ich die Geschichte von
der kleinen Ente, die sich nicht in den großen, tiefen Teich zum
Schwimmen traute. Doch dann machte ihr die Entenmutter weis,
dass sie in Wahrheit ein Fisch sei und als solcher von Natur aus
schwimmen könne. Bis die kleine Ente den Trick durchschaut hatte,
schwamm sie bereits. *Glückliche kleine Ente.*

Oder du erzähltest mir von unserer eigenen Mutter. Die zwar
den besten Weihnachtsbraten machte, aber ansonsten eine sehr
böse Frau gewesen war. Und von unserem Vater, einem fleißigen,
aber hundsfeigen Bauern, der sich abwand und in den Schweine-

stall oder aufs Feld verschwand, wenn wir unter Mutters Schlägen weinten. Mich schlug sie, weil sie mich für dumm und eine Belastung hielt, und dich, weil du es wagtest, mich zu verteidigen. Du erzähltest mir, wie wir trotzdem eine schöne Kindheit hatten. Wie wir Hand in Hand über die Wiesen rannten. Du erzähltest vom Duft des frisch gestutzten Weizens und der rumpelnden Schubkarre, in der ich saß und die du rennend schobst, immer dem Horizont entgegen, zur Sonne. Du und ich, ich und du, es gab nur uns beide auf der Welt. Wir zusammen, gegen alle Widerstände, glücklich für immer – erst recht nach dem Tod unserer Eltern. Unser Vater, der in der Scheune von der Leiter stürzte; Genickbruch. Unsere Mutter, die unglücklich in der Küche ausrutschte – heißes Bratfett war wohl aus der Pfanne gespritzt und hatte den Fliesenboden rutschig gemacht. Wie sie da so lag, habe es ausgesehen, als hätte man ihr den Schädel mit Gewalt zertrümmert, sagtest du und seufztest versunken. »Aber wir hatten ja uns, Anni. Und ich habe immer auf dich aufgepasst. Nur ein Mal, da hätte ich dich beinahe verloren.« Es sei kaum ein Jahr vor meinem Autounfall gewesen, als ich an einer schweren Hirnhautentzündung erkrankte. Doch auch da hättest du mich gepflegt und wieder gesund gemacht, genauso, wie du es auch jetzt tun würdest. »Es ist alles gut, Anni. So wie es immer gut war, solange wir nur zusammengehalten haben.« Obwohl ich es schön fand, wie du es erzähltest, sah ich die Figuren aus Kindergeschichten immer bildhafter vor mir als unser gemeinsames Leben. Ich hatte den Tanggeruch des Ententeichs eindringlicher in der Nase als den des frisch gestutzten Weizenfelds. Nein, ich erinnerte mich nicht, kein Stück. *Arme kleine Ente.*

Doch dann kam der Tag, als aus der Platzwunde auf meiner Stirn Eiter triefte. Du wurdest panisch, weil du befürchtetest, ich hätte eine Blutvergiftung, und überlegtest laut, ob du mich zu einem Arzt bringen solltest. Dieses Wort: *Arzt.* Am äußersten Rand meines Bewusstseins flackerte ein Bild auf. Ein Gesicht. Stefans Gesicht. Stefan, der Arzt war.

»Arzt«, wiederholte ich und nickte flehend. *Hol einen Arzt, hol Stefan.* Du dachtest nur kurz darüber nach.

»Quatsch. Wir brauchen keinen Arzt. Wir haben noch nie einen gebraucht, wir kriegen das alleine hin. Genau wie damals, bei deiner Hirnhautentzündung.«

Du hattest recht; ich habe überlebt. Und mehr noch – aber davon weißt du nichts. Stück für Stück setzten sich meine Erinnerungen wieder zusammen. Stefan, der Arzt im städtischen Krankenhaus war. Ein gutaussehender Mann im weißen Kittel, mit seinem dichten dunklen Haar, den strahlend blauen Augen und den schelmischen Grübchen, wenn er lachte. Oh Gott, wie schön er doch lachte.

»Heute Nacht hatte ich einen Traum«, versuchte ich es einmal vorsichtig. Ich wusste nicht, wie du darauf reagieren würdest, dass meine Erinnerungen zurückkamen und sich so gar nicht mit deinen Geschichten decken wollten. »Ich war Krankenschwester. Ich arbeitete im städtischen Krankenhaus und hatte viele nette Kollegen.«

Du lachtest bloß schallend.

»Ach, Anni … eine Krankenschwester! Du? Du kannst dich ja nicht mal um dich selbst kümmern! Außerdem …« Du schütteltest den Kopf. »Kindergärtnerin war immer dein Traumberuf, wahrscheinlich, weil du im Kopf selbst noch ein Kind bist. Aber du wirst niemals arbeiten können, das wird einfach nicht funktionieren. Das verstehst du doch, oder?« Ich nickte, begriff. Die Geschichten, die du mir erzählt hattest, mochten wahr sein, nur dass die Schwester, die darin vorkam – Anni –, nicht *ich* war.

Mein Name ist Kerstin Mendlek. Ich bin ein Einzelkind. Krankenschwester. Und in einer Beziehung mit meiner großen Liebe, Doktor Stefan Fries. Das Einzige, was dich und mich tatsächlich verbindet: Meine Eltern sind ebenfalls tot, vor zehn Jahren gestorben bei einem Autounfall.

So wie ich auch fast gestorben wäre bei einem Autounfall. Plötzlich war alles, alles wieder da. Letztes Weihnachten, Heiligabend, es war spät und glatt auf den Straßen. Ich war auf dem Weg zu Stefan, ich war aufgeregt und für einen kurzen Moment abgelenkt, als ich seine Nachricht auf meinem Handy las. Ein Moment, der genügte, um die Kontrolle über das Auto zu verlieren. Ich krachte frontal gegen einen Baum; Blackout. Ich kann mir nur zusammenreimen, was danach geschehen sein musste. Dass du mit deinem Wagen zufällig an der Unfallstelle vorbeikamst und irgendetwas … nein, nicht irgendetwas, *jemanden* in mir erkanntest – deine Anni, die dir ein knappes Jahr zuvor an einer Hirnhautentzündung weggestorben war. Also riefst du keinen Krankenwagen, der kommen und Anni von dir wegbringen würde. Du zogst mich schwerverletzt aus dem Fahrzeug und brachtest mich in dein Zuhause. Pflegtest und stopftest mich mit deinen Geschichten, nutztest meinen Zustand aus, meine Amnesie. Von wegen, wir müssen die Fensterläden geschlossen halten, weil ich nach fast einem Jahr im Keller so lichtempfindlich sei. Von wegen, mein Gehirn sei Brei und du seist mein Engel, meine Beschützerin, die Einzige, die ich habe auf der Welt. Von wegen, von wegen, von wegen.

Seitdem plane ich, dich zu überwältigen, Marie. Zu fliehen. Weg von dir, zurück zu Stefan, der seit fast einem Jahr nach mir suchen und sicher fast verrückt wird vor Sorge um mich. Aber ich muss vorsichtig sein. Du warst fähig, einen Menschen zu entführen, um deine Schwester zu ersetzen. Wahrscheinlich hast du sogar eure Eltern getötet. Du bist so viel stärker als ich und skrupellos. Du könntest auch mich töten und dir eine neue Anni besorgen …

Die Ente ist inzwischen im Ofen; ihr Duft treibt mir die Tränen in die Augen. Ich will nicht mit dir Weihnachten feiern.

»Deck doch schon mal die Teller auf den Tisch, Annilein.« Ich mache ein unzufriedenes Gesicht. »Was ist los?«, willst du wissen.

»Keine Tischdecke«, maule ich und fahre mit der Hand über das spröde Holz des Küchentischs. »Wir haben uns so schick gemacht

für Weihnachten, aber der Tisch sieht gar nicht feierlich aus.« Dein
Blick ist prüfend. Ich habe dein Spiel bisher immer mitgespielt und
mir nicht anmerken lassen, dass ich längst weiß, was hier vor sich
geht. Wer ich wirklich bin. »Mutter war böse, aber sie hat nicht nur
den besten Weihnachtsbraten gemacht, sondern auch immer schön
den Tisch eingedeckt.« Ich weiß nicht, ob das stimmt, es ist nur ein
Versuch. Du blickst und blickst und blickst mich an. Wie oft habe
ich mir gewünscht, du würdest den Mund halten, mich mit deiner
schabenden Stimme verschonen, wärst einfach mal still?

Nun ist diese Stille kaum auszuhalten. Sie dehnt sich, unend-
lich. Dann, wie auf Knopfdruck, lächelst du: »Du hast absolut recht,
Anni!« Du schwärmst aus, schaffst eine Tischdecke, Servietten, eine
Kerze und einen Kerzenständer herbei. Ich halte Ausschau nach
dem Messer, aber das hast du schon abgewaschen und im Besteck-
kasten verstaut.

»Also«, sagst du freudig. Was ich zusammengesammelt habe,
liegt ungeordnet auf dem Tisch. »Dann deckst du jetzt, so wie es dir
gefällt, und ich werde mal die Ente wenden.«

Nein, ich decke nicht den Tisch. Ich nehme den schweren Zinn-
kerzenständer in die Hand. Du beugst dich ein wenig nach vorne,
öffnest den Ofen. Ich trete hinter dich. Du bemerkst meinen Schatten und willst dich umdrehen, zu spät. Der Kerzenständer schmet-
tert auf deinen Kopf. Du gibst keinen Ton von dir, jaulst nicht unter
dem Schmerz, hast nicht mal Zeit für etwas Überraschtes. Du
brichst sofort zusammen, liegst jetzt reglos vor mir. Ich stupse meinen Fuß gegen deine Rippen – nichts. Du bist nicht tot, das weiß
ich. So fest habe ich nicht zugeschlagen, und in deinem Schädel
klafft kein Loch. Ich habe dich außer Gefecht gesetzt – nur wer
weiß, für wie lange. Ich schließe die Ofenklappe, stolpere aus der
Küche. Im Flur, auf einer altmodischen Konsole, steht das Telefon,
olivgrün mit Wählscheibe. Ich werde fast wahnsinnig darüber, wie
langsam sich die Scheibe mit jeder Zahl dreht. Erst nach einer Ewig-

keit ertönt das Rufzeichen, nach einem weiteren wird am anderen Ende abgenommen.

»Fries?«

»Oh Gott, Stefan!«

Nichts, nur die kratzende Leitung.

»Stefan!«, setze ich nach.

»Kerstin?«

Ich nicke wie wild – völlig dumm, das kann er ja nicht sehen. »Ja, ich bin's!«, rufe ich in den Hörer. »Ich bin's wirklich, Stefan! Ich wurde entführt, von einer Verrückten, und festgehalten, hier, auf einem abgelegenen Bauernhof, irgendwo zwischen …«

»Kerstin«, unterbricht er mich in seltsamem Ton. »Ich dachte, wir hätten das geklärt. Da ist nichts zwischen uns, Sie haben sich da in irgendwas reingesteigert.« Ich will etwas einwenden, aber meine Stimme ist fort. »Wir waren nur Kollegen, und als Sie letztes Jahr plötzlich verschwunden sind, dachte ich, Sie hätten es endlich kapiert.«

»Stefan …« Meine Stimme, ganz kläglich.

»Wie oft noch? Ich bin glücklich verheiratet! Finden Sie nicht, dass es gereicht hat, dass Sie mich fast zwei Jahre lang gestalkt haben? Und dann diese Eskalation letztes Jahr zu Weihnachten? Als Sie mich mit Handynachrichten und Anrufen bombardierten und abends unbedingt zu mir kommen wollten?«

Ich sage nichts. Ich denke daran, wie ich mich in mein Auto setzte. Wie eine Irre fuhr. Wie sehr ich zu Stefan wollte an diesem Abend und wie falsch ich es fand, dass zwei Liebende an Weihnachten getrennt sein sollten.

»Erinnern Sie sich noch an die Nachricht, die ich Ihnen daraufhin geschickt habe?«

Die Nachricht, die mich ablenkte. Die Nachricht, die ich las, Sekunden, bevor mein Auto von der Straße abkam und gegen den Baum prallte.

Es tut mir wirklich leid, wenn Sie einsam sind, Kerstin. Aber suchen Sie sich jemand anderen, der Sie davon kuriert! Mich lassen Sie gefälligst in Ruhe, sonst sehe ich mich gezwungen, zum Schutze meiner Frau und Kinder die Polizei einzuschalten.

»Ja«, sage ich leise.

»Gut. Das gilt auch weiterhin. Halten Sie sich fern.«

Als Nächstes tutet es in der Leitung, er hat aufgelegt. Ich stehe da, den Hörer immer noch in der Hand. Ich sollte jetzt die Polizei anrufen. Sagen, was mir widerfahren ist. Dass ich entführt und verschleppt wurde. Ich frage mich, ob überhaupt jemand nach mir gesucht hat, nachdem ich verschwunden war. Vielleicht mein Vermieter, als er keinen Mieteingang auf seinem Konto verzeichnen konnte. Keine Eltern. Keine Freunde. Kein Stefan. Ich habe nur einen einzigen Menschen auf der Welt. Wie in Trance lege ich den Hörer auf und gehe zurück in die Küche. Du liegst immer noch auf dem Boden. Ich knie mich neben dich, fühle deinen Puls. Unter meiner Berührung schlägst du die Augen auf. »Anni ...« Du stöhnst vor Schmerz, als ich dir helfe, dich aufzusetzen. Deine Hand fasst nach deinem Hinterkopf, Blut klebt daran, als du sie zurückziehst und dir betrachtest. »Was hast du gemacht?« Deine Stimme klingt ungläubig, enttäuscht.

»Einen Fehler, Marie«, sage ich. »Und er tut mir unheimlich leid.« Ich stehe auf, nehme ein Geschirrtuch vom Haken, tränke es mit kaltem Wasser aus dem Hahn und hocke mich schließlich wieder neben dich, um deine Wunde damit zu säubern. Dabei steigt mir erneut der Duft der Ente in die Nase. »Wir sollten den Ofen etwas herunterschalten, damit sie uns nicht verbrennt. Ich muss dich noch verarzten, bevor wir essen können.«

Du greifst nach meinem Arm, siehst mich fragend an, flehend vielleicht sogar.

Ich sage: »Keine Sorge, es ist alles gut, Marie. So wie immer alles gut ist, solange wir einander haben. Jetzt kümmern wir uns um deine

Verletzung, und dann machen wir uns ein schönes Weihnachtsfest. Freust du dich auch schon so aufs Essen? Es riecht köstlich, findest du nicht?« Langsam und unsicher formt sich dein Mund zu einem hoffnungsvollen Lächeln. Ich nicke dir aufmunternd zu und lächle ebenfalls. »Frohe Weihnachten, Marie.«

»Frohe Weihnachten, Anni. Ich glaube, das wird das schönste Weihnachten überhaupt.«

Ich nicke noch einmal.

»Ja, das wird es. Allerdings muss ich dir beim Essen noch was erzählen. Etwas über einen Mann. Er heißt Stefan und er war sehr gemein zu mir. Noch gemeiner als Mutter damals ...«

FRANK GOLDAMMER

Der Weihnachtsmann ist tot – es lebe der Weihnachtsmann

Dresden, 12. Dezember 1957,
Nachmittag

Beinahe wäre Kriminalrat Max Heller mit seinem Kollegen Oberkommissar Werner Oldenbusch zusammengeprallt, als er das Büro betrat. Oldenbusch hatte schon den Mantel an, um hinauszugehen, dabei war es noch eine halbe Stunde hin bis zum Dienstschluss. Es hatte den ganzen Tag über geschneit, draußen war jetzt alles weiß. Langsam ging die Sonne unter.

»Werner, was ist los? Musst du früher heim?«, fragte Heller.

»Nee, aber deine Frau rief an. Wir sollen zum Kulturhaus Sachsenwerk kommen.«

»Ist etwas mit Anni?« Heller gab sich nach außen zwar ruhig, doch seitdem seine Adoptivtochter vor einem Jahr einmal ausgerissen und einige Nächte verschwunden gewesen war, beunruhigten ihn solche Nachrichten. Er wusste, dass Anni und Karin heute bei der Betriebsweihnachtsfeier von Karins Kombinat teilnahmen, an deren Vorbereitung Karin maßgeblich mit beteiligt gewesen war.

»Keine Sorge, Max, mit Anni ist nichts, aber offenbar ist der Weihnachtsmann tot!«

»Zum mittleren Saal«, bestimmte Oldenbusch, als sie das vor fünf Jahren neu errichtete Gebäude an der Stephenson-Straße erreicht hatten. Heller kannte sich etwas aus, denn er hatte dort mit Karin zusammen schon einige kulturelle Veranstaltungen besucht. Vor allem hatte er schon mehrmals den Ernst und Übereifer der Laienschauspieltruppe bewundern dürfen, die regelmäßig Vorstellungen gab. Leider hatte der Eifer die schauspielerischen Defizite nicht ausgleichen können. Heller hatten die Abende einige Stunden äußerster Konzentration abverlangt, und es hatte viel guten Willen gekostet, die teils recht unbedarften Schauspielkünste der Agierenden hinreichend zu würdigen.

Sie betraten das große Gebäude über den fast tempelartig gestalteten Eingang. Dort erwartete sie Karin.

»Kommt, schnell!«, drängte sie. »Noch wissen es nicht so viele.«

»Was ist denn passiert?«, fragte Heller, während Oldenbusch und er Karin mit eiligem Schritt folgten.

»Der Arzt sagt, er sei erstickt.«

Heller kommentierte das nicht, aber sollte der Mann erstickt sein, war dies kein Fall für die Morduntersuchungskommission. Andererseits würde Karin ihn nicht ohne Grund angerufen haben. Sie betraten einen der Nebenräume zum mittleren Saal, aus dem Weihnachtsmusik und lautes Stimmengewirr drang.

Der Raum war nicht größer als ein durchschnittliches Wohnzimmer, Stühle stapelten sich an den Wänden, die Tische waren beladen mit Flaschen, Tellern mit Gebäck, Weihnachtsstollen, Kerzen und Tannenzweigen. Zwei Kolleginnen von Karin standen daneben, fassungslos weinend. Von den anwesenden zwei Männern war einer der Betriebsarzt im weißen Kittel, der andere war Heller unbekannt. Er war mindestens so schockiert wie die beiden Frauen, zitterte und war den Tränen nahe.

Auf dem Boden, mitten im Raum, lag der Weihnachtsmann.

Man hatte ihm den breiten Gürtel und den Mantel geöffnet, das Bauchpolster entfernt und den künstlichen Bart abgenommen. Sein Hemd darunter war aufgerissen. Heller schätzte den Toten auf um die fünfzig. Er war groß und gutaussehend und hatte ein schön geschnittenes Gesicht, das jetzt allerdings auffallend gerötet war. Ein blasses Dreieck zog sich von der Nase über die Mundwinkel bis hin zum Kinn, die Augen des Mannes waren weit aufgerissen und rot unterlaufen. Sein Mund stand offen, und Heller sah die geschwollene Zunge, die den gesamten Mund auszufüllen schien. Der Arzt kam auf Heller zu, während Oldenbusch in die Hocke ging, um sich den Toten näher anzusehen.

»Kriminalrat Heller, nehme ich an?«, fragte der Arzt. »Ich bin Doktor Hennig.« Sie reichten sich die Hand. »Man hat mich zwar schnell gerufen, doch dem Mann war nicht mehr zu helfen.«

»Das waren Sie?«, fragte Oldenbusch und zeigte auf einen Schnitt unterhalb der Kehle des Toten.

»Ja, eine Tracheotomie schien mir das letzte Mittel zu sein, dem Mann zu helfen, doch es war zu spät. Ich glaube nicht, dass er einfach an einem Bissen erstickt ist. Sein Zustand weist auf eine heftige allergische Reaktion hin.«

Heller warf Karin einen kurzen Blick zu. Sie hatte offenbar schon darauf gewartet, nickte kaum merklich und deutete auf den nächsten Raum.

»Der arme Mann hier ist Knut Spengler. So gut wie jeder im Betrieb weiß, dass er an einer schweren Mandel-Unverträglichkeit leidet«, erklärte Karin, nachdem sie Heller zur Seite genommen hatte. »Er hat bei jeder Gelegenheit darauf hingewiesen. Er durfte keine Schokolade essen, keinen Kuchen, der von anderen gebacken war, keine Kekse. Seine Frau backt ihm immer extra Kuchen. Er hatte sogar eine Brotbüchse dabei, mit Stollen nur für ihn. Als kleiner Junge ist er wohl einmal beinahe erstickt.«

»Und ihr seid dabei gewesen, als es passierte?«

»Nein, wir waren schon im Saal. Er musste sich ja noch umziehen. Jemand ging ihn holen, aber da war es wohl schon zu spät. Da lag er wohl schon ein paar Minuten auf dem Boden.«

Heller nickte und nahm Karin für einen kurzen Augenblick in den Arm. »Und du meinst, jemand könnte ihm absichtlich Mandeln ins Essen gegeben haben? Sollte er es nicht besser wissen und nichts von anderen essen? Und eine Verwechslung ist nicht möglich?«

Karin wusste, wie gewaltig ihre Unterstellung war, und hob unsicher die Schultern. »Seine Brotbüchse liegt da, sogar sein Name steht drauf. Sie ist verschlossen. Ich vermute mal, ihr müsst Fingerabdrücke nehmen, oder?«

Heller nickte. »Wer sind die anderen? Wer war noch hier?«

»Den Arzt kennst du ja, der wurde aber erst dazugerufen. Die beiden Frauen sind Inge Fiebig und Waltraut Hertel, Kolleginnen von mir, und der Mann dort ist Achim Kleiber. Er war es, der nach Knut sehen wollte, weil er nicht kam. Aber bevor es losging, waren hier noch mehr Leute. Ich versuche, dir alle Namen aufzuschreiben, aber genau weiß ich es leider nicht. Es gab viel zu tun, und da drinnen sind auch einige, die ich kaum kenne.«

»Sag mal, Karin, diese Fiebig und der Kleiber, spielen die nicht in dieser Laientruppe mit? Wie hieß das Stück noch mal, das wir angeschaut haben? Das war von Brecht, oder?«

Karin nickte mitleidig. »Ja, Mutter Courage und ihre Kinder. Ich weiß noch, das war ein zweifelhaftes Vergnügen. Du hast dauernd das Lachen unterdrücken müssen.«

Heller winkte ab. »Gehen wir wieder rein.«

»Was machen wir denn nun mit den Kindern?«, fragte Frau Hertel, die sich einigermaßen gefangen hatte.

»Wir müssen absagen!«, murmelte Frau Fiebig mit einem schweren Schluchzen.

»Auf keinen Fall! Das geht nicht! Da drüben sitzen vierzig aufgeregte Kinder, die warten schon seit über einer Stunde!«

»Aber, Annerose, der Knut ist tot!«, hauchte Frau Fiebig fassungslos.

»Was willst du denn den Leuten sagen? Immerhin ist Weihnachten«, insistierte Frau Hertel. »Achim, dann musst du einspringen!«, rief sie und wandte sich an ihren Kollegen, der mit versteinertem Gesicht danebenstand.

»Was?«, keuchte Achim Kleiber. Bis jetzt hatte er sich weitgehend beherrschen können, doch nun stiegen auch ihm die Tränen in die Augen.

»Du bist doch der Ersatzmann. Und genau jetzt brauchen wir Ersatz!«

Kleiber schüttelte heftig den Kopf. »Nein, Waltraud, das kannst du nicht verlangen. Der Knut, der liegt hier … und … also, wir müssten ihm dann ja den Mantel ausziehen, das kannst du nicht …« Seine Stimme brach.

Karin war inzwischen zu Oldenbusch gegangen, der gerade die blecherne Brotbüchse des Verstorbenen entdeckt hatte, auf der mit roter Lackfarbe deutlich *Knut* geschrieben stand. Er war dabei, sie zu inspizieren, ohne sie zu berühren, ging dafür leicht in die Knie und suchte mit einer Lupe nach Fingerabdrücken.

»Aber so kann es doch nicht bleiben.« Frau Hertel war offenbar nicht bereit, klein beizugeben. »Hört ihr? Die Kinder werden schon ungeduldig. Da wird bald einer nachfragen! Und was sagen wir dann?«

»Ach, Werner?!«, sagte Karin.

Oldenbusch richtete sich auf und sah direkt in Karins große fragende Augen.

»Was ist denn?« Oldenbusch verstand nicht gleich und blickte zu Heller. Der kniff die Lippen zusammen, hob die Augenbrauen an und atmete durch die Nase ein.

Da ging Oldenbusch ein Licht auf. »Oh, nein!« Er schüttelte heftig den Kopf.

»Komm, Werner, du hast die Statur und die Stimme. Und ich weiß, du magst Kinder und kannst mit ihnen umgehen«, schmeichelte ihm Karin.

»Ich bin Polizist! Ihr könnt doch nicht … also, nee, da mach ich mich ja lächerlich.« Oldenbusch schüttelte wieder entschieden den Kopf.

»Werner, ganz im Gegenteil, sie werden dich bewundern.«

»Ich weiß doch gar nicht, wie die heißen!« Oldenbusch spürte wohl selbst, wie sein Widerstand bereits bröckelte. Er klang verzweifelt. »Karin, muss das wirklich sein?.«

Karin ging gar nicht auf Oldenbuschs Jammern ein. »Du musst die Namen gar nicht kennen. Frag sie einfach mit strenger Stimme, wie sie heißen. Die Namen stehen auf den Päckchen. Stell dir einfach vor, es seien deine Kinder!«

»Och, nee, Karin, …. Mensch, Max, jetzt sag doch auch mal was! Warum übernimmst du das denn eigentlich nicht?«

Karin lachte auf. »Also, wenn Max das macht, glaubt dem das doch kein Kind. Du machst das, und ich werde dich immer dafür bewundern!«

Heller hielt sich wohlweislich zurück. Er konnte Oldenbusch verstehen, aber den Kindern das Weihnachtsfest zu verderben wäre auch nicht schön. Und er war doch etwas beleidigt, dass Karin ihm die Weihnachtsmannrolle von vornherein nicht zutraute.

Karin holte bereits den Sack mit Geschenken, den Bart und die Mütze samt Perücke, und Frau Hertel half einem etwas widerwilligen Oldenbusch aus der Jacke. Als es dann daranging, dem Toten die Weihnachtsmannsachen auszuziehen, zögerten sie alle.

Heller bat Doktor Hennig, ihm zur Hand zu gehen. Sie mussten den Toten anheben, um seine Arme aus den Mantelärmeln zu ziehen, bevor sie ihn vorsichtig wieder zurücklegten. Die Bauchattrappe schoben sie beiseite, die benötigte Oldenbusch nicht.

Mittlerweile hatten Herr Kleiber und Frau Fiebig in ihrer Trauer zueinandergefunden und standen weinend beieinander wie Hänsel und Gretel.

»Max, das nehme ich dir übel, für immer!«, klagte Oldenbusch, während man ihm den langen Mantel umhängte. Im selben Moment begannen die Kinder nebenan ein Weihnachtslied zu singen, um den Weihnachtsmann hereinzurufen.

Morgen kommt der Weihnachtsmann, kommt mit seinen Gaaaaben, bunte Lichter, Silberzier, Kind mit Krippe, Schaf und Stier, Zottelbär und Panthertier möcht' ich gerne haaaa-ben.

»Siehst du, Werner, wie sie sich freuen. Wir sind wirklich alle stolz auf dich!« Karin klopfte auf Oldenbuschs Schultern, während Frau Hertel den Gürtel zurechtrückte. Dann zupfte sie ihm den Bart und die weißen Haare in Form. Als Karin ihm den großen Jutesack in die eine Hand drückte und die Rute aus Reisig in die andere, brach Frau Hertel wieder in Tränen aus.

Im Saal nebenan war das Lied zu Ende. »Liiiie-ber guuuu-ter Weih-nachts-maaann!«, riefen die Anwesenden im Chor.

Heller klopfte seinem Kollegen auf die Schulter. »Ich werde einen Tag Sonderurlaub für dich beantragen.«

Oldenbusch hatte sich inzwischen mit seinem Schicksal abgefunden. »Sei du nur schön still, Maxe, ich muss noch prüfen, ob du das ganze Jahr artig gewesen bist.« Dann ließ er sich von Karin hinaus auf den Gang und zur großen Saaltür schieben. Noch einmal holte er tief Luft, holte dann aus und donnerte mit der Faust dreimal gegen die Tür. Sofort wurde es drinnen still. Oldenbusch drohte Heller noch einmal mit der Rute, dann öffnete er die Tür.

»Wer hat denn hier so laut gerufen?«, grollte er mit tiefer

Stimme. »Ich bin doch hier richtig bei den Sachsenwerkern?«, hakte er nach.

»Jaaa«, kam es zögerlich aus Dutzenden Kindermündern.

»Oder seid ihr etwa Fischköppe, oder schlimmer noch, kleene Berliner? Hab'm mir meene zwee Wichtel, der Wilhelm und der Walter, wieder de falsche Adresse offgeschriebn?«

»Neeeee«, schallte es ihm entgegen, und die Erwachsenen, die den Witz verstanden, lachten umso mehr.

»Herr Spengler war sehr beliebt«, erklärte Karin, während nebenan Gelächter und fröhliches Rufen ertönte. »Er war Abteilungsleiter in der Fertigung. Ist auch gar keiner von …« Sie sprach es nicht aus. Heller wusste, dass sie die SED meinte.

Heller betrachtete den Tisch genau, auf dem sich Gebäck und Getränke für die Helfenden befanden. Sie waren auf mindestens acht Personen gekommen, die sich mit Spengler im Raum befunden haben könnten, Karin eingeschlossen.

»Hast du gesehen, dass er etwas anderes aß?«, fragte Heller. Er zog sich Handschuhe an und öffnete vorsichtig Spenglers Brotbüchse. Darin lagen Plätzchen, ein paar Krümel und durchgefetteter Puderzucker, wie von einem Stück Stollen.

»Ich weiß es nicht, Max.«

»Aber gegessen habt ihr doch was?«

»Wir haben Kaffee getrunken, und einige haben auch nebenbei etwas gegessen. Siehst du ja, der Stollenteller ist angerührt, auch von den Plätzchen und vom Pfefferkuchen wurde etwas gegessen.«

»Wir müssen seine Frau fragen, ob Spengler vorsichtig und konsequent war oder ob er sich auch mal verleiten ließ.«

Frau Fiebig trat zögernd auf sie zu. »Herr Kriminalrat Heller, wenn ich Sie kurz sprechen dürfte? Dort vielleicht?« Sie zeigte auf den Nebenraum.

»Natürlich.« Heller folgte ihr.

»Es ist nur ein Gerücht, aber ich will es Ihnen nicht vorenthalten. Eigentlich war Knut immer sehr vorsichtig. Er hat es zwar immer im Scherz gesagt, aber er meinte, dass nur ein winziges Stückchen Mandel ihn umhauen würde. Dann is aus die Maus, hat er immer gesagt.« Und schon hatte die Frau ihre mühsam wiedergefundene Beherrschung wieder verloren. »Man sagt, die Spenglers wollten abhauen. Die haben ja Verwandtschaft drüben. Wissen Sie, ich glaube das nicht, aber ich habe es von jemandem, der es wissen muss. Und wenn es so wäre, dann würden die das nicht zulassen.«

»Die?«, fragte Heller, und Frau Fiebig nickte bestätigend, weil sie wohl davon ausging, Heller wüsste, wer »die« waren. »Achim war doch in der SU wegen Wiederaufbau von konfiszierten Maschinen, und er ist ein angesehener Ingenieur. Ich schwör Ihnen, den mochten alle hier, selbst die von der Partei, obwohl er gar nicht dabei war. Herr Kriminalrat«, sie senkte die Stimme, »ich würde es nicht sagen, wenn ich nicht wüsste, dass Sie Karins Mann sind, aber«, sie senkte ihre Stimme noch mehr, sodass sie beinahe flüsterte, »den durften sie nicht laufen lassen.«

Der Frau zuliebe flüsterte Heller jetzt auch. »Frau Fiebig, haben Sie einen konkreten Verdacht? Spekulationen helfen uns nicht weiter.«

Die Frau nickte hastig. »Kommen Sie«, sie winkte Heller zu einer Tür, die seitlich in den Saal führte, öffnete sie einen Spalt, schaute prüfend in den Raum und winkte dann Heller heran. »Schauen Sie nicht gleich hin, aber der mit dem dunkelgrünen Hemd und der beigen Krawatte, das ist Ewald Preussig aus der Kalkulation. Und das ist kein Geheimnis, dass Preussig für die …, na, Sie wissen schon, …. arbeitet.«

Heller beobachtete unauffällig den Mann, der gerade herzlich lachte, als Oldenbusch mit einer jungen Mutter schäkerte. Im Alltag gelang ihm so etwas meistens nicht, hinter der Verkleidung aber durchaus. Die Frau wand sich in ihrer Verlegenheit, und vom Weihnachtsmann gefragt, ob sie denn immer brav gewesen sei, nickte sie, wurde aber tiefrot im Gesicht, und der Saal brach in schallendes Gelächter aus. Da drehte sich ihre kleine, vielleicht vierjährige Tochter zu ihr um und verkündete lauthals: »Nee, Mutti, das warste nicht!« Worauf sich noch größeres Gelächter erhob.

»Und ich sag Ihnen, Preussig war mit im Raum und hat geholfen, Stühle reinzutragen und drinnen die Tische aufzubauen. Es ist gut möglich, dass der da was gemacht hat!«

»Gesehen haben Sie es aber nicht?« Heller wusste schon jetzt nicht, wie er seinem Chef Niesbach diese Theorie schonend beibringen, und erst recht nicht, wie er damit umgehen sollte. Er würde erst mal Karin fragen, wie ernst diese These zu nehmen war.

»Gesehen nicht, nein, aber ich will meinen, so was machen die ganz bestimmt sehr geschickt.«

»Danke, Frau Fiebig, wir gehen der Sache nach. Sagen Sie mal, ist es eigentlich normal, dass der Saal so laut wird?«

Frau Fiebig winkte ab. »Ach, na ja, dass der Weihnachtsmann ausgerechnet die Frau Rothe fragt, ob sie brav war … sie lebt ja in Scheidung und führt wohl ein rechtes Lotterleben.«

»Wissen Sie das genau?«, fragte Heller die Frau.

Die fühlte sich beim Tratschen ertappt. »Nein, nein, ich sag nur, was ich von anderen höre.«

»Der Name Rothe wurde mir auch genannt. Hat sie mitgeholfen?«

»Ja, beim Aufbau. Sie hatte ja ihr Kind schon mit, deshalb konnte sich Knut noch nicht umziehen. Die Kleine durfte ja nicht wissen, wer der Weihnachtsmann war.«

»Und die Kleine war mit im Zimmer?«

»Ja, hier und überall anders auch. Ein kleiner Wirbelwind, kaum zu bändigen. Knut hat sie dann auf den Schoß genommen, der kann ja gut mit Kindern … konnte …«, korrigierte sich Frau Fiebig und bedeckte ihr Gesicht mit den Händen.

»Entschuldigen Sie.« Heller hatte sich leise in den Saal geschlichen und schob sich an einigen Leuten vorbei in Richtung von Herrn Preussig. Oldenbusch war immer noch dabei, Geschenke aus dem Sack zu holen. Nun hatte er seinen Chef entdeckt und seine Augen begannen listig zu funkeln. Aber es genügte ein sachtes Kopfschütteln Hellers, um ihn von seinem Vorhaben, seinen Chef bloßzustellen, abzubringen.

»Herr Preussig«, flüsterte Heller dem vermeintlichen Stasimann zu. »Kriminalrat Heller, ich benötige Ihre Hilfe. Darf ich Sie nach draußen bitten? Es ist wirklich sehr dringend.«

Preussig sah ihn verwundert an. »Ist es wegen Knut?«, fragte er.

»Wie kommen Sie darauf?«

»Na, das ist er ja eindeutig nicht!« Preussig zeigte auf den Weihnachtsmann. »Es ging ihm vorhin nicht gut. Aber gehen wir erst mal!«

»Es ging ihm nicht gut?«, fragte Heller, als sie draußen im Gang standen. Er musste einen Weg finden, den Mann auszuhorchen, ohne Verdacht zu erregen. Er konnte dem Mann ja schlecht unterstellen, bei der Stasi und überdies ein Mörder zu sein.

»Er war schon bereit, klagte dann aber über Hustenreiz. Ich riet ihm, Wasser zu trinken, und ging dann schon hinein. Meine Kinder sind ja auch hier. Wie geht es ihm denn? Warum haben Sie mich rausgeholt?«

»Er ist gestorben«, sagte Heller.

»Gestorben?«, fragte Preussig und rang ganz offensichtlich um Fassung.

Heller nickte, öffnete die Tür zum Nebenraum einen Spalt, ließ Preussig den Toten kurz sehen und schloss die Tür wieder. »Ich muss wissen, ob Sie gesehen haben, dass er etwas gegessen hat?«

»Sie meinen, wegen seiner Unverträglichkeit? Ist er daran gestorben?« Preussig griff sich unbewusst in den Hemdkragen, lockerte den Krawattenknoten.

»Hat er nur von seinem Kuchen gegessen oder hat er sich auch etwas anderes genommen?«

»Also, er hat etwas gegessen, aber nur aus seiner Büchse. Er hat sie ja immer mit, sein Name steht drauf.«

Heller sah sich um, ob sie wirklich allein auf dem Gang waren. Nebenan schien sich der Weihnachtsmann zu verabschieden.

»Ich habe Informationen darüber, dass Herr Spengler gewisse Tendenzen in eine bestimmte Richtung aufwies«, gab sich Heller bewusst unkonkret.

Preussig senkte den Kopf. »Sie meinen in Richtung Westen? Also, ich habe davon gehört, aber die Leute reden immer so dummes Zeug. Ob es stimmt? Ich denke nicht. Er war sehr angesehen, man ließ ihn gewähren, er hatte ein Haus und sogar ein Auto.«

Alles in Präteritum, bemerkte Heller bei sich. Preussig hatte sich schnell an die neue Tatsache gewöhnt, dass Spengler tot war. Ob er bei der Stasi war, würde Heller garantiert nicht so einfach herausfinden.

»Diese Frau Rothe war vorhin auch beim Aufbau beteiligt? Ihre Tochter scheint sehr vertraut mit Herrn Spengler zu sein.«

»Das hat Ihnen Ihre Frau erzählt, nicht wahr? Ja, sehr vertraut. Man sagt ja, Frau Rothe hätte eine Schwäche für ältere Herren. Sie ist gerade fünfundzwanzig. Und da Sie es schon ansprechen, es soll mir ja egal sein, aber sie hielt sich auffällig oft in Knuts Nähe auf. Er war ein attraktiver Mann, wenn ich das so sagen darf, Sie verstehen sicher, wie ich das meine.«

»Frau Rothe!«, sprach Heller die Frau an, nachdem die Gesellschaft ohne den Weihnachtsmann als Vorsitzenden gelöster agierte.

Die Frau wandte sich ihm zu, doch Heller bemerkte, wie sie sich immer wieder umschaute, als suchte sie jemanden.

»Wer bist denn du?«, fragte das kleine Mädchen Heller ganz direkt.

»Ina, das heißt ›Sie‹, und man fragt nicht so frech«, schimpfte ihre Mutter.

»Ich heiße Heller. Meine Frau ist die Karin Heller, sie ist eine Kollegin von deiner Mutti.«

»Oh, da musst du auch schön lieb sein, Ina, der Herr Heller ist nämlich ein Polizist und sperrt böse Menschen ein!«, sagte Frau Rothe mit strenger Stimme zu ihrer Tochter.

»Warst du denn immer brav und hast vom Weihnachtsmann was bekommen?«, ging Heller darauf ein.

»Ich war brav, aber die Mutti nicht.«

»Was hast du denn bekommen?«

»Eine Apfelsine und ein Stück Schokolade.«

»Eine echte Apfelsine? Das glaube ich jetzt nicht.«

Das Mädchen sah seine Mutter betroffen an, weil der Polizist ihr nicht glauben wollte.

»Na, dann zeig sie ihm!«

Jetzt öffnete das Mädchen eifrig seine Tasche, die wie ein kleiner Schulranzen aussah. »Da!«, sagte sie und hielt Heller eine Apfelsine hin.

Heller nickte anerkennend und hatte gesehen, was er sehen wollte. »Darf ich mal?«, fragte er Frau Rothe und griff nach der metallenen Brotbüchse, die der von Spengler aufs Haar glich, nur dass dessen Name fehlte.

»Darf ich fragen, warum?« Frau Rothe blickte unsicher.

Heller wiegte den Kopf. »Ich erkläre es Ihnen später.« Er öffnete die Büchse und fand die angebissene Hälfte eines Stollenstücks darin.

»Nicht aufgegessen?«, fragte er.

»Hatte keinen Hunger«, erwiderte das Kind trotzig, ohne hinzusehen, was übersetzt hieß, es hatte nicht geschmeckt.

»Entschuldigen Sie.« Frau Rothe nahm ihm die Büchse ab. Dann sah sie Heller an. »Das ist …«, begann sie, »wo ist Knut … Herr Spengler?«

Heller sah sie nur eine Sekunde lang an. Das genügte. Die Frau sprang auf, presste sich die Hand auf den Mund und rannte aus dem Saal.

»Sie schwört, sie sei es nicht gewesen«, raunte Oldenbusch, nachdem er das Weihnachtsmannkostüm erleichtert wieder losgeworden war und Frau Rothe vernommen hatte. »Und ihre Tochter auch nicht. Den Stollen hatte sie aus dem Kindergarten mitgebracht, sie sollte ihn hier essen, damit sie beschäftigt war und Ruhe gab. Spengler hat auch etwas gegessen, sagen zwei weitere Leute aus. Beide Deckel offen, die Büchsen sehen absolut gleich aus. Spengler denkt, es ist seine, beißt vom Stollen ab, dann freut er sich, dass er so gut schmeckt, und isst eine Hälfte. Das war sein Todesurteil.«

»Hast du herausfinden können, ob sie mit Herrn Spengler in näherem Kontakt stand?«

Oldenbusch wiegte den Kopf. »Spengler ist wohl eine Art Mentor für sie gewesen, ein guter Bekannter, aber nicht mehr. Die Kleine sagte mir, sie kennt Spengler, weil der mal bei ihnen daheim war. Aber, Max, sie ist vier Jahre alt, ich bin mir nicht sicher, ob sie wirklich wusste, von wem ich sprach.«

»Und wenn wir ihr Spengler zeigen?«

Oldenbusch zog die Augenbrauen hoch. »Ihr den Toten zeigen?«

»Wir sagen einfach, er schläft.«

»Max, das Mädchen ist zwar noch klein, aber nicht dumm. Sie merkt doch, dass da was nicht stimmt, dass der Mann nicht mehr atmet. Und was haben wir davon? Es bedeutet doch rein gar nichts, ob sie ihn kennt oder nicht.«

Heller winkte beschwichtigend ab. Schon als er es ausgesprochen hatte, hatte er gewusst, dass das keine gute Idee war. »Schon gut, Werner. Unsere Männer von der Spurensicherung sind übrigens jetzt da. Lass uns zu Frau Spengler fahren!«

Oldenbusch seufzte und nickte. »Schlimm. So eine Nachricht, so kurz vor Weihnachten, Max.«

»Es ist immer schlimm.«

Es war ein hübsches kleines Eigenheim nicht weit weg vom Sachsenwerk, am Rand des gerade erst eingemeindeten Stadtteils Niedersedlitz, vor dem Oldenbusch den Wartburg stoppte. Spenglers Wagen stand zugeschneit in der Einfahrt, vermutlich war er morgens zu Fuß zur Arbeit gegangen. Inzwischen war es dunkel, eine Straßenlaterne spendete trübes Gaslicht, im Haus der Spenglers waren einige Fenster erleuchtet.

Frau Spengler, eine zierliche kleine Frau, öffnete auf das erste Klingeln hin und sah sie erstaunt an. Schon als Heller sich und Oldenbusch vorstellte, verzog sich das Gesicht der Frau voll dunkler Vorahnung.

»Wir müssen Ihnen leider mitteilen …« Weiter kam Heller nicht, da schwankte die Frau, und beide Männer schnellten vor und fingen sie auf, ehe sie zu Boden stürzen konnte.

»Max, sieh mal«, flüsterte Oldenbusch. Sie hatten die Frau ins Haus getragen und im Wohnzimmer auf die Couch gelegt. Oldenbusch flößte ihr gerade vorsichtig etwas Wasser ein, als er es entdeckte. Heller reckte sich, um einen Blick auf die Stelle zu werfen, auf die Oldenbusch zeigte. Von Frau Spenglers Nacken schien sich ein großer Bluterguss bis weit auf die Schultern zu erstrecken. Nun sah Heller auch einen blauen, fast schwarzen Fleck auf dem Unterarm der Frau.

»Ich bin die Kellertreppe runtergefallen«, murmelte die Frau, die offenbar trotz geschlossener Augen die Blicke der Männer bemerkt hatte.

Heller sagte nichts. Auch unter dem linken Jochbein der Frau schien eine Schwellung gerade erst abgeklungen zu sein.

»Was ist geschehen?«, fragte Frau Spengler nun.

»Offenbar hat Ihr Mann Stollen gegessen, der nicht für ihn gedacht war.«

»Aber wer hat ihm den denn gegeben? Ich verstehe das nicht …«

»Wir ermitteln noch, Frau Spengler. Hören Sie, ich muss Sie das leider fragen: Wissen Sie, in welcher Beziehung Frau Rothe zu Ihrem Mann stand?«

Für einen kurzen Moment wirkte Frau Spengler, als wollte sie auffahren, dann besann sie sich.

Heller hatte sie genau beobachtet. »Frau Spengler? Sie kennen die Frau?«

Die Frau gab auf. »Ja, gelegentlich kam sie zu uns. Als sie neu im Werk war, mochte sie kaum jemand. Mein Mann brachte sie mit. Sie ist sehr nett und sie tat mir leid. Ihr Mann hat sie anscheinend verlassen. Ihr Kind ist allerdings ziemlich anstrengend.«

Heller sah Oldenbusch an. Der hob stumm die Schultern.

»Können wir jemanden holen oder anrufen, der Ihnen zur Seite stehen kann? Haben Sie ein Telefon?«

»Nein, aber die Nachbarn, die Hoppes in der Dreizehn. Würden Sie bitte meine … oh, nein, nicht meine Tochter … würden Sie meine Schwester Klara anrufen? Da, in dem Buch dort, steht die Nummer ihrer Nachbarn. Sie selbst hat kein Telefon.«

»Heller, Kripo«, stellte er sich bei Frau Spenglers Nachbarn vor. »Es ist ein dringender Notfall. Ich muss Ihr Telefon benutzen.«

»Geht es um Frau Spengler?«, fragte Frau Hoppe besorgt.

»Ja. Warum fragen Sie so konkret?«

»Nun ja«, Frau Hoppe rieb sich den Nacken und sah ihren Mann an. Als dieser nickte, fuhr sie fort: »Sie sagt ja, sie sei kürzlich die Treppe runtergefallen, und vor zwei Monaten meinte sie, sie habe sich die Nase am Küchenschrank gestoßen. Wissen Sie, alle halten ihren Mann für einen feinen Kerl, wir sind anderer Meinung. Wir glauben, der ist gar nicht so nett. Das ist alles Fassade. Es heißt auch …« Wieder sah sie ihren Mann an, der den Kopf schüttelte, doch es war bereits zu spät. Schon ihre Tonlage hatte zu viel verraten. »Es heißt auch, er wolle rübermachen, ohne sie, mit seiner Geliebten.«

»Wissen Sie das genau?«, fragte Heller streng nach.

»Wir selbst haben ihn nie mit einer anderen Frau gesehen, aber vor einiger Zeit klingelte jemand bei uns und fragte uns über Knut aus. Er meinte, wir sollten … Sie wissen schon … achtgeben.«

»Wie sah der Mann aus?«

»Dunkles Haar, Geheimratsecken und eine kleine Narbe am Kinn.«

Diese Beschreibung passte auf Herrn Preussig.

»Alles nur Gerüchte!«, sagte Oldenbusch auf dem Heimweg. »Wahrscheinlicher ist doch eine Verwechslung. Der hat einfach aus der falschen Dose gegessen.«

Heller überlegte. Es war die naheliegendste Erklärung. Doch zu viele Faktoren bedurften einer Prüfung. Frau Spengler beharrte darauf, gestürzt zu sein. Frau Rothe leugnete jede Affäre. Herr Preussig war nicht greifbar. Sollte das Ministerium für Staatssicherheit die Hände im Spiel haben, gab es für ihn keinerlei Handhabe, es sei denn, er wäre lebensmüde.

Da war es allemal besser, an eine Verwechslung zu glauben.

Dresden, 13. Dezember 1957, morgens

»Guten Morgen, Frau Spengler, wir haben einen Durchsuchungsbefehl für das Haus!« Heller wollte keine Zeit mehr verlieren. Man hätte schon am gestrigen Abend eine Hausdurchsuchung veranlassen sollen.

»Ich verstehe das nicht!« Die Frau sah verweint aus. Übernächtigt. Im Hintergrund bemerkte Heller eine andere Frau, offenbar Frau Spenglers Schwester, ebenfalls mit betroffenem Gesichtsausdruck.

Er wollte sich jetzt nicht weiter erklären. Eine Untersuchung hatte bestätigt, dass Spengler einem allergischen Schock erlegen war und dass sich auf seinem Stollenstück Reste von geriebenen Mandeln befanden. Für Spengler unmöglich, das zu erkennen. Er hatte vollstes Vertrauen zu seiner Frau gehabt.

Außerdem hatte Frau Rothe sich gemeldet und tränenerstickt eine nicht unwesentliche Information weitergegeben.

Oldenbusch und einige Kollegen hatten bereits das Haus betreten. Sie wussten, wonach sie suchen mussten. Heller war den beiden Frauen stumm ins Wohnzimmer gefolgt. Weder Frau Spengler noch ihre Schwester sagten etwas. Heller blieb geduldig, er kannte das Prozedere, und er kannte Oldenbusch und wusste, wie gründlich er war. Das konnte lange dauern.

Nachdem es hell geworden war, kam Oldenbusch an die Tür und winkte Heller zu sich. »Komm mal mit, bitte!«, bat er. Sie verließen das Haus, und ein Uniformierter wurde zur Bewachung der Frauen abgestellt.

»Hast du die Mülltonne nicht schon durchgesehen?«, fragte Heller.

»Habe ich, aber aus dem Fenster oben habe ich Spuren im Schnee gesehen. Von gestern vermutlich.« Oldenbusch zeigte auf kaum sichtbare, schon wieder zugeschneite Vertiefungen, die in Richtung des Komposthaufens im Garten führten. Er war sich nicht zu schade, mit den Händen in den Kompost hineinzulangen, um sich durch Kaffeesatz, Kartoffelschalen und anderen Küchenabfall zu arbeiten. Schließlich fand er, was er suchte: eine Papiertüte, aufgeweicht und schon fast verdorben. Ohne zu zögern, riss er sie auf und kostete von dem weißen Pulver, das sich darin befand. Er sah auf. »Mandeln!«

»Ich habe sie irrtümlicherweise bekommen, im Lebensmittelladen. Sie gehörte mir nicht«, sagte Frau Spengler in bemüht ruhigem Ton. »Es war ein Versehen. Als ich merkte, was es war, habe ich die Tüte sofort entsorgt, gleich gestern früh, es war noch dunkel. Damit mein Knut sie gar nicht erst findet und womöglich davon etwas isst.«

»Warum nicht in die Mülltonne? Die steht viel näher.«

»Ich weiß es nicht, aus Gewohnheit vielleicht. Wirklich, ich sage die Wahrheit«, beteuerte die Frau. Ihre Schwester saß stumm daneben.

Heller atmete einmal durch. Sollte stimmen, was die Nachbarn sagten, sollte Frau Spengler von ihrem Mann verprügelt worden sein, würde er sogar die Beweggründe der Frau nachvollziehen können, ihren Mann umzubringen. Doch selbst wenn es so war, ein Mord war nicht verzeihlich. Frau Spenglers Erklärungen für ihre Verletzungen waren ziemlich sicher erlogen. Und es wäre nicht das erste Mal, dass ein angesehener, freundlicher, weltgewandter, bei allen beliebter Mann sich daheim wie ein Tyrann aufführte.

Eines war noch zu klären. »Ist es wahr, dass Sie Frau Rothe erst vorgestern eine Brotbüchse geschenkt haben, die der Ihres Mannes aufs Haar glich?«

»Ja, das stimmt, ich hatte zwei davon, aber …«, begehrte die Frau auf und sank dann resigniert in sich zusammen. »Ich habe es nicht getan, Sie müssen mir glauben, ich habe es nicht getan.«

Heller sah die Schwester an, die erwiderte unglücklich seinen Blick und hob beinahe entschuldigend ihre Schultern.

Dresden, 14. Dezember 1957, Nachmittag

Es sah wirklich schön aus. Der Schnee fiel in feinen Flocken, aus den Lautsprechern klang etwas blechern Weihnachtsmusik, eine große Pyramide drehte sich, und der Geruch von Bratwurst, Schaschlik und kandierten Äpfeln hing über dem Platz. Familien schlenderten durch die Gänge der beleuchteten Buden. Zum ersten Mal seit vielen Jahren war der Striezelmarkt auf den Dresdner Altmarkt zurückgekehrt. Dort würde er nicht auf Dauer bleiben können, denn es gab große Bebauungspläne für den Platz an der noch immer im Wiederaufbau befindlichen Kreuzkirche.

Heller hatte die neben ihm her hüpfende Anni an der Hand. Obwohl sie meistens so tat, als sei sie schon groß, war sie doch immer noch Kind genug, um an seiner Hand zu gehen. Insgeheim hoffte Heller, dass das noch länger so sein würde. Karin, auf seiner anderen Seite, hatte ihre Hand in seine Manteltasche geschoben. Sie sprachen nicht viel, schlenderten herum und versuchten, den Nachmittag mit seiner weihnachtlichen Stimmung zu genießen. Und doch hingen beide ihren Gedanken nach. Der Tod Spenglers beschäftigte sie und vor allem dachten sie an die Witwe Spengler. Sie tat ihnen leid, darin waren sie sich einig.

»Vati! Mutti! Kann ich?« Anni zeigte aufgeregt auf das Karussell. Eigentlich hätte Heller sie jetzt korrigiert und darauf hingewiesen, dass es ›darf ich‹ und ›bitte‹ heißen muss und dass sie eigentlich doch etwas zu alt zum Karussellfahren war. Heute kramte er wortlos nach einem Fünfzig-Pfennig-Stück.

»Na, los!«, sagte er und schaute Anni hinterher, die zum Karussell lief.

»Sie wusste sicher keinen anderen Ausweg«, nutzte Karin sofort die Gelegenheit, dass sie alleine waren, und bestätigte Heller in seinen Überlegungen.

»Erstens muss jetzt geprüft werden, ob der Verdacht sich bestätigt, und zweitens wird der Richter mildernde Umstände anerkennen, wenn es so war«, sagte Heller. Das waren die Tatsachen, mit denen er leben musste. Mord blieb nun mal ein Verbrechen, sosehr er auch mit der Frau mitfühlte.

Sie standen jetzt vor dem Karussell, bei dem Anni sich ein

schwarzes Pferd ausgesucht hatte und ihnen bei jeder Runde betont albern zuwinkte. Dann zeigte sie auf einmal aufgeregt auf etwas. Heller drehte sich um und folgte ihrem Fingerzeig. Dann sah auch er den Weihnachtsmann, der in seinem langen roten Mantel zwischen den Leuten herumlief, mit den Kindern redete und ihnen scherzhaft mit der Rute drohte.

»Max, was ist?«, fragte Karin, die diesen Blick an Heller nur zu gut kannte. »Du musst los, oder?«, sagte sie voller Vorahnung, und die Enttäuschung war ihr anzusehen.

»Warte mal!« Heller betrachtete den Mann genauer.

»Was ist denn mit dem?«, fragte Karin. »Meinst du, der läuft hier ohne Genehmigung herum, oder was soll sein?«

»Ich geh mal hin. Warte du bitte auf Anni.« Heller schlenderte unauffällig in Richtung des Weihnachtsmannes. Dieser hatte gerade eine Gruppe kleiner Kinder mit Bonbons versorgt, entfernte sich jetzt mit majestätischen Schritten und neigte huldvoll den Kopf, wenn die Leute ihm den Weg freigaben.

Heller folgte ihm und bemerkte plötzlich jemanden neben sich. Es war Anni.

»Vati, willst du den Weihnachtsmann verhaften?«, fragte sie etwas atemlos.

»Ich will ihn mir nur näher ansehen.«

Anni lief jetzt stumm neben Heller her. Er sah zu ihr hinunter und musste über ihr entschlossenes Gesicht lächeln. Es bereitete ihm schon Genugtuung, dass sie eher den Weihnachtsmann infrage stellte als ihren Vater.

Der Mann sollte sie eigentlich nicht bemerkt haben, doch Heller hatte das Gefühl, dass er immer schneller ging und seine Schritte nicht mehr so gravitätisch waren, gelegentlich rutschte er mit seinen Stiefeln auf dem Pflaster aus.

»Vati, läuft der weg?«, stellte Anni empört fest.

»Das kann schon sein. Dem will ich jetzt mal ein Ende bereiten.«

Heller beschleunigte und schloss näher zu dem Mann auf. Dieser lief jetzt immer hastiger, gerade so schnell, dass er noch nicht rannte. Heller hatte ihn inzwischen erreicht, wollte ihm die Hand auf die Schulter legen. In dem Moment stellte sich eine Familie vor dem Weihnachtsmann auf.

»Da schau, da ist er!«, rief der Vater und schob seine etwa drei- und fünfjährigen Kinder vor. Der Weihnachtsmann blieb abrupt stehen.

»Na«, stammelte er und blickte sich irritiert zu Heller um. Der hatte sich, um der Kinder willen, noch zurückgehalten. Darauf schien der Weihnachtsmann gewartet zu haben. Mit einem Satz sprintete er los, eilte mit wehenden Mantelschößen durch die Budengasse und bog, wild mit den Armen rudernd, um die nächste Ecke. Heller war ihm sofort gefolgt, doch die sieben, acht Meter Vorsprung mussten erst einmal aufgeholt werden. Der flüchtende Rotmantel schlug Haken wie ein Hase, und dauernd stellten sich Heller Leute in den Weg und behinderten seine Verfolgung. Was hatte der Mann eigentlich vor?, fragte er sich. Denn er schien den Markt nicht verlassen zu wollen, sondern lief stattdessen im Zickzack, wohl in der Hoffnung, seinen Verfolger abschütteln zu können. Vielleicht suchte er auch eine Gelegenheit, das Kostüm loszuwerden. Heller hoffte, dass ihm ein Schutzmann über den Weg lief, den er in die Verfolgung einbinden könnte. Er war immerhin auch nicht mehr der Jüngste, und das Pflaster war stellenweise wirklich glatt.

Da kam ihm jemand zu Hilfe, es war niemand anderes als Karin. Ob Zufall oder List, Karin stellte sich dem Weihnachtsmann ganz unvermittelt in den Weg, sodass dieser sich gezwungen sah, kehrtzumachen. Heller sah seine Chance gekommen, packte den Mann am Ärmel, doch der entledigte sich blitzschnell des hinderlichen Kleidungsstückes und war schon durch eine Lücke zwischen zwei Buden geschlüpft. Heller warf den Mantel weg, folgte dem Mann und sah gerade noch, wie dieser in der nächsten Gasse über ein Bein stolperte, das sich ihm stellte, und lang hinschlug.

Sofort war Heller zur Stelle und zog den Mann auf die Beine. Er hatte offensichtlich heftige Schmerzen im Arm. Zahlreiche Neugierige hatten sich bereits um sie versammelt.

»Das Mädchen hat ihm ein Bein gestellt!«, rief jemand und zeigte auf Anni, die schuldbewusst zu Boden sah.

»Das hat sie gut gemacht!«, sagte Heller. »Ich bin von der Polizei«, fügte er erklärend hinzu und nahm dem entzauberten Weihnachtsmann die Mütze und den künstlichen Bart ab. Wie er schon vermutet hatte: Es war der Mann aus der Betriebstheatergruppe.

»Sieh da, der Herr Kleiber«, begrüßte Heller ihn.

»Wie kann ich denn helfen?«, fragte der Mann in harmlosem Ton, als hätte es keine Verfolgungsjagd gegeben.

»Habe ich mich doch nicht getäuscht. Ich wollte eigentlich nur kurz mit Ihnen sprechen.« Heller sah ihm fest in die Augen. »Jetzt frage ich mich aber schon, warum Sie denn weggerannt sind?«

Kleiber schluckte, richtete seinen Blick nach links auf Karin, die sich durch die Zuschauer geschoben hatte.

»Herr Kleiber, haben Sie nichts dazu zu sagen?«, fragte sie ihn jetzt.

»Nein, nichts. Ich hatte … mir fiel nur gerade ein, dass ich schnell …«

»Herr Kleiber, bitte!«, ermahnte ihn Heller.

Kleiber kämpfte noch ein paar Momente mit sich. Dann brach es aus ihm heraus. »Ich habe das nicht gewusst«, rief er. »Wie hätte ich denn das ahnen können? Ich wusste nur, dass er Mandeln nicht vertrug. Aber ich wollte doch nicht, dass er stirbt.«

»Was haben Sie getan?«, fragte Heller.

»Ich wollte doch nur, dass er nicht auftreten kann, dass er hustet oder ihm schlecht wird, ich hatte keine Ahnung, dass er so heftig darauf reagiert, dass er gleich stirbt! Das müssen Sie mir glauben, das wollte ich nicht. Das tut mir so …« Jetzt brach ihm die Stimme, das Entsetzen und die Verzweiflung raubten ihm den Atem.

»Sie wollten den Weihnachtsmann spielen, nicht wahr?«, sagte Heller.

»Ja!«, schluchzte Kleiber auf. »Das mag Ihnen vielleicht lächerlich erscheinen, aber, ja, das war mein größter Wunsch. Aber jedes Jahr hat Knut die Rolle bekommen, immer nur er. Jedes Jahr! Und alle haben ihn bewundert. Aber ich, ich bin doch in der Schauspielgruppe, ich hätte das mindestens so gut gekonnt. Aber ich war immer nur der Ersatz.«

»Was haben Sie getan, Herr Kleiber?«

»Ich habe wirklich nur ganz wenig … es war gar nicht viel … von den Plätzchen«, stammelte Kleiber, »nur ein paar Krümel … ich war doch sein Ersatz … ich wollte doch nicht, dass er stirbt, glauben Sie mir, bitte.«

»Sie hätten es gestehen können, noch in der Minute, als ich dazukam, dann hätte ich Spenglers Frau mein Beileid ausdrücken können, anstatt sie festzunehmen. Wissen Sie, was diese Frau durchstehen muss?«

»Es tut mir leid, wirklich!« Der Mann schien in sich zusammensinken zu wollen. In diesem Moment näherten sich zwei Schutzpolizisten.

»Bürger, zur Seite treten!«, befahl der eine. »Was geht hier vor sich?«

Heller zeigte seinen Ausweis vor. »Dieser Mann ist festgenommen, wegen einer Straftat mit Todesfolge. Bringen Sie ihn umgehend zur Schießgasse. Ich …«, Heller zögerte und sah sich fragend nach Karin um.

»Geh du nur«, sagte sie und nickte ihm zu.

Heller sah kurz zu seiner Frau und seiner Tochter und dann wieder zu den Polizisten. »Nein, warten Sie. Lassen Sie ihn in eine Zelle bringen und melden Sie, dass ich später nachkomme.«

»Jawohl!«, salutierten die Schutzpolizisten und nahmen Kleiber mit.

Heller ging lächelnd zu Karin und Anni. »Na, ihr seid mir ja zwei Verbrecherjäger«, sagte er anerkennend und nahm sie bei den Händen. »Drehen wir noch eine Runde über den Markt? Ich glaube, ich brauche jetzt einen Grog.«

ULRICH HEFNER

Requiem für den Nikolaus

Normalerweise sprachen die Leute im Ort an den festlichen Tagen über die großzügigen Geschenke oder das gute Weihnachtsessen, doch in diesen Tagen gab es nur dieses eine Thema: Der Nikolaus ist tot.

Professor Doktor Heinrich Nikolaus, seine Ehefrau Magdalena und die älteste Tochter Leonore von Giesing waren in der vergangenen Nacht unter mysteriösen Umständen gestorben und am frühen Morgen von Angehörigen und der Haushälterin tot in ihren Betten aufgefunden worden.

Die Familie Nikolaus war weit über die Grenzen des kleinen Ortes und der gesamten Region bekannt. Als einstiger Großindustrieller aus Hamburg und langjähriges Mitglied im Bundestag für die Demokraten gehörte der Professor unweigerlich zu den oberen Zehntausend und dem Geldadel dieses Landes. Unmittelbar nach der Wende hatten sie den alten Gutshof bei Jüterborg im Havelland aufgekauft, aufwendig restauriert und als Altersruhesitz hergerichtet. Die Pferdezucht war schon immer ein Faible der Familie. Bereits in Hamburg hatten sie eine Pferdezucht besessen, und die Ehefrau des Professors, die ehemalige Freifrau zu Stein, aus einem ehrwürdigen Adelsgeschlecht aus dem Alten Land, war sogar einmal eine erfolgreiche Dressurreiterin gewesen, die es beinahe bis in die Nationalmannschaft geschafft hätte, wäre sie nicht im Training vom Pferd gefallen und so schwer verletzt worden, dass sie für den Rest ihres Lebens auf eine Gehhilfe angewiesen war.

Es war immer ein imposantes Schauspiel gewesen, wenn sich die gesamte Familie an den Weihnachtstagen auf dem Temmerhof eingefunden hatte. Schon ab dem frühen Morgen des Heiligabends waren teure Limousinen oder grelle Sportwagen mit laut röhrenden Motoren durch den Ort in Richtung des Gutshofs gefahren. Im letzten Jahr war sogar mitten auf der Wiese ein Hubschrauber gelandet, um Familienangehörige zu den Feierlichkeiten zu bringen, die seit Jahren schon zur Weihnachtstradition geworden waren.

Um die zwanzig Personen trafen sich alljährlich dort, denn der Professor und seine Frau hatten vier Kinder, zwei Söhne und zwei Töchter, die inzwischen eigene Kinder und sogar schon Enkelkinder hatten. Für reichlich Umtrieb im großen und meist hell erleuchteten Gehöft war also gesorgt.

Doch dieses Mal war alles anders. Nachdem der Professor, seine Frau und seine älteste Tochter, die im Übrigen mit dem deutschen Botschafter in Südafrika verheiratet war, tot in ihren Betten gelegen hatten, würde wohl das letzte Mal diese Tradition stattgefunden haben.

Eine Lebensmittelvergiftung soll die Ursache gewesen sein, hieß es, doch im Ort vermutete man, dass mehr dahinterstecken könnte. Ein Großaufgebot der Polizei war zu dem Gutshof gefahren, der inzwischen von Polizisten und reichlich Flatterband abgesperrt worden war. Sogar die Straße nach Niedergörsdorf war gesperrt, und man mutete den Autofahrern einen Umweg über den alten Flugplatz zu.

§ 1

Kriminaloberrat Abraham vom Landeskriminalamt, Außenstelle Potsdam, sondierte die bislang unübersichtliche Lage. Er hasste Einsätze dieser Art und noch dazu an Feiertagen, an denen das Schicksal noch ein Stück grausamer und unerbittlicher zuschlug als an normalen Tagen. Der Tod von geliebten Menschen war immer schwer zu verkraften, doch hier, wo sich alle Angehörigen eingefunden hatten, um sich nach langer Zeit wiederzusehen und unbeschwert ein paar festliche Tage miteinander zu verbringen, war das Leid noch schwerer zu ertragen.

»Die Familie hat sich im Salon eingefunden, und die Bediensteten sitzen zusammen in der Küche«, meldete Hauptkommissarin Claudia Sommerlath, seine Kollegin, die ihn bei den schwierigen Ermittlungen unterstützen sollte.

»Schön, Sommerlath, das ist gut«, sagte Abraham.

Noch immer lagen die Toten in ihren Betten, doch eines war inzwischen sicher, auch wenn der alte Professor und seine Ehefrau weit über achtzig Jahre alt und ihre Tochter Leonore von Giesing nicht bei bester Gesundheit gewesen waren, alle drei waren eines nicht natürlichen Todes gestorben. Eine schwere Lebensmittelvergiftung war nach erster Einschätzung des Gerichtsmediziners vor Ort der Grund für das Ableben gewesen. Allerdings war die Schnelligkeit, mit der der Tod der drei Menschen eingetreten war, durchaus ungewöhnlich und erforderte eine genauere Betrachtung.

»Dann gehen wir es an!«, seufzte der Kriminaloberrat entschlossen. »Du übernimmst die Angestellten, und ich kümmere mich um die Familie!«

Bevor er die Höhle des Löwen betrat, warf er einen Blick durch die Terrassentür hinaus in den Hof. Dort standen die Autos der Familie und der Gäste und schneiten langsam ein. Alle diese Wagen zusammengenommen waren mehr wert, als die Belegschaft eines

Polizeireviers in einem Jahr verdiente. Abraham seufzte. Warum nur hatte er die Weihnachtsbereitschaft mit dem Kollegen Müllerschön getauscht? Müllerschön saß nun mit seiner Familie zu Hause und genoss die Feiertage, während ihm hier eine äußerst unangenehme Aufgabe bevorstand. Er hatte ein mulmiges Gefühl in der Magengegend. Hier in diesem Haus hatte sich die gesamte Hautevolee der namhaften Nikolaus-Dynastie versammelt: ein erfolgreicher Wirtschaftsanwalt aus Hamburg, ein Universitätsdekan aus Göttingen, eine bekannte Modeschöpferin, ein erfolgreicher Investmentbanker, Hochschuldozent und Hochschuldozentin, ein stellvertretender Bankdirektor aus Kiel und eine Tierärztin mit einer eigenen Sendung im Privatfernsehen zur besten Sendezeit.

Abraham blickte auf. Zwei schwarze Leichenwagen fuhren auf den Hof. Es war vielleicht besser, noch einmal mit Doktor Franzen vom Gerichtsmedizinischen Institut zu sprechen, bevor er das Haus verließ, um sich im Obduktionssaal an sein blutiges Handwerk zu machen. Die Angehörigen konnten noch einen Augenblick warten.

§ 2

Doktor Franzen war ein kompetenter Rechtsmediziner, mit dem Abraham schon mehrere Male zusammengearbeitet hatte. Niemand käme bei seinem Anblick auf die Idee, dass er den größten Teil seiner Arbeitszeit »unter Tage« und mit Leichen zubrachte. »Unter Tage« hieß es scherzhaft in Kreisen der Polizei, weil sich die drei Obduktionssäle in der Potsdamer Gerichtsmedizin ausschließlich im Keller befanden. Franzen war dort an der richtigen Stelle, wurde er doch als Koryphäe seines Fachs angesehen. Der Lehrstuhl an der Universität war nur noch eine Frage der Zeit. Doktor Franzen kam in dem Moment die Treppe herunter, als sich Abraham anschickte, in den oberen Stock zu gehen, um nach ihm zu suchen.

»Doktor Franzen«, sagte er und hielt den Mann mit der Arzttasche auf. »Ich hätte da gerne noch einmal mit Ihnen gesprochen, bevor Sie zurück nach Potsdam fahren.«

Franzen blieb stehen und reichte ihm die Hand. »Ah, Abraham«, grüßte er. »Hat man Sie aus dem Weihnachtsurlaub herzitiert? Ich beneide Sie nicht um diese Aufgabe. Ein furchtbares Unheil, und noch dazu in diesen Tagen.«

»Ja, leider«, stimmte Abraham zu. »Ich habe schon von den Kollegen gehört, alles spricht für eine Lebensmittelvergiftung. Können Sie mir schon Näheres sagen? Ich bräuchte ein paar Details, bevor ich mit den Befragungen beginne.«

Doktor Franzen lächelte. »Tja, was soll ich sagen? Bevor ich sie nicht auf meinem Tisch hatte, natürlich alles nur unter Vorbehalt. Die Opfer haben sich übergeben, hatten deutliche Anzeichen von Krampfanfällen. Herz und Kreislauf machten nicht mehr mit. Laut der Haushälterin gab es gestern Mittag Fisch und Meeresfrüchte. Außerdem haben die Verstorbenen alle Vorgeschichten. Die Tochter hatte sich eine schwere Corona-Infektion eingefangen, unter deren Folgen sie immer noch litt, die Ehefrau des Verstorbenen war bekanntlich herzkrank, und der Hausherr war wegen seines schweren Asthmas in Behandlung. Auch bei ihm waren Lunge und Herz schon angegriffen. Allerdings muss es eine starke Gift-Dosis gewesen sein. Ciguatera, würde ich sagen. Ein starkes Nervengift, von Algen produziert, das über die Nahrungskette in den Lebensmittelkreislauf kommt. Aber wie gesagt, diese Einschätzung ist vorläufig. Näheres nach der toxikologischen Untersuchung.«

Abraham kratzte sich nachdenklich am Kinn. »Dann hat es die anderen deswegen nicht so hart getroffen, weil sie keine Vorerkrankungen haben?«

Doktor Franzen nickte. »So könnte es gewesen sein. Jetzt muss ich aber los. Da warten noch andere auf mich.«

Abraham nickte und wartete, bis der Doktor an ihm vorbeigegangen war, bevor er die Treppe hinaufstieg, um das Arbeitszimmer des Hausherrn aufzusuchen. Doch bevor er es betrat, wandte er sich der gegenüberliegenden Tür zu, die besonders gesichert zu sein schien. Ein kleiner grauer Kasten mit einem Nummerndisplay befand sich unmittelbar daneben. Ein leichtes Rauschen war aus dem Raum zu vernehmen.

»Das ist die Schatzkammer«, sagte eine tiefe Stimme hinter ihm. Abraham wandte sich um und schaute in das Gesicht eines großgewachsenen Mannes mit dunklen, links gescheitelten Haaren und einer goldenen Brille. Der Mann trug einen schwarzen Anzug mit weinroter Weste, ein weißes Rüschenhemd mit Fliege und glänzende schwarze Lackschuhe.

»Entschuldigen Sie, dass ich Sie so überfalle«, fuhr er fort und reichte Abraham die Hand. »Thomas Nikolaus, der Sohn des Verstorbenen. Herr Abraham vom Landeskriminalamt, nehme ich an. Man sagte mir, dass Sie mit mir sprechen wollen.«

Abraham ergriff die Hand. »Das ist richtig«, bestätigte er. »Aber was meinen Sie mit Schatzkammer?«

»Mein Vater war Kunstsammler«, erklärte er. »Gemälde, Skulpturen und Statuen. Wertvoll und einzigartig. Der Raum ist speziell gesichert und klimatisiert. Wir wollen doch nicht, dass sich die Schätzchen erkälten.«

»Verstehe«, entgegnete Abraham. »Mein Beileid, Herr Nikolaus.«

»Schon gut, mein Vater und meine Mutter hatten ein gesegnetes Alter, und Leonore war leider schon immer kränklich. Ja, es ist schrecklich. Aber so ist es nun einmal. Wenn wir leben wollen, dann müssen wir auch den Tod akzeptieren, denn er ist unser steter Begleiter.«

§ 3

Thomas Nikolaus führte Abraham in das große, geräumige Arbeitszimmer, das mit seinen deckenhohen Regalen einer Bibliothek glich und beinahe überquoll von Büchern. Ein riesiger Mahagonischreibtisch und ein hochfloriger weinroter Teppich beherrschten den Raum. An der Wand hingen großformatige Bilder von Jagdszenen, in einer Ecke des Zimmers, vor einem der riesigen Fenster, gab es eine Sitzecke, bestehend aus einem Tisch und vier wulstigen rotbraunen Ledersesseln aus der Gründerzeit. Trotz der dunklen Möbel war der Raum hell und lichtdurchflutet. Abraham trat vor eines der großen Rundbogenfenster und schaute hinaus in den verschneiten Park.

Thomas Nikolaus blieb neben der Kommode stehen, in der sich die Hausbar verbarg, und öffnete die Schranktür. »Darf es etwas zu trinken sein?«, fragte er.

Abraham verneinte.

»Aber ich brauche jetzt einen Drink. Sie erlauben?«

Er schenkte sich einen Cognac ein und ging hinüber zur Sitzecke. Kurz blieb er stehen und wartete, bis Abraham sich gesetzt hatte, bevor er selbst Platz nahm.

»Es ist furchtbar, wirklich furchtbar«, bemerkte er, bevor er den Cognacschwenker zum Mund führte.

»Dieses Familientreffen hat Tradition, habe ich gehört«, entgegnete Abraham. »Wie darf ich mir das vorstellen?«

Thomas Nikolaus stellte das Glas vor sich auf den Tisch. »Auch wenn wir über die ganze Republik verstreut leben, Mutter bestand immer darauf, dass wir uns zur Weihnachtszeit hier treffen und die Tage zwischen den Jahren miteinander verbringen. Man brauchte schon einen ganz besonderen Grund, wenn man dieser Gesellschaft fernbleiben wollte. Die Familie steht über allem, sagte sie immer. Und sie hat recht damit. Das war ein eisernes Gesetz.«

»Wann sind Sie hier angereist?«

»Ich traf mit meiner Frau an Heiligabend so gegen Mittag ein, mein Bruder Bernhard und meine Schwester Anna ebenfalls. Die Kinder stießen etwas später zu uns. Leonore war schon seit Anfang der Woche hier. Sie kam aus Südafrika und reiste an, obwohl sie nach einer Corona-Infektion noch nicht ganz auf der Höhe war.«

Abraham nickte. »Ich verstehe, das eiserne Gesetz.«

Thomas Nikolaus lächelte. »Das eiserne Gesetz, richtig. An Heiligabend versammelten wir uns dann gegen sechs Uhr zum Essen im Speisesaal. Es gab eine leckere Weihnachtsgans und anschließend die Bescherung im Kaminzimmer. Leonore zog sich bereits kurz danach auf ihr Zimmer zurück. Sie fühlte sich nicht wohl. Meine Eltern gingen gegen zehn zu Bett, während wir anderen noch eine Weile im Salon zusammensaßen und miteinander redeten. Gestern früh, gegen sieben, ging ich joggen, das gemeinsame Frühstück war dann um neun. Dann stand der Kirchgang an, wir gingen geschlossen, so wie in jedem Jahr. Bis auf Leonore, sie blieb hier.«

»Diese gesundheitlichen Probleme, die hatte sie seit ihrer Corona-Erkrankung?«, fragte Abraham.

Thomas Nikolaus schüttelte den Kopf. »Nein, sie ist krank seit Geburt. Kreislauf und Lunge. Sie war immer in Behandlung.«

»Ich verstehe. Wie ging es dann weiter?«

»Nach der Kirche stahl ich mich mit meinem Bruder und meiner Schwester für eine Stunde davon. Wir hatten etwas Wichtiges zu besprechen.«

»Was heißt, Sie stahlen sich davon, wenn ich fragen darf?«

»Noch so ein ungeschriebenes Gesetz, das meiner Mutter sehr wichtig war«, entgegnete der Anwalt. »Während der Feiertage waren geschäftliche Dinge tabu und daran mussten wir uns halten. Sie konnte es nicht leiden, wenn wir die Feiertage mit Bilanzen und

Vertragsgesprächen entweihten. Das musste auch mein Vater am gestrigen Morgen erleben. Meine Mutter war in solchen Sachen sehr streng.«

Abraham runzelte die Stirn. »Ihr Vater? Das verstehe ich nicht. Ist denn etwas vorgefallen?«

Thomas Nikolaus nickte. »Wir saßen beim Nachmittagskaffee, da kam Isabella, unsere Haushälterin, und meldete einen wichtigen Anruf für meinen Vater. Irgendeine Firma namens RIS oder so ähnlich. Für ihn schien es wichtig zu sein, doch als er den Tisch verlassen wollte, um das Gespräch im Salon entgegenzunehmen, hätten Sie meine Mutter erleben sollen. Ich möchte hier gar nicht wiederholen, was sie alles zu ihm gesagt hat. Jedenfalls hat Vater ausrichten lassen, dass er nach den Feiertagen zurückruft.«

»Und bei den Gesprächen mit Ihren Geschwistern ging es um Geschäftliches?«, hakte Abraham nach.

»Ja, es ging um die Nikolaus-Stiftung«, erklärte Thomas Nikolaus. »Ich bin der anwaltliche Beirat, meine Schwester die Aufsichtsrätin und mein Bruder der Geschäftsführer. Die Nikolaus-Stiftung kümmert sich weltweit darum, Kindern und Jugendlichen den Reitsport und den Umgang mit Pferden nahezubringen. Sie wissen sicherlich, dass sie einmal eine erfolgreiche Turnierreiterin war. Durch einen Sturz …«

»Ja, ich habe es gehört«, kürzte Abraham die Ausführungen des Anwalts ab.

Thomas Nikolaus beugte sich verschwörerisch über den Tisch. »Ich verstehe, dass Sie angesichts der Situation Fragen stellen«, sagte er mit gedämpfter Stimme. »Gibt es denn den Verdacht, dass sich …? Ich meine, es war doch wohl eine Lebensmittelvergiftung, wie ich über den Notarzt erfahren habe. Oder gibt es etwa Hinweise auf ein Verbrechen?«

Abraham lehnte sich auf dem Stuhl zurück. »So hart es klingt, bislang ist die Todesursache unklar. Und solange dieser Umstand nicht zweifelsfrei geklärt ist, müssen wir auch ein Verbrechen in Erwägung ziehen.«

Thomas Nikolaus atmete tief ein. »Ich verstehe, aber ich wüsste nicht, wer meine Eltern und meine Schwester hätte umbringen sollen. Wissen Sie, die Erbschaftsangelegenheiten sind schon seit langer Zeit über Erbverträge und Vereinbarungen geklärt. Und der Rest geht in die Stiftung. Im Falle des Todes wird meine Schwester Anna dieses Anwesen übernehmen und ihre Liegenschaft in Hamburg veräußern. Also, wenn Sie in diese Richtung spekulieren, dann täuschen Sie sich gewaltig.«

Abraham nahm die Ausführungen zur Kenntnis. »Erzählen Sie mir vom gestrigen Tag. Etwa gegen 13 Uhr gab es Mittagessen, wie ich hörte?«

»Richtig«, bestätigte Thomas Abraham. »Als Vorspeise gab es Thunfisch-Carpaccio mit Blattspinat und Sesam, dann folgte ein Pot au feu von Mittelmeerfischen mit Safran und Aioli. Die Hauptspeise war ein gebratenes St.-Pierre-Filet mit Basilikumschaum, Artischocken, Tomaten und Pariser Kartoffeln, und als Dessert wurde Schokoladenmousse im Biskuit-Mantel mit Zitrusfrucht-Ragout gereicht. Wir saßen etwa zwei Stunden beisammen.«

»Wir? Das waren Sie, Ihre Geschwister, deren Kinder und Kindeskinder, richtig?«

Thomas Nikolaus nickte. »Ja, unsere Enkel und natürlich alle, die keinen Fisch wollten, bekamen selbstverständlich ein alternatives Menü mit Geflügel.«

»Sie aßen den Fisch?«

Thomas Abraham nickte. »Ja, sicher. Unsere Familie kommt aus Hamburg, da gehört Fisch auf den Tisch, ist doch klar.«

»Und Sie fühlten sich die ganze Zeit über wohl?«

»Ja.«

»Keine Magenschmerzen oder ein flaues Gefühl?«

»Nichts davon«, entgegnete Thomas Nikolaus. »Es ging mir gut, den anderen Gästen übrigens auch. Nur Thorsten war es etwas flau im Magen. Er zog sich am Mittag zurück.«

»Thorsten?«

»Thorsten Trommler, der Privatsekretär meines Vaters«, erklärte Thomas Nikolaus. »Ich vergaß ihn zu erwähnen. Er saß selbstverständlich auch am Tisch. Er gehört quasi schon zur Familie.«

»Verstehe«, entgegnete Abraham. »Wie ging der Tag weiter?«

»Am Mittag spannten wir die Pferde vor die Schlitten und machten eine Ausfahrt«, fuhr der Anwalt fort. »Anne und Ludwig, ihr Mann, sind selbst geritten, wir und die Kinder nahmen in den Schlitten Platz, die von Rodin und unseren Pferdewarten gelenkt wurden. Selbst Isabel, unsere Hausdame, hat uns begleitet. Leonore, Vater und Mutter blieben hier. Sie setzten sich in den Wintergarten und tranken Tee. Ihnen war nicht nach einem Ausritt. Ich vergaß, auch Ansgar und seine neue Flamme wollten lieber hierbleiben und zogen sich auf ihr Zimmer zurück. Junge Liebe eben.«

»Waren Sie lange unterwegs?«

»Es war ein sehr schöner und ausgiebiger Ausflug. Wir fuhren über das Kloster Zinna bis hinauf zum Wurzelberg und kehrten erst spät zum Abendbrot zurück. Leonore und Mutter waren bereits auf ihren Zimmern und ließen sich entschuldigen. Es ging ihnen nicht so gut. Ich dachte noch, dass es wohl die Aufregung war. Sie leben hier meist alleine, und jetzt sind wir alle hier und noch dazu die Enkelkinder, die nicht immer leise sind, wenn Sie verstehen.«

»Ihr Vater war noch wach?«

»Er saß noch im Wintergarten und las«, antwortete Thomas Nikolaus. »Eine Stunde später gab es Abendbrot. Er verzichtete allerdings darauf und ging zu Bett. Er hat mit keinem Wort erwähnt, dass es ihm nicht gut ging.«

»Haben Sie nach Ihrer Mutter geschaut? Waren Sie gestern Abend noch einmal bei ihr?«

»Nach dem Essen ging ich zusammen mit Bernhard hoch zu ihr.

Leonore hatte ihr Zimmer abgeschlossen und öffnete auch nicht auf unser Klopfen. Aber das war nicht weiter verwunderlich. Sie nahm abends immer eine Schlaftablette. Mutter lag im Bett und schlief. Auch sie hatte eine Schlaftablette eingenommen. Die Packung lag auf ihrem Nachttisch.«

»Dann erschien Ihnen eigentlich alles normal, und es gab keinen Grund, einen Arzt zu holen?«

»Weshalb denn?«, antwortete der Anwalt. »Leonore und Mutter schliefen, und Vater sah nicht danach aus, als ob es ihm schlecht ginge.«

»Was war mit dem Sekretär?«

»Er war zum Abendbrot wieder da, es ging ihm besser. Er spielte sogar eine Partie Billard mit uns, bevor wir gegen elf ins Bett gingen. Wir waren alle müde.«

Abraham zog sein Notizbuch hervor und machte sich Notizen. »Danke, Herr Nikolaus, das war es erst einmal. Es kann sein, dass wir uns noch einmal unterhalten müssen.«

»Ja, klar. Ich bin ja hier. Weiß man schon, welche Speise für diese Tragödie verantwortlich ist?«

Kriminaloberrat Abraham schüttelte den Kopf. »Wir stecken noch mitten in den Ermittlungen.«

§ 4

Abraham dröhnte der Kopf. Inzwischen hatte er mit weiteren Angehörigen gesprochen. Doch weder der Bruder noch die Schwester von Thomas Nikolaus oder deren Partner wussten etwas zu berichten, sondern bestätigten weitgehend dessen Angaben. Abraham brauchte erst einmal eine Pause. Ein Kaffee wäre recht und vor allem frische Luft.

Er verließ das Arbeitszimmer, ging den Flur entlang, die Treppe hinunter und traf dort auf einen jungen Mann in abgerissener Jeans und langen, zu einem Pferdeschwanz gebundenen Haaren. Ohne Umschweife kam dieser auf ihn zu und war sichtlich erregt, ja sogar ungehalten. Es handelte sich um Ansgar Neundorf, den Sohn von Anna Neundorf, geborene Nikolaus, der zweitältesten Tochter der Verstorbenen.

»Wie lange wollen Sie uns noch hier festhalten?«, polterte er los. »Ist das überhaupt legal? Seit vier Stunden sind wir in diesem Zimmer eingesperrt. Was glauben Sie eigentlich, wer Sie sind?«

Abraham lächelte. »Ich weiß genau, wer ich bin, und niemand hat Sie dort in diesem Zimmer eingesperrt. Soweit ich weiß, sind alle freiwillig hier, um an einem Familienfest teilzunehmen. Leider fand diese Veranstaltung ein tragisches Ende. Und genau deshalb bin ich jetzt hier, um diese Tragödie zu untersuchen.«

Ansgar Neundorf schien diese Antwort nicht zufriedenzustellen. »Ich möchte diesen Ort so schnell wie möglich verlassen«, fuhr er aufgeregt fort. »Eigentlich wollte ich überhaupt nicht hierherkommen. Wenn Mutter nicht gewesen wäre …«

Abraham wies zur Decke. »Dort oben liegen Ihre Großmutter, Ihr Großvater und Ihre Tante, und Sie wollen nicht wissen, weshalb sie gestorben sind?«

»Ich … das ist mir gleich … ich will nur weg hier!«

Die Tür zum Salon wurde geöffnet. Ansgars Mutter, Anna Neundorf, kam aus dem Raum, blieb vor der offenen Tür stehen und stemmte die Arme in die Hüften.

»Ansgar!«, rief sie. »Du kommst sofort hierher!«

Ihr Stimmfall ließ keinen Widerspruch zu. Plötzlich fiel dieser junge Mann, Abraham schätzte ihn auf Mitte dreißig, in sich zusammen, wandte sich um und trottete artig davon. Wortlos ging er an seiner Mutter vorbei und zurück in das Zimmer. Abraham ging ein paar Schritte auf Anna Neundorf zu.

»Respekt«, sagte er. »Sie haben Ihren Sohn gut im Griff.«

Anna Neundorf lächelte zynisch und beugte sich vor. »Ja, es klappt erheblich besser, seit ich mich um meinen Sohn kümmere«, sagte sie leise. »Mein Mann ist in solchen Dingen einfach zu … weich. Man braucht das richtige Zaumzeug, wenn man die Kontrolle behalten will.«

»Und das wäre?«

»Geld«, entgegnete Anna Neundorf. »Sie wissen, wo Sie mich finden, wenn es noch Fragen gibt.«

Abraham nickte der Frau zu und wandte sich dem Eingangsportal zu. Jetzt brauchte er wirklich frische Luft.

§ 5

Draußen war es klirrend kalt. Abraham lief die breite Treppe hinunter und schlug den geräumten und inzwischen wieder eingeschneiten Pfad rund um das Haus ein. Hinter der Hausecke traf er auf Reutter, den Chef der Spurensicherung, der vor einem zugefrorenen Teich stand. Die Schwaden seines Zigarillos stiegen in den frostigen Himmel.

»Mensch, Abraham«, empfing ihn Reutter. »Da hast du uns ein ganz schönes Osterei gelegt, und das mitten in den Weihnachtstagen.«

»Da kann ich nichts dafür«, entgegnete Abraham. »Ich bin selbst zu diesem Fall gekommen wie die Jungfrau zum Kind. Eigentlich hat Müllerschön Bereitschaft, doch der hat den Dienst getauscht. Habt ihr schon was gefunden?«

Reutter zog an seinem Zigarillo. »Die waren gründlich. Das Geschirr von gestern ist schon weggespült und die Speisereste sind in der Tonne entsorgt. Es ist nicht angenehm, in diesem Brei herumzuwühlen.«

»Also, bislang nichts?«

Reutter schüttelte den Kopf. »Unsere Vortests sind da nicht gut genug. Bislang zeigen sie keine übermäßigen Toxine an, aber jetzt kommen die vom Gesundheitsamt. Ich hoffe, die sind besser ausgestattet als wir.«

»Das Gesundheitsamt?«, fragte Abraham. »Woher wissen die denn von der Sache?«

Reutter nahm einen letzten Zug und drückte das Zigarillo in den Schnee. »Du kennst unsere Meldepflichten wohl nicht? Beim Verdacht auf Lebensmittelvergiftung ist das Gesundheitsamt zu informieren.«

»Und die kommen hierher?«

»Sind schon auf dem Weg«, bestätigte Reutter. »Aber zuerst sind sie nach Potsdam gefahren.«

»Warum das denn?«

»Zu ›Feinkost Mühe‹«, entgegnete Reutter. »Die Herrschaften kaufen für das Menü nicht selbst im Supermarkt ein, sondern haben sich alle Zutaten von ›Feinkost Mühe‹ liefern lassen. Frisch, erlesen und teuer.«

Abraham runzelte die Stirn. »Aber heute ist Feiertag.«

»Das ist egal. Das Geschäft wird überprüft, die Waren sichergestellt und untersucht und die Kunden gewarnt«, erklärte Reutter. »Das ist die übliche Routine. Oder willst du noch mehr Leichen unter dem Christbaum liegen haben?«

Abraham schüttelte den Kopf.

»Und für uns ist das nur von Vorteil«, fuhr Reutter fort. »Die Lebensmittelchemiker vom Amt finden garantiert etwas. Die haben gute Labore und eine gute Ausstattung und müssen sich nicht mit einem schmalen Budget herumschlagen wie wir.«

Abraham lächelte. Daran hatte er gar nicht gedacht.

»Ich mach mich dann mal wieder an die Arbeit, wird langsam frisch«, sagte Reutter und machte sich auf den Weg zurück zum Haus.

In dem Moment kam Kollegin Sommerlath in einem langen Wollmantel auf Abraham zu. »Da bist du ja, ich habe dich schon gesucht.«

»Bist du etwa schon fertig mit der Befragung?«, empfing Abraham sie.

Seine Kollegin nickte. »Ja, bis auf die Köchin«, entgegnete sie. »Aber dazu werden wir wohl noch eine Weile brauchen. Sie liegt mit einem Nervenzusammenbruch in der Klinik. Hat sie glatt umgehauen, als sie erfahren hat, dass ihr Menü wahrscheinlich tödlich war.«

»Ist es schlimm?«

»Zumindest ist sie nicht vernehmungsfähig«, erklärte sie. »Wenigstens hat sie keine Lebensmittelvergiftung erlitten, obwohl sie, die Haushälterin und die beiden Hausmädchen sich ebenfalls am reichhaltigen Buffet bedient haben. Aber niemand hatte Krämpfe oder eine Magenverstimmung. Schon komisch, oder?«

Abraham zuckte mit der Schulter. »Vielleicht liegt es tatsächlich daran, dass die Verstorbenen erhebliche Vorerkrankungen hatten, so wie Doktor Franzen vermutet.«

»Rodin van der Brent, der Pferdewart und Verwalter, sowie die beiden polnischen Mitarbeiter haben drüben gefeiert, im Gesindehaus. Das waren die Einzigen, denen es heute ein klein wenig flau im Magen ist. Aber das liegt nicht am Fisch, die hatten gar keinen. Die haben Steaks gegrillt und Bier getrunken, dazu vier Flaschen Wodka, zur Feier des gestrigen Tages.«

»Da wäre mir auch etwas flau«, scherzte Abraham. »Haben sie etwas Ungewöhnliches bemerkt?«

Claudia Sommerlath schüttelte den Kopf. »Alles war wie immer. Diese Familienfeier läuft immer nach dem gleichen Muster ab. Allerdings gab es natürlich auch ein paar Reibereien.«

»Und das bedeutet?«

»Na ja, vorgestern hatte wohl die verstorbene Leonore einen heftigen Streit mit dem Filius der jüngsten Schwester, diesem Ansgar«, erzählte Claudia. »Es muss ganz schön gekracht haben.«

»Den durfte ich auch schon kennenlernen«, entgegnete Abraham. »Haben die Jungs auch gehört, um was es in dem Streit ging?«

Claudia nickte. »Offenbar leidet unser Möchtegern-Playboy meist unter chronischem Geldmangel. Leonore warf ihm vor, nur an der Feier teilzunehmen, weil er sich mal wieder eine kleine Finanzspritze von seinem Großvater erhoffte. Er solle endlich sein Leben in den Griff kriegen und sein eigenes Geld verdienen, oder so etwas in die Richtung hat ihm Leonore vorgeworfen.«

Abraham hörte aufmerksam zu. »Das hört sich interessant an. Mit was verdient er sich denn sein Geld, wenn sich seine Tante so dermaßen über ihn aufregt?«

»Oh, er ist Lebenskünstler und Mitbesitzer zweier Clubs in Hamburg«, entgegnete Claudia. »Einer ist allerdings vor drei Monaten vom Wirtschaftskontrolldienst geschlossen worden und der andere steht offenbar auch auf der Kippe.«

»Liegt etwas gegen ihn vor?«

»Das will ich meinen«, bestätigte Claudia. »Ich habe mal alle Anwesenden durch unsere Systeme gejagt. Vier unserer Verdächtigen haben etwas auf dem Kerbholz. Fangen wir mit dem polnischen Pferdepfleger Kowalski an. Der hat wohl vor drei Jahren bei einer Schlägerei einem Konkurrenten ordentlich eingeschenkt. Über dreitausend Euro musste er damals bezahlen. Dann der Pferdewart. Er ist Holländer, heißt Rodin van der Brent und beging vor einem Jahr Unfallflucht, was ihn eine ordentliche Geldstrafe und seinen Führerschein kostete.«

»Tja, nicht alle halten sich immer an Regeln«, bemerkte Abraham lakonisch.

»Kommen wir zu Ansgar. Er hat drei Einträge wegen Rauschgiftvergehens, bei ihm wurde Kokain gefunden. Das letzte Mal vor etwa einem Jahr. Er wurde verurteilt und hat gerade Bewährung.«

»Da haben wir dann wohl das schwarze Schaf der Familie Niko-laus.«

»Es wird noch besser«, fuhr Claudia fort. »Alexa Carbone, die Flamme unseres Playboys, ist offiziell Künstlerin. Sie stammt von Martinique und hört beruflich auf den Künstlernamen Madeleine Corbert.«

»Aha. Und was für eine Kunst betreibt sie?«, fragte Abraham.

»Sie tanzt.«

Abraham runzelte die Stirn. »Okay. Klassisch oder Latein?«

Claudia Sommerlath lächelte. »Eher Stange. Meistens in einem Club und nur sehr dürftig bekleidet. Sie wurde schon zweimal wegen verbotener Prostitution belangt. Mit Rauschgift hatte sie wohl auch Probleme. Ein halbes Jahr musste sie deshalb in der Schweiz einsitzen.«

Abraham blies die Backen auf. »Interessant. Ob die erlauchte Familie darüber Bescheid weiß?«

»Glaub ich nicht.«

Abraham schaute auf seine Armbanduhr. »Tja, machen wir wei-ter, damit wir bis heute Abend fertig werden. Es käme mir gelegen, wenn du dich um die Kinder kümmern könntest, dann mache ich mit den anderen weiter. Und ich denke, den charmanten Ansgar und seine tanzende Freundin hebe ich mir bis zum Schluss auf.«

§ 6

Abraham ging zurück ins Haus und sofort ins erste Obergeschoss. Als er an dem Zimmer vorbeikam, das Thomas Nikolaus zuvor als Schatzkammer bezeichnet hatte, bemerkte er, dass die Sicherheits-tür einen Spalt offenstand. Stimmen waren aus dem Raum zu hören. Abraham klopfte an die Tür, woraufhin Thomas Nikolaus sich im Türspalt zeigte.

»Hallo, Herr Kommissar«, sagte er. »Ich bin gerade mit meinem Bruder bei der Bestandsaufnahme, kommen Sie ruhig herein!«

Er schob die Tür auf und Abraham betrat das geräumige Zimmer, das an der Wand mit hellrotem Sandstein verkleidet war. Der Raum war höher als die anderen Räume, die sowieso schon über das normale Deckenmaß eines Landhauses hinausgingen. Reichlich verzierte Säulen stützten eine gewölbeartige Decke, und mitten im Raum befand sich eine mit Marmor verkleidete Empore, auf der ein gemütlicher Ohrensessel stand. Auffällige Hieroglyphenmuster zierten Wand und Decke. Skulpturen und gläserne Vitrinen mit Statuetten waren im Raum verteilt, und an den Wänden hingen großflächige Gemälde, die durch indirekte Strahler erhellt wurden. Doktor Bernhard Nikolaus, der Bruder von Thomas, stand neben dem Sessel und fuhr mit der flachen Hand über das Leder.

»Das war der Lieblingsort meines Vaters«, erklärte er. »Hier hat er oft Stunden zugebracht und sich an den Skulpturen und Gemälden erfreut.«

Abraham betrachtete die Gemälde, von denen einige gegenständliche, andere aber auch abstrakte Motive zeigten.

»Bestimmt sind die Bilder und die Skulpturen sehr wertvoll«, sagte er.

Thomas Nikolaus trat vor ein etwa zwei auf zwei Meter großes Gemälde, das einen Schäfer unter einem Olivenbaum zeigte, der, umringt von seiner Herde, auf einem Stein saß und ein Schäfchen in den Armen hielt.

»Das war immer sein Lieblingsstück«, sagte er. »Ein Le Sueur, entstanden etwa um 1640.«

Abraham trat näher und betrachtete das Gemälde. »Was ist so ein Bild heute wert?«

»Vor drei Jahren wurden meinem Vater zehn Millionen für dieses Gemälde geboten«, erklärte Bernhard Nikolaus. »Er hat es nicht verkauft. Es ist der ideelle Wert, der zählt.«

»Schauen Sie sich um«, fügte Thomas Nikolaus hinzu. »Hier finden Sie Kunstwerke, um die ihn so manches Museum beneidete. Das Bild mit blühender Landschaft und der kleinen Kapelle im Hintergrund zum Beispiel, das ist ein echter Picard. Das ist das jüngste Gemälde dieser Sammlung. Mein Vater war auf diese Neuerwerbung sehr stolz. Kunst war die größte Leidenschaft meines Vaters.«

Abraham nickte anerkennend. »Tut mir leid, ich bin nicht sehr bewandert in diesem Metier. Über welche Werte sprechen wir hier?«

Thomas Nikolaus schüttelte den Kopf. »Für einen echten Picard zahlt man mehrere Millionen. Dieses Bild wurde für achteinhalb Millionen gehandelt.«

»Dann dürften sich in diesem Raum wohl Werte befinden, die sich im Bereich einer dreistelligen Millionensumme bewegen.«

Bernhard Nikolaus räusperte sich. »Leider macht man das in der heutigen Zeit immer am Geld fest, aber mein Vater war nicht so ein Mensch. Es war für ihn viel mehr als eine Geldanlage. Diese Gemälde sind einmalig, einige sind über dreihundert Jahre alt und unwiederbringlich.«

»Ich verstehe«, entgegnete Abraham.

Ein braungebrannter blonder Mann im schwarzen Anzug betrat den Raum und blätterte in einem Plastikordner. »Hier ist der Vertrag mit dem Londoner Museum, die Versicherungssumme … oh, entschuldigen Sie.«

Er hielt inne, als er Abraham erblickte.

»Schon gut, das ist Kommissar Abraham von der Polizei«, erklärte Bernhard Nikolaus. »Wir haben keine Geheimnisse vor ihm.«

Der junge Mann nickte ihm kurz zu, ehe er weiterblätterte. »Drei Millionen«, fuhr er schließlich fort.

»Gut, Thorsten«, entgegnete Thomas Nikolaus. »Ich danke dir.«

Abraham wandte sich dem Mann zu. »Thorsten Trommler?«

Der junge Mann nickte.

»Wir müssen uns unterhalten.«

132

§ 7

Sie hatten sich wieder in das Arbeitszimmer zurückgezogen. Trommler nahm auf dem Sessel Platz und öffnete den Knopf seiner Jacke.

»Herr Trommler, Sie wissen ja, was passiert ist«, eröffnete Abraham die Befragung. »Sie sind ... Sie waren der Privatsekretär von Doktor Heinrich Nikolaus?«

»Professor Nikolaus, richtig«, bestätigte er.

»Wie ich hörte, haben Sie ebenfalls an den Feierlichkeiten teilgenommen.«

Der junge Mann nickte. »Das ist richtig, ich bin zwar nur der Sekretär, aber man behandelt mich wie ein Mitglied der Familie.«

»Wie lange arbeiten Sie schon hier im Haus?«

Trommler überlegte einen Augenblick. »Seit sieben Jahren, und es waren ausgesprochen gute Jahre. Aber nun müssen wir erst einmal sehen, wie es weitergeht.«

»Wie ich hörte, hatten Sie ebenfalls ein paar Probleme, nachdem Sie das Fischmenü genossen hatten?«

Trommler fasste sich an den Bauch. »Ja, ich bekam nach dem Essen Magenschmerzen. Ich zog mich dann auf mein Zimmer zurück und nahm eine Tablette. Am Abend war dann wieder alles in Ordnung, deswegen machte ich mir keine weiteren Gedanken.«

»Hatten Sie etwas mit dem Einkauf der Waren zu tun?«, fragte Abraham. »Oder läuft das komplett über die Küche?«

Trommler nickte beipflichtend. »Das macht unsere Köchin, Frau Schneider, zusammen mit Isabella, unserer Haushälterin. Wir bestellen ausschließlich bei ›Feinkost Mühe‹. Ich gehe davon aus, dass es auch diesmal so war. Steht denn schon fest, wodurch die Unglücklichen gestorben sind? Man hört, es soll eine Fischvergiftung gewesen sein.«

»Tut mir leid, bislang haben wir keine verunreinigten oder toxischen Stoffe ausmachen können, deswegen frage ich ja, ob möglicherweise auch Ware aus anderen Lebensmittelläden zubereitet wurde.«

»Wie gesagt: Das läuft alles über die Küche. Außerdem bin ich erst am Tag vor Heiligabend hier angekommen.«

»Sie waren im Skiurlaub?«, fragte Abraham.

Trommler schüttelte den Kopf. »Drei Wochen Karibik, Aruba, Grenada und Barbados. Es war herrlich. Und nun dieses Unglück … Hätten wir doch einfach Geflügel gemacht. Fisch war sowieso nicht jedermanns Geschmack, aber die gnädige Frau bestand auf dieser Tradition.«

»Manchmal ist es eben Schicksal«, antwortete Abraham.

»Ja, das ist es wohl. Sind wir fertig? Herr Nikolaus Junior möchte, dass ich die Verträge mit dem Londoner Museum verifiziere. Die haben einige teure Gemälde als Leihgabe erhalten, und es wäre fatal, wenn es da Fehler gäbe.«

Abraham überlegte kurz. »Eine Sache noch. Gab es denn in der letzten Zeit irgendwelche außergewöhnlichen Vorfälle? Ärger, Streit, Unstimmigkeiten?«

»Weshalb fragen Sie? Ich dachte, der Fall ist abgeschlossen und es war eine Lebensmittelvergiftung?«

Abraham verzog die Mundwinkel. »Der Fall ist keineswegs abgeschlossen. Solange wir keine Bestätigung haben, müssen wir alle Möglichkeiten in Erwägung ziehen.«

Trommler zog die Augenbrauen hoch. »Selbstverständlich.«

»Also?«, kam Abraham auf seine Frage zurück und sah Trommler auffordernd an. Dieser beugte sich verschwörerisch vor. »Es ist nicht meine Art, und bestimmt hat der Tod von Herrn Nikolaus nichts damit zu tun, aber vor etwa fünf Wochen gab es eine heftige Auseinandersetzung zwischen Herrn Nikolaus senior und seinem Enkel Ansgar«, flüsterte er. »Am Ende mussten Rodin und die Pferdepfleger sogar eingreifen und Ansgar aus dem Haus werfen. Ich weiß nicht, was sonst passiert wäre.«

»Wissen Sie, worum es in diesem Streit ging?«

»Um was schon?«, entgegnete Trommler. »Geld, Geld, Geld. Wie immer. Ich bekam mit, dass Herr Nikolaus senior ein paar Wochen zuvor Ansgar einhunderttausend Euro überwiesen hatte. Angeblich ging es dabei um ein Termingeschäft, das scheitert, wenn er das Geld nicht rechtzeitig auf ein Treuhandkonto einzahlen kann. Und dann tauchte er auf, weil er noch mehr Geld brauchte. Fragen Sie nicht, um was für ein Geschäft es sich handelte. Ansgar ist so etwas wie der Unglücksrabe in der Familie.«

Abraham lächelte. »Schwarzes Schaf trifft es wohl besser.«

Thorsten Trommler lächelte. »Wenn Sie es so nennen wollen. Dem will ich nicht widersprechen.«

Abraham unterhielt sich noch eine Weile mit Trommler, bevor er ihn entließ. Als er später Ansgar und seine Freundin befragen wollte, waren sie spurlos verschwunden. Auch ihr Wagen, der im Hof gestanden hatte, war nicht mehr da.

§ 8

»Sollen wir nach ihnen fahnden lassen?«, fragte Claudia Sommerlath.

»Weshalb? Wir haben keinerlei Hinweise auf ein Tötungsdelikt«, entgegnete Abraham. »Wir müssen also nach wie vor von einem Unfall ausgehen. Hat Reutter was gefunden?«

Claudia schüttelte den Kopf. »Weder er noch das Gesundheitsamt.«

Abraham seufzte und ließ sich auf dem Sofa nieder. Ihnen waren Zimmer im Gästehaus hergerichtet worden, da das nächstgelegene Hotel beinahe fünfzig Kilometer entfernt lag und die Anhörungen auf dem Gutshof noch nicht abgeschlossen waren. Draußen hatte es zu schneien begonnen, und dicke weiße Flocken schwebten auf die Erde nieder und bedeckten Felder, Wiesen und auch die Straßen.

»Hat die Befragung der Kinder etwas ergeben?«, fragte Abraham, nachdem er seine Krawatte gelockert hatte.

»Nicht viel«, entgegnete Claudia. »Sie haben auch keinen Fisch gegessen.«

»Wie können drei Menschen an einer Lebensmittelvergiftung sterben und die anderen haben nicht viel mehr als ein unangenehmes Völlegefühl? Wir müssten doch dann etwas in den Abfällen finden.«

»Das musst du Franzen fragen, er ist der Spezialist.«

»Wann können wir mit der Köchin sprechen?«

Claudia wies nach draußen. »Bei dem Wetter kommen wir noch nicht einmal vom Hof. Das Krankenhaus meint, man könne morgen mit ihr reden.«

»Morgen. Also gut. Ich bin müde und gehe auf mein Zimmer.«

»Da ist noch was«, sagte Claudia, als sich Abraham erhob.

»Und das wäre?«

»Als ich die beiden Kinder befragte, also die Kinder von Carsten Nikolaus, dem Sohn des Uniprofessors, meinten sie, dass der Uropa an Heiligabend mit einem Detektiv telefoniert hat. Die Eltern halten das für Hirngespinste, weil sie gerade ›Emil und die Detektive‹ lesen.«

»Was meinst du?«

»Sarah ist neun, ihr Bruder elf, da kann schon mal die Fantasie durchgehen, aber für mich klang es glaubhaft.«

»Was haben sie genau gesagt?«

»Sie sagten, dass der Uropa heimlich im Flur telefonierte, und dabei sagte er so etwas wie ›Was glauben Sie, weshalb ich dafür einen Detektiv brauche?‹«

»Du bist sicher?«

Claudia nickte.

»Trommler meinte vorhin, dass sich Ansgar vor fünf Wochen Geld von dem Alten geliehen hat und eine Woche später hierherkam, um noch mehr Geld zu fordern. Es gab wohl einen heftigen Streit. Der Verwalter und die Pferdeknechte mussten einschreiten und warfen Ansgar hinaus.«

»Davon haben die Pferdeleute gar nichts erzählt.«

Abraham nickte. »Sollte wohl nicht an die große Glocke gehängt werden. Machen wir morgen weiter. Und jetzt erst mal eine gute Nacht.«

§ 9

Abraham hatte am Abend noch eine ganze Weile wach gelegen und über den Fall nachgedacht. War es überhaupt ein Fall, lag überhaupt ein Verbrechen vor oder waren die drei armen Seelen tatsächlich einen schicksalhaften Tod gestorben, den niemand zu verantworten hatte?

Am nächsten Morgen duschte er ausgiebig und kleidete sich an, bevor er einen Blick aus dem Fenster warf. Offenbar hatte es die ganze Nacht durchgeschneit, denn der Schnee türmte sich ins Unermessliche. Das Telefon auf seinem Nachttisch klingelte. Verwundert hob er ab.

»Guten Morgen, Herr Abraham«, meldete sich die Haushälterin. »Wir haben im Esszimmer für Sie und Ihre Kollegin ein Frühstück vorbereitet. Außerdem hat ein Doktor Franzen angerufen. Er konnte Sie nicht erreichen und bat um einen Rückruf. Sie hätten seine Nummer.«

Abraham bedankte sich und griff nach seinem Handy. Drei Anrufe waren darauf verzeichnet, doch hatte er den Ruhemodus eingestellt und vergessen, ihn am Abend zu deaktivieren. Er wählte Franzens Nummer.

»Guten Morgen, Abraham«, meldete sich Franzen, »gut geschlafen?«

»Ging so«, entgegnete er.

»Wir sind so weit«, fuhr der Arzt fort. »Die drei Nikoläuse starben tatsächlich an einer Fischvergiftung. Was ich jetzt sage, ist noch vorläufig, aber der toxikologische Befund bestätigt unsere Annahme. Ich gehe von einer Ciguatoxin-Vergiftung aus. Die kann sogar in frischem Fisch vorkommen und ist nach dem Speiseplan, den mir Ihre Kollegin zugefaxt hat, auch sehr wahrscheinlich. Die Dosis war wohl so stark, dass ein angegriffener Organismus schwere bis tödliche Symptome entwickeln kann. Eine rechtzeitige Behandlung hätte diese Folgen wohl noch abgemildert. Da sich die drei aber auf ihre Zimmer begaben und auch noch Schlafmittel einnahmen, hat dies den Prozess sogar noch beschleunigt.«

»Das ist absolut sicher?«

»Zu neunzig Prozent.«

»Ich brauche aber einhundert Prozent.«

»Dazu wären sehr teure und aufwendige Untersuchungen und Spezifizierungen erforderlich, die weit über das normale Maß in solchen Fällen hinausgehen.«

Abraham überlegte einen Augenblick. »Wissen Sie, unsere Spurensicherung und auch die Spezialisten vom Gesundheitsamt haben weder beim Händler noch in den Speiseresten Anzeichen für eine toxikologische Verunreinigung gefunden. Außerdem waren die drei Verstorbenen offenbar die Einzigen, die solche heftigen Symptome hatten. Wir haben nichts in der Hand, aber ich spüre, dass hier etwas nicht stimmt. Deswegen brauche ich absolute Gewissheit.«

»Haben Sie mit dem Staatsanwalt gesprochen?«

»Jetzt, an Weihnachten? Da sitzen die Herren zu Hause vor dem Christbaum und haben das Telefon abgestellt.«

Abraham hörte ein kurzes Lachen.

»Ich will es mal so sagen«, holte Franzen aus. »Diese Gifte bestehen natürlich aus Eiweißketten, die sich bei Kontakt mit anderen Substanzen oder sogar an der Luft aufspalten können. Wenn man da nur oberflächlich sucht, könnte sich die Konzentration inzwischen so weit vermindert haben, dass diverse Kontrollmethoden nicht mehr funktionieren. Unterschiedliche körperliche Reaktionen sind natürlich entsprechend der Konstitution normal.«

»Würde man dann im Labor überhaupt nichts mehr finden?«, fragte Abraham.

»Nein, das würde ich ausschließen, zumindest ist so etwas bislang nicht dokumentiert. Aber die Konzentration kann sich so abschwächen, dass sie nur mit sehr aufwendigen Methoden nachweisbar ist. PCR alleine wird da nicht reichen. Da muss man Kulturen anlegen.«

»Okay, dann tun Sie das, ich nehme es auf meine Kappe.«

»Wirklich?«

»Ja«, bestätigte Abraham knapp und beendete das Gespräch.

Als er sein Zimmer verließ und das Esszimmer des Gästehauses betrat, saß Kollegin Sommerlath bereits am Tisch und schmierte sich einen Toast.

»Gut geschlafen?«, fragte sie.

Abraham schenkte sich einen Kaffee ein und trank einen Schluck, ehe er den Kopf schüttelte. »Ich habe wachgelegen und nachgedacht.«

»Zu welchem Ergebnis bist du gekommen, wenn ich fragen darf?«

»Wir machen weiter, hier stimmt etwas nicht«, sagte Abraham und stellte die Tasse zurück auf den Tisch. »Kannst du mir die Telefonliste des Hauses beschaffen?«

Claudia Sommerlath schaute ihn fragend an. »Hausanschluss von allen Apparaten?«

»Alle«, bestätigte Abraham.

§ 10

Magda Schneider, die Köchin, die das Weihnachtsmenü zubereitet hatte und nach dem Tod der drei Familienmitglieder mit einem
Nervenzusammenbruch in die Klinik nach Ludwigsfelde gebracht
worden war, machte auch einen Tag später einen erbärmlichen Eindruck. Laut Aktenlage war sie noch nicht einmal sechzig Jahre alt,
wirkte mit ihrer aschfahlen Haut und den wirren Haaren aber wie
eine Achtzigjährige. Der Tod ihrer Arbeitgeber hatte sie ganz offensichtlich stark mitgenommen.

»Ich kann doch nichts dafür … ich kann doch nichts dafür«,
stammelte sie ununterbrochen.

»Frau Schneider, das sagt doch auch niemand«, versuchte Abraham die Frau zu beruhigen. Er hatte bei dem Schnee beinahe drei
Stunden gebraucht, um zum Krankenhaus zu kommen, und war
gerade gar nicht an selbstmitleidigem Gestammel interessiert. Er
brauchte Fakten.

»Hören Sie, alles, was ich wissen will, ist, ob Sie bei der Zuberei-
tung …«

»Ich habe alles gemacht wie immer. ›Feinkost Mühe‹ liefert aus-
gezeichnete Ware. Wir beziehen alles von dort, auch wenn es teuer
ist. Familie Nikolaus legt sehr viel Wert auf Qualität.«

»Das glaube ich Ihnen, dennoch muss ich wissen, ob es für die
Senioren sowie für Frau Leonore ein spezielles Gericht gab, das ausschließlich von ihnen verzehrt wurde?«

Sie schüttelte den Kopf. »Ich kann doch nichts dafür … ich kann
doch nichts dafür …«

»Frau Schneider«, sagte er barsch. »Reißen Sie sich bitte zusammen und beantworten Sie meine Frage!«

»Nein, nein, sicher nicht. Fisch und Geflügel, für alle. Jeder hat
sich davon bedient, und was übrig blieb, haben wir in der Küche
gegessen.«

»Und nichts gespürt?«

»Nicht das Geringste.«

»Und beim Abendessen waren die drei Betroffenen schon nicht mehr dabei, richtig?«

»Da gab es nichts Verdorbenes«, sagte sie. »Nicht in meiner Küche.«

»Ich glaube Ihnen, Frau Schneider. Überlegen Sie bitte noch einmal: Gab es irgendetwas, was nur die drei zu sich genommen haben? Es ist wichtig!«

Erneut schüttelte die Frau den Kopf. Tränen rannen ihr über die Wangen.

»Danke, erholen Sie sich, das war es schon.«

Als Abraham und seine Kollegin schon bei der Tür waren, meldete sich die Köchin doch noch einmal zu Wort.

»Der Pai Mu Tan am Mittag, im Wintergarten.«

Abraham wandte sich um. »Bitte?«

»Der Tee, ein weißer, sehr bekömmlicher Tee«, erklärte Frau Schneider. »Ich habe ihn selbst gebrüht. Die gnädige Frau fühlte sich nicht gut, und Leonore war sowieso immer kränklich. Sie verlangten nach Tee, im Wintergarten.«

»Und sie tranken den Tee dann auch?«, fragte Abraham.

»Als ich abräumte, war die Kanne leer, aber ich weiß, dass der Herr Professor nie mehr als eine Tasse trank. Seine Frau zwang ihn immer dazu, obwohl er eigentlich kein Teetrinker war. Ein paar Mal hatte ich ihn schon erwischt, wie er seine Tasse in die große Palme kippte. Er meinte dann immer augenzwinkernd, dass das gut für die Blätter sei. Und dabei lächelte er immer.« Die Augen der Köchin füllten sich bereits wieder mit Tränen.

Aber Abraham war zufrieden. Tee. Die drei hatten Tee getrunken. Das hatte auch schon Thomas Nikolaus erwähnt.

»Soweit ich weiß, hatte Herr Trommler auch Probleme mit dem Magen«, fiel Abraham noch ein. »Trank er auch Tee?«

Die Köchin nickte. »Ja, aber er bevorzugte Jasmintee. Er war aber so nett und trug die Kanne im Wintergarten auf. Wir, das heißt meine beiden Küchenhilfen und ich, waren immer noch mit dem Spülen beschäftigt. Ich kann schmutzige Küchen nicht leiden.«

»Das Teegeschirr wurde ebenfalls gespült?«

»Natürlich, was glauben Sie denn?«

»Vielen Dank, Frau Schneider, Sie haben uns sehr geholfen«, verabschiedete sich Abraham.

§ 11

Noch am selben Tag, unmittelbar nach dem Besuch im Krankenhaus, beorderte Abraham erneut die Spurensicherung zu dem Gutshof der Familie Nikolaus. Noch immer standen einige Untersuchungen aus und noch immer war ein Verbrechen nicht auszuschließen. Die Ermittlungen mussten fortgeführt werden und eine Überprüfung der Palme im Wintergarten, oder besser gesagt der Erde im Blumentopf derselben, würde nicht schaden.

Abraham hatte bei den Gesprächen mit dem Rest der Familie weniger erfahren als erhofft. Auf Fragen nach Ansgar und seiner Freundin wich Anna Neundorf aus und verwies darauf, dass er selbst für sein eigenes Leben verantwortlich sei. Er sei vermutlich deswegen weggefahren, weil seine Freundin aufgrund des tragischen Vorfalls schwermütig, um nicht zu sagen depressiv geworden sei und es hier auf dem Gutshof einfach nicht mehr aushielt. Sie werde aber dafür sorgen, dass er sich umgehend auf der Dienststelle meldete.

Die Weihnachtstage waren vergangen und Silvester stand vor der Tür. Abraham war in der Dienststelle und steckte immer noch mitten in den Ermittlungen. Er schien keinen Schritt vorwärtszukommen. Noch immer hatten sich Ansgar und seine Freundin

Alexa nicht bei ihm gemeldet. Claudia Sommerlath war der Meinung, dass man durchaus eine Fahndung herausgeben sollte. Doch dazu müsste zweifelsfrei feststehen, dass es sich tatsächlich um ein Tötungsdelikt handelte. Andernfalls würde kein Staatsanwalt einer Fahndung zustimmen. Das sollte sich ändern, als Abraham einen Anruf von Doktor Franzen bekam.

»Sind Sie mit den Labordaten weitergekommen?«, fragte Abraham den Rechtsmediziner umgehend.

»Sie lagen absolut richtig, Herr Abraham«, sagte Franzen. »Das Labor hat entgegen meiner Vermutung, dass es sich um eine Ciguatoxin-Vergiftung handelt, das maritime Gift Maitotoxin in den Körpern nachgewiesen.«

Abraham runzelte die Stirn. Was bedeutete das?

»Herr Abraham, sind Sie noch am Apparat?«

Abraham räusperte sich. »Ja, natürlich. Könnten Sie mir das bitte näher erläutern, ich bin kein Mediziner.«

Er hörte Franzens kurzes Lachen. »Sehr gerne. Auf dem Speiseplan standen Süßwasserfische aus heimischen Gewässern und aus dem nördlichen Atlantik. Da läge ich mit Ciguatoxin richtig. Aber Maitotoxin kommt ausschließlich in karibischen Meeresbewohnern vor. Entweder haben wir es mit einer revolutionären Entdeckung im Bereich der Meeresbiologie zu tun, oder an der ganzen Sache ist etwas oberfaul.«

Abraham nickte. »Da glaube ich eher, dass die letztere Ihrer Annahmen stimmt.«

Als Abraham das Gespräch mit Doktor Franzen beendet hatte, gab es endlich Gewissheit. Der Tod des Ehepaares Nikolaus und deren ältester Tochter war kein Unfall gewesen, ganz im Gegenteil. Es lag mit an Sicherheit grenzender Wahrscheinlichkeit ein Verbrechen vor.

Hatte Ansgar Neundorf seinen Urgroßvater aus dem Weg geräumt, weil dieser auf Rückzahlung der geliehenen Geldsumme bestand? Zumindest war dies ein starkes Motiv. Es war an der Zeit, mit Ansgar Neundorf ein ernsthaftes Wort zu sprechen. Jetzt war die Fahndung nach Ansgar und seiner Begleiterin nur noch Formsache.

Drei Tage nachdem er die Fahndung in Auftrag gegeben hatte, das neue Jahr war schon wieder zwei Tage alt, erhielt Abraham einen Anruf auf seiner Dienststelle. Ansgar Neundorf und Alexa Carbone waren nahe Frankfurt/Oder von einer mobilen Grenzfahndungsstreife des Zolls festgenommen worden. Bei der Durchsuchung des Wagens waren die Spürhunde auf eine Packung mit zwei Kilogramm Kokain gestoßen, die unter dem Ersatzreifen versteckt worden war. Ansgar war aus Polen nach Deutschland eingereist. Sie saßen inzwischen in der Haftanstalt, Ansgar in Frankfurt und Alexa in Hoheneck.

Claudia war voller Tatendrang. »Lass uns nach Hoheneck fahren, wir knöpfen uns die Frau vor. Die wird schon singen, wenn wir es richtig anpacken.«

Abraham war einverstanden. Während Claudia zur Fahrbereitschaft ging und sich und Abraham telefonisch in Hoheneck anmelden wollte, kam Reutter ins Büro und warf einen Ordner auf Abrahams Tisch.

»Woher hast du das gewusst?«, fragte er.

Abraham zuckte mit der Schulter. »Was meinst du?«, fragte er und griff zu dem Ordner.

»Wir haben tatsächlich in der Erde des Blumentopfs Rückstände des Tees gefunden«, erklärte Reutter. »Darin wurden Spurenelemente eines Nervengifts festgestellt.«

Abraham legte den Ordner zur Seite und fuhr sich über die Haare. »Du musst mir einen Gefallen tun«, sagte er zu Reutter.

»Du bist gar nicht überrascht?«, fragte Reutter. »Was soll ich für dich tun?«

Abraham wiegte den Kopf hin und her. »An Heiligabend, zwischen fünfzehn und siebzehn Uhr, erhielt Heinrich Nikolaus einen Anruf. Ich muss wissen, wer ihn angerufen hat.«

»Dann benötigen wir die Anruferliste«, entgegnete Reutter.

»Wie lange brauchst du dafür?«

»Eine Stunde.«

Reutter eilte zur Tür, während Abraham zum Telefonhörer griff.

Eine Viertelstunde später, Abraham hatte gerade das Gespräch beendet, kam Claudia zurück ins Büro. Sie war sichtlich ungehalten.

»Du sitzt ja noch hier. Ich warte schon eine Weile auf dich unten in der Tiefgarage. Ich dachte, wir fahren nach Hoheneck.«

Abraham blickte sie mit großen Augen an. »Entschuldige, das habe ich total vergessen.«

Claudia blickte ihn entgeistert an.

»Was ist denn nun, soll ich den Wagen wieder zurückgeben?«

Abraham schüttelte den Kopf. »Nein, ich glaube, wir werden ihn noch brauchen.«

Eine Stunde später kehrte Reutter mit der Nummer des Anrufers zurück.

§ 12

Claudia Sommerlath nahm auf dem Beifahrersitz Platz.

»Du liegst übrigens richtig, die Kollegen aus Hamburg haben gerade die Angaben bestätigt.«

Die Fahrt zum Gutshof bei Jüteborg dauerte knapp zwei Stunden. Inzwischen waren die Straßen geräumt, doch an den Seiten türmte sich der Schnee beinahe zwei Meter hoch. Als sie auf das Areal fuhren und den Dienstwagen vor dem Landhaus abstellten, wurden sie bereits von Thomas Nikolaus und seinem Bruder Bernhard erwartet.

»Guten Tag«, begrüßte Thomas Nikolaus die beiden Polizisten. »Ich bin gespannt, was Sie herausgefunden haben.«

Er führte sie in das Wohnzimmer, wo neben Anna Neundorf und ihrem Ehemann Ludwig auch Thorsten Trommler gespannt warteten.

»Guten Tag«, begrüßte Abraham die Anwesenden. »Danke, dass Sie alle auf uns gewartet haben.«

Anna Neundorf schlug die Beine übereinander. »Es ist endlich an der Zeit, dass Sie uns informieren. Diese Ungewissheit ist ja nicht auszuhalten. Ich denke, wir haben ein Recht darauf, zu erfahren, wie unsere Eltern und unsere Schwester gestorben sind.«

Abraham nickte. »Das haben Sie, genau deswegen sind wir hier«, sagte er.

Alle Augen waren gespannt auf ihn gerichtet.

»Es ist nun eindeutig bewiesen, dass Ihre Angehörigen einem Verbrechen zum Opfer gefallen sind.«

Lautes Gemurmel erhob sich. Die Anwesenden waren sichtlich erschüttert.

»Dann war es keine Fischvergiftung?«, fragte Thomas Nikolaus.

»Im weitesten Sinne schon«, entgegnete Abraham. »Nur war es das falsche Gift.«

Anna Neundorf schüttelte empört den Kopf. »Was soll das? Meine Eltern und meine Schwester sind tot und Sie treiben hier Ihre Spielchen mit uns. Ich weiß schon, was Sie uns erzählen wollen. Aber mein Sohn hat nichts mit der Sache zu tun.«

Abraham hob beschwichtigend die Hände. »Das Gift befand sich im Tee«, fuhr er fort.

Jetzt trat absolute Stille ein. Alle Augen waren auf Abraham gerichtet, als die helle Glocke der Tür erklang.

»Wer kommt denn jetzt noch?«, fragte Thomas Nikolaus.

»Das dürfte für mich sein«, sagte Abraham.

»Jetzt reden Sie schon«, fuhr Anna Neundorf fort. »Haben Sie uns zusammengerufen, weil Sie uns alle verdächtigen?«

Die Haushälterin führte einen Mann im schwarzen Anzug in das Zimmer. »Tut mir leid, der Herr meinte, dass die Polizei ihn hier erwartet.«

Abraham trat auf den Mann zu und reichte ihm die Hand. »Schon gut, er gehört zu uns«, sagte er, ehe er sich dem Mann zuwandte. »Professor Doktor Grün, schön, dass Sie kommen konnten.«

»Ich will nun endlich wissen, was hier los ist!«, rief Anna Neundorf resolut.

»Jetzt warte doch, der Kommissar wird es uns schon sagen«, entgegnete Thomas Nikolaus und warf seiner Schwester einen bösen Blick zu.

»Das stimmt«, bestätigte Abraham. »Wir wissen, wer hinter den Morden steckt, und wir kennen auch das Motiv.«

»Da bin ich aber mal gespannt«, erwiderte Anna Neundorf skeptisch.

»Sie können beruhigt sein, Frau Neundorf. Ihr Sohn Ansgar hat damit nichts zu tun. Allerdings wird er sich wegen eines Rauschgiftvergehens verantworten müssen.«

»Er wurde gezwungen«, wandte die Frau ein.

»Das sei dahingestellt«, antwortete Abraham und wandte sich an Thorsten Trommler. »Wie ich hörte, sind Sie öfter mal in Hamburg unterwegs.«

Trommler blickte sich im Raum um. Er versuchte ein Lächeln, das ihm aber misslang. »Das ist doch nicht verboten.«

»Ist es nicht, völlig richtig. Aber Glücksspiel, das ist verboten.«

Trommler schüttelte den Kopf. »An der Geschichte ist nichts dran, das habe ich schon Ihren Kollegen erklärt. Es kam noch nicht einmal zu einer Anzeige, weil es keine Beweise gibt.«

»Dennoch wissen wir, dass es im Club Lido ein Hinterzimmer gibt, in dem illegale Pokerrunden stattfinden.«

»Ich hatte damals etwas zu viel getrunken und bin nur zufällig in diesem Club gelandet«, widersprach er.

»Ich glaube, Branko Vucevic sieht das anders.«

Er runzelte die Stirn. »Wer soll das sein?«

»Das wissen Sie genau«, sagte Abraham und wandte sich Thomas Nikolaus zu. »Herr Nikolaus, würden Sie Herrn Professor Doktor Grün bitte einmal die Neuerwerbung in der Schatzkammer Ihres Vaters im Obergeschoss zeigen?«

Thomas Nikolaus wirkte verwundert.

»Was soll dieses Schmierentheater?«, brauste Trommler auf.

»Haben Sie damit ein Problem, Herr Trommler?«, fragte Abraham ruhig. »Bestimmt dachten Sie, Sie kämen damit durch, wenn Sie den Belastungszeugen aus dem Weg schaffen …«

»Was unterstellen Sie mir?«, fiel er Abraham ins Wort.

»Was hat das zu bedeuten?«, fragte Thomas Nikolaus und erhob sich von seinem Stuhl.

»Erinnern Sie sich noch an den Anruf am Weihnachtstag?«, fragte Abraham. »Dieser Anruf, über den Ihre Frau Mutter sehr erbost war, weil sie an den Feiertagen keine geschäftlichen Angelegenheiten duldete.«

Thomas Nikolaus nickte.

»Der Anruf kam von der Detektei Wamser RIS aus Potsdam. Ihr Vater schöpfte Verdacht beim Kauf des Gemäldes von Picard und beauftragte einen Privatdetektiv mit Recherchen. Professor Grün hat sich inzwischen das Bild und das Zertifikat angesehen. Das Bild ist genauso falsch wie der Kunsthistoriker Vanmeren, der dieses Gutachten erstellt und den Verkauf maßgeblich begleitet hat. Der echte Picard, Landschaft mit Kapelle, ging im Zweiten Weltkrieg verloren und dürfte bei einem Bombenangriff der Amerikaner auf einen Zug der Nazis bei Aachen vernichtet worden sein.«

»Das ist absoluter Blödsinn«, brauste Trommler auf.

Abraham ignorierte den Einwand und wandte sich an die Familienmitglieder. »Ihre Eltern und Ihre Schwester wurden vergiftet. Mit Maitotoxin, einem Lebensmittelgift, das von karibischen Fischen produziert wird. Auf Aruba wird es von Naturmedizinern als Mittel gegen Arthrose benutzt, allerdings muss man da sehr vorsichtig sein. Ein Milliliter zu viel und man stirbt.«

Thomas Nikolaus warf Trommler einen bösen Blick zu.

»Das ist doch alles Quatsch«, beeilte der sich zu sagen. »Wir waren doch alle zusammen, wie hätte ich …?«

»Wie wäre es mit dem Tee, den Sie den Herrschaften im Wintergarten servierten?«

»Blödsinn, alles Blödsinn«, echauffierte sich der Privatsekretär. »Weshalb hätte ich das tun sollen? Sie waren mir doch wie … wie eine Familie.«

»Sie hatten achthunderttausend Euro Spielschulden bei der kosovarischen Mafia«, entgegnete Abraham.

»Du elendes Schwein«, schrie Anna Neundorf und machte einen Satz Richtung Trommler. Ehe sie ihn erreichte, duckte er sich zur Seite, sprang auf und hetzte auf die große Terrassentür zu. Bernhard Nikolaus wollte sich ihm in den Weg stellen, doch Trommler schubste ihn zur Seite und riss die Tür auf. Kalte Luft strömte in das Zimmer. Trommler hetzte über die verschneite Terrasse, doch er kam nicht weit. Der Weg zur Treppe war ihm bereits verwehrt, weil sich zwei Polizisten dort in Position gebracht hatten, bereit, ihn mit allen Mitteln aufzuhalten. Trommler blieb stehen und schaute sich um, auch auf der anderen Seite standen inzwischen Polizisten. Einen kurzen Moment zögerte er, bevor er gekonnt auf die steinerne Brüstung der Terrasse sprang. Fast wäre ihm die Flucht auch gelungen, wenn er sich nicht in der Weihnachtsbeleuchtung verfangen hätte. Als er kopfüber knapp drei Meter tief auf die verschneiten Bodenplatten stürzte und sich dabei den Schädel aufschlug, riss er zu allem Übel noch den mannshohen beleuchteten Weihnachtsmann mit sich, der als Dekorationsobjekt die Terrasse zierte.

Das Blut, das sich um Trommlers Schädel im Schnee ausbreitete, war fast so rot wie der purpurfarbene Mantel des Weihnachtsmannes, der direkt neben ihm im Gebüsch gelandet und weitgehend unbeschädigt geblieben war.

Thorsten Trommler hatte weniger Glück, er starb, noch bevor der Rettungsdienst eintraf.

Zwei Tage später wurden dank der ausgezeichneten Ermittlungsarbeit der Detektei in Hamburg und Berlin Trommlers Hintermänner verhaftet. Branko Vucovic, bei dem Trommler verschuldet gewesen war, hatte sich den Plan ausgedacht und mit seinen Verbindungen in kriminelle Kreise für die Fälschung nebst dem angeblichen Gutachter Vanmeren, einem europaweit gesuchten Betrüger und Fälscher namens Tassilo Panatikos, gesorgt. Trommler, der das Vertrauen von Professor Heinrich Nikolaus genossen und schamlos missbraucht hatte, hatte mitgespielt, waren ihm doch der Schuldenerlass sowie eine weitere Viertelmillion in Aussicht gestellt worden.

Ein scheinbar todsicheres Geschäft, wären dem alten Nikolaus nicht doch noch Bedenken gekommen. Doch nun hatten weder Trommler noch Vukovic noch Panatikos etwas davon, denn auch das Geld konnte in vollem Umfang sichergestellt werden.

Dennoch, der Nikolaus war tot. Mit ihm und seiner Frau starb wohl auch die Tradition dieses Festes, denn einige Monate später wurde das gesamte Anwesen verkauft. Es hieß, es würden Erbstreitigkeiten dahinterstecken.

REBECCA MICHÉLE

Plumpudding mit Schuss
oder Ein fast perfekter Mord

Zuerst ein lauter Knall, dann ein bedrohliches Knirschen und schließlich das Geräusch von splitterndem Glas. Mit einem Schrei fuhr Nadine auf. Verwirrt sah sie sich um. Bizarre Schatten tanzten über die Umrisse der Möbel. Die Leuchtzifferanzeige der Uhr zeigte wenige Minuten nach drei. Zunächst dachte Nadine, sie habe geträumt, aber das unablässige Prasseln des Regens gegen die Fensterscheiben sagte ihr, dass der Sturm sie geweckt hatte. Der heulende Wind rüttelte an den Schieferdachplatten, die Wände des alten Hauses schienen regelrecht zu vibrieren. Sie stand auf, schlüpfte in ihre Sneakers, warf sich den Bademantel über und verließ ihr Zimmer. Ihre Mutter, Beth Tamworth, stand bereits im Flur, ebenfalls im Morgenmantel. Sie wirkte besorgt.

»Was war das, Ma?«, fragte Nadine.

»Der Sturm wird einen Baum entwurzelt haben«, antwortete Beth. »Lass uns mal nachsehen.«

»Was ist mit Greg?«

Ihre Mutter lächelte. »Er schläft, wie immer tief und fest.«

»Beneidenswert«, murmelte Nadine. Bei dem heftigen Unwetter würde sie heute Nacht wohl keine Ruhe mehr finden.

Auf dem Treppenabsatz trafen Beth und Nadine auf Peter Meyers, den Manager von Greg Tamworth. Er war in Jeans und Sweatshirt gekleidet, sein lichtes Haar verstrubbelt.

»Was war das für ein Lärm?«

»Der Sturm muss …«, begann Beth, dann wurde es stockdunkel. »Jetzt ist auch noch der Strom weg.« Sie seufzte, griff in die Tasche ihres Morgenmantels und knipste eine Taschenlampe an. »Ich habe sie immer griffbereit«, erklärte sie auf den erstaunten Blick ihrer Tochter hin. »Im Dezember gibt es oft Stürme, heute Nacht erwischt es uns aber besonders heftig.«

»Hoffentlich wurde das Haus oder das Gästecottage nicht beschädigt«, sagte Peter besorgt. »Wir sollten nachsehen.«

Nadine und Meyers schalteten die Taschenlampen an ihren Mobiltelefonen an und gingen in die Eingangshalle mit den holzgetäfelten Wänden hinunter. Einst war das dreihundert Jahre alte Haus der Landsitz eines vermögenden Adligen gewesen, und bei zahlreichen Umbauten war die alte Halle im Originalzustand belassen worden. Zur Weihnachtszeit wurde sie von einem deckenhohen, mit kunterbunten Kugeln geschmückten Weihnachtsbaum dominiert. Die Replik einer mittelalterlichen Ritterrüstung neben dem Baum wirkte etwas deplatziert. Echt hingegen waren zwei dunkle Eichenstühle mit roten Lederbezügen aus viktorianischer Zeit. Überall im Haus fanden sich Alt und Neu, nicht immer miteinander harmonierend, dennoch gemütlich.

Unvermindert prasselte der Regen, gemischt mit umherwirbelndem Laub und Reisig, gegen die bleiverglasten Fensterscheiben. Zu Bruch gegangen war glücklicherweise nichts. Beth öffnete die Haustür einen Spaltbreit. Sofort drang der Wind wie ein heulender Wolf herein und zerrte an ihren Kleidern und Haaren. Sie spähte kurz hinaus und drückte die Tür dann wieder fest ins Schloss.

»In der Dunkelheit ist nicht viel zu erkennen, aber ein mächtiger Baumstamm liegt quer über der Einfahrt.« Sie sah Nadine bedauernd an. »Ich fürchte, dein Auto ist nur noch Schrott.«

»Shit!«, fluchte Nadine. »Der Wagen war erst sechs Monate alt. Aber Hauptsache, uns allen geht es gut. Was ist mit dem Cottage und den anderen Gästen?«

»Ich werde nachsehen«, bot Peter an.

»Ist das nicht zu gefährlich?«, wandte Beth ein. »Wenn noch ein Baum …«

»Ich geh mit Meyers.« Ein Mann war aus dem Salon getreten, das beige Hemd und das blaue Sakko zerknittert, unter seinen engstehenden grauen Augen lagen dunkle Schatten. Er gähnte ungeniert, ohne sich die Hand vor den Mund zu halten.

»Andrew, was machst du um diese Zeit im Salon?«, fragte Beth.

Der große, hagere Mann grinste. »Bei dem Wetter konnte ich nicht schlafen und dachte mir, ich genehmige mir noch ein Glas Single Malt. Nichts ist besser als ein guter Scotch, um Ruhe zu finden. Ich muss wohl im Sessel eingeschlafen sein.«

»Es wird wohl nicht nur ein Glas gewesen sein«, sagte Beth mit einem kühlen Unterton. »Ich nehme an, du hast dir eine ganze Flasche von Gregs teuerstem Malt genehmigt.«

»Ach, Schwägerin, der Moralapostel steht dir gar nicht.« Andrew Tamworth kam näher. Bei seinen nächsten Worten roch Nadine seine Fahne. »Greg hat uns in die Einsamkeit eingeladen, um ein fröhliches Weihnachtsfest miteinander zu feiern. Das schließt die Vorräte meines Bruders wohl mit ein.«

Beth' Lippen pressten sich zu einem Strich zusammen, und sie schwieg. Nadine wusste, dass ihre Mutter und der Bruder ihres Ehemanns nicht gerade Freunde waren.

»Also, ich sehe jetzt nach den anderen«, sagte Peter. Er griff nach einem der Regenmäntel, die neben der Eingangstür hingen. »Kommst du mit, Andrew?«

»Tja, ist wohl besser.« Andrew zog einen zweiten Regenmantel über, und die Männer verließen das Haus, um nach den anderen Gästen zu sehen, die in einem Cottage im Garten untergebracht waren.

»Ich brauche jetzt eine Tasse Tee«, sagte Beth. »Du auch?«

»Tee wäre wunderbar!«

Auch in der Küche gab es, wie wohl im ganzen Haus, keinen Strom. Von einem Regal nahm Beth eine batteriebetriebene Laterne im Design einer alten Petroleumlampe, zusätzlich entzündete Nadine vier Kerzen. In dieser Beleuchtung wirkte der Raum wie eine Küche aus längst vergangenen Zeiten. Bunte Lichterketten schmückten die Sprossenfenster, auf der Anrichte standen weiße Porzellanengel und zwei kleine hölzerne Rentiere mit knallroten Nasen. Am Vortag hatten Nadine und ihre Mutter Kekse und einen Kuchen gebacken, der Geruch nach Äpfeln, Vanille, Kardamom und Zimt lag noch in der Luft. Trotz der unangenehmen Situation wurde Nadine bei dem Duft in eine erwartungsvolle Weihnachtsstimmung versetzt.

Neben einem modernen Gasherd, der allerdings nur mit einem elektrischen Zünder entflammt werden konnte, gab es auch einen wuchtigen Holzofen, der mindestens hundert Jahre alt sein musste. Geschickt entfachte Beth das Feuer, das schnell lodernd aufbrannte und die Küche wärmte. Sie füllte den Wasserkessel und stellte ihn auf einen der gusseisernen Herdringe.

»Ist es dir hier nicht manchmal zu einsam, Ma?«, fragte Nadine.

Lächelnd schüttelte Beth den Kopf. »Wir verbringen doch nur die Ferien und hin und wieder ein Wochenende in Cornwall. Durch seine Arbeit ist Greg an London gefesselt, da bin ich für ein paar Tage idyllisches Landleben dankbar.«

»Ich weiß, Ma«, erwiderte Nadine. »Dein Mann ist ein Filmstar …«

»Seriendarsteller«, fiel Beth ihrer Tochter ins Wort. »Du weißt doch, dass er seit fünfzehn Jahren die Hauptrolle in *Cheating Love* spielt. Du solltest ihn dir als Brandon Seymour wirklich mal ansehen, Nadine.«

Nadine nickte und lächelte etwas gequält. »Und du weißt, dass mich Soaps nicht wirklich interessieren. In meinem Job habe ich sowieso keine Zeit, regelmäßig fernzusehen.«

»Das weiß ich, mein Kind, und ich bewundere dich aufrichtig für deine Arbeit.« Beth lächelte verständnisvoll. »Mit sechzig ist Greg nicht mehr der Jüngste, und er genießt die Ruhe dieses einsamen Tals.«

»Aber es geht ihm gut, er ist gesund, oder?«, warf Nadine erschrocken ein. Obwohl sie dem neuen Mann an der Seite ihrer Mutter keine große Sympathie entgegenbrachte, wünschte sie ihm nichts Schlechtes.

»Greg ist topfit«, versicherte Beth, »und ich kümmere mich darum, dass es noch lange so bleibt. Sobald sich das Wetter bessert, erkunden wir die Gegend. Wir können zum Beispiel über den Küstenweg ins malerische Dorf Mousehole wandern. Ich freue mich so, dass du ausnahmsweise mal bis ins neue Jahr hinein bei uns bleiben kannst.« Beth strahlte ihre Tochter an.

»Ich auch«, erwiderte Nadine. Es war ihr erster längerer Urlaub seit zwei Jahren und ihr erster Aufenthalt in Cornwall. Eine gewisse Romantik konnte Nadine dem Lamorna Valley ja nicht absprechen, aber dass es im Haus weder ein Mobilfunksignal noch einen Internetanschluss gab, war ungewohnt. Ihr Job brachte es mit sich, ständig erreichbar sein zu müssen. Eine Auszeit würde ihr sicher mal gut tun.

Der Wasserkessel pfiff, Beth brühte den Tee auf, sechs Minuten später genossen Mutter und Tochter den warmen, aromatischen Darjeeling.

Beth räusperte sich. »Ich muss dir was sagen, Nadine. Greg meint zwar, es solle niemand wissen, um den Knalleffekt nicht zu verderben, aber dich will ich trotzdem einweihen.« Nadine runzelte die Stirn und sah ihre Mutter fragend an. Beth holte tief Luft und stieß dann hervor: »Morgen Nachmittag werde ich Greg erschießen!«

»Ma!« Nadine fuhr hoch, dass der Tee aus ihrer Tasse schwappte. Doch gleich darauf schlug sie sich mit der Hand vor die Stirn und lachte erleichtert auf. »Ach so, natürlich! Das Mörderspiel! Du hast mir gerade einen gehörigen Schrecken eingejagt, Ma.«

»Nennen wir es besser Krimidinner«, erwiderte Beth. »Greg meint, das Spiel bringe Abwechslung in den Weihnachtstag. Du hast dich mit deinem Part hoffentlich schon vertraut gemacht?«

»Ja, ich habe deine Mail genau gelesen«, sagte Nadine mit einem Augenrollen. »Ma, ich hasse Rollenspiele, bei der Arbeit habe ich genügend mit Verbrechen zu tun! Könnt ihr mich nicht außen vor lassen?«

»Bitte, Nadine, tu Greg den Gefallen und mach mit. Er freut sich wie ein Kind darauf. Und du bist jetzt auch darauf vorbereitet, wenn ich unversehens eine Pistole auf Greg richte.« Beth lachte, ihre Augen funkelten voller Vorfreude. »Ach, das wird ein Mordsspaß werden!«

Nadine saß zwischen Peter Meyers und einem Mann namens Jim Cox an der mit Stechpalmenzweigen, Orangen und Nüssen geschmückten Tafel im Speisezimmer. Jim war auch Schauspieler, ein stiller, zurückhaltender Typ um die vierzig. In der Daily Soap bekleidete er eine eher unbedeutende Nebenrolle. Seine Frau Tara, die Nadine gegenübersaß, war das genaue Gegenteil. Von ihrer Mutter wusste Nadine, dass Tara im Alter ihres Mannes war, doch sie sah mindestens zehn Jahre jünger aus. Mit weißblond gefärbten Haaren und babyblauen Augen entsprach Tara Cox dem Klischee einer naiven Blondine. Das täuschte jedoch. Bis vor sechs Jahren war Tara ein erfolgreiches Model gewesen, jetzt leitete sie die Redaktion einer in ganz England beliebten Modezeitschrift. Taras Tischherr war Andrew, der bereits zur Mittagszeit angetrunken war und immer wieder versuchte, einen Arm um Taras Schultern zu legen. Jim schien es nicht zu bemerken, oder er dachte, seine Frau würde sich selbst zu helfen wissen. An den Stirnseiten der Tafel saßen Beth und Greg.

Nadines Stiefvater war ein attraktiver Mann. Die grauen Strähnen in seinen dunkelbraunen welligen Haaren machten ihn nicht älter, sondern interessanter. Nadine verstand, warum seine meist weiblichen Fans ihn verehrten.

Draußen tobte der Sturm unvermindert weiter. Im Laufe des Vormittags waren weitere Bäume entwurzelt worden und hatten die schmale Straße, die einzige Zufahrt ins Lamorna Valley, blockiert. Nach wie vor gab es im gesamten Haus keinen Strom. Drei Dutzend Kerzen schufen im Speisezimmer eine heimelige, weihnachtliche Atmosphäre.

»Wie gut, dass das Dinner gestern geliefert wurde«, hatte Beth gesagt. »Sonst müsste ich heute aufgewärmte Dosensuppe servieren.«

Ab zehn Uhr hatte Nadine geholfen, die Orangen-Karottensuppe, den mit Maronen-Stuffin gefüllten Truthahn, die gerösteten Kartoffeln, die Cranberrysoße und das gemischte Gemüse aus Rosenkohl, Karotten und Steckrüben auf dem Holzofen aufzuwärmen. Auch der Plumpudding, der zum Nachtisch gereicht werden sollte, stammte aus dem Delikatessengeschäft in Penzance und stand fertig in der Speisekammer. Bevor sie mit der Suppe begannen, zogen jeweils zwei Gäste an den Christmas Crackers, den Knallbonbons, die bei keinem Weihnachtsfest fehlen durften. Aus Nadines Bonbon fiel eine pinkfarbene Papierkrone, die sie sich, wie alle anderen auch, auf den Kopf setzte. Es war Tradition, die Krone für den Rest des Tages zu tragen. Nach der Suppe lasen sie sich gegenseitig die Sprüche vor, die neben kleinen, weihnachtlichen Plastikfiguren ebenfalls in den Crackers gewesen waren. Auf Nadines Zettel stand, dass sie demnächst eine lange Reise machen würde. Sie hatte den Eindruck, dass das jedes Jahr auf ihrem Zettel stand.

Dann kam der Höhepunkt des Dinners auf den Tisch. Geschickt tranchierte Greg den großen Truthahn und verteilte die Portionen. Während es sich alle schmecken ließen, begann das Krimispiel, bei dem jeder Gast in eine Rolle schlüpfen und entsprechend agieren und sprechen musste. Den Hintergrund bildete ein Juwelenraub. Greg war der Drahtzieher der Bande. Nach dem Raub verschwanden die Diamanten, und Greg soll sie in seinem Haus versteckt haben, um nicht mit den anderen Bandenmitgliedern teilen zu müssen. Diese waren nun gekommen, um ihn zu zwingen, die Beute herauszurücken.

Im Vorfeld hatte jeder Gast eine Rolle zugeteilt bekommen. Greg spielte natürlich hervorragend, und auch Tara, Beth und selbst Jim agierten überzeugend. Peter Meyers warf nur wenige ironische Bemerkungen ein, Andrew allerdings sprach lieber dem schweren Chianti zu und versuchte erfolglos, Tara unter den Mistelzweig zu locken, um ihr einen Kuss abzuluchsen. Nadine hielt sich zurück und erfüllte eher lustlos die Anweisungen auf den Karten, die in jeder Runde neu verteilt wurden und das Spiel in Gang hielten.

Um zwei Uhr verließ Beth das Speisezimmer, um den Plumpudding zu holen, indes kredenzte Greg einen süffigen Portwein.

»Nachtisch!« Beschwingt rollte Beth den Servierwagen herein. Nadine stand auf und half ihrer Mutter beim Verteilen des schweren süßen Kuchens.

Als jeder einen Teller vor sich stehen hatte, erhob sich Greg, sah in die Runde und sagte streng: »Liebe Freunde, sosehr ich mich über eure Anwesenheit in meinem Haus auch freue, versichere ich euch nachdrücklich, dass ich keine Ahnung habe, wo sich die Diamanten befinden. *Ich* habe sie nämlich nicht gestohlen.«

»Du lügst!«, rief Jim und wirkte erstaunlich echt zornig. »Nach dem Raub hast du dir die Beute unter den Nagel gerissen und willst uns ausbooten. Die Klunker sind in diesem Haus versteckt, und wir werden sie finden!«

»Er hat sie seiner Geliebten gegeben!«

Wäre Nadine nicht vorbereitet gewesen, hätte sie sich über den scharfen Tonfall und den eisigen Blick ihrer Mutter erschrocken.

»Glaubst du, ich weiß nicht, dass du mich mit einem rothaarigen Flittchen betrügst?«

Bedächtig erwiderte Greg: »Du redest wieder Unsinn, meine Liebe. Hast du vergessen, die Tabletten zu nehmen, die dir der Arzt gegen deine Wahnvorstellungen verschrieben hat?«

Tara prustete in ihre Serviette, selbst Nadine schmunzelte. Greg war zweifellos ein hervorragender Schauspieler.

Jetzt sprang Beth so heftig auf, dass ihr Stuhl polternd umfiel. Mit einer raschen Bewegung griff sie unter ein auf dem Servierwagen liegendes Tuch und hielt unvermittelt eine kleine silberglänzende Pistole in der Hand.

»Du wirst mich nicht länger betrügen und beleidigen«, rief sie mit schneidend kalter Stimme. »Die Diamanten sind mir egal, aber du wirst in der Hölle schmoren.« Beth richtete den Lauf auf Gregs Brust, ihre Augen verengten sich. Unwillkürlich beschleunigte sich Nadines Puls, das Spiel hatte sie nun doch gepackt. Die Szene wirkte so realistisch, dass sie kaum wagte zu atmen.

»Leb wohl, Greg, und eine gute Zeit in der Hölle.«

Beth' Finger krümmte sich um den Abzug. Im selben Moment sprang Tara auf, schrie gellend »Nein!« und warf sich vor Greg. Es knallte, Tara und Greg stürzten zu Boden und blieben bewegungslos liegen. Taras mintgrüne Seidenbluse färbte sich auf der linken Brustseite rot.

Ein paar Sekunden lang war es mucksmäuschenstill, dann klatschte Peter in die Hände und rief begeistert: »Bravo!«

»Was für eine Show!«, bemerkte Jim, und auch Andrew sagte anerkennend: »Ich wusste schon immer, dass Tara Feuer im Hintern hat.«

Zufrieden lächelnd legte Beth die Pistole auf den Tisch. »Das war allerdings so nicht geplant. Ich wollte Greg erschießen, weil er mich betrügt und allen einredet, ich sei verrückt. Jetzt müssen wir den Spielplan zwar ändern, die Wendung ist jedoch genial! Tara, hoffentlich bekommst du die Farbe wieder aus der Bluse.«

Tara rührte sich nicht. Der Fleck auf ihrer Bluse vergrößerte sich. Sanft schob Greg ihren Körper von sich und rappelte sich auf.

»Das war wirklich unvorhergesehen.« Er stutzte. »Tara? Alles in Ordnung?«

Nadine stand auf und runzelte die Stirn. Hier stimmte was nicht! Sie beugte sich zu der blonden Schönheit hinunter und nahm den ihr vertrauten Geruch von Blut wahr. Von echtem Blut! Sie tastete nach Taras Halsschlagader. Es war kein Pulsschlag zu spüren, dann drehte sie den Körper auf den Rücken. Taras Augen waren weit aufgerissen, die Pupillen starr. Nadine hob den Kopf und sah ihre Mutter an.

»Sie ist tot.«

Jim kniete nun auch neben der Leiche seiner Frau, hielt ihre Hand und schluchzte: »Warum? Wieso? Ich verstehe es nicht …«

Peter nahm das Tuch, unter dem die Pistole verborgen gewesen war, und legte es Tara übers Gesicht. »Wir müssen die Polizei rufen.«

»Und wie, bitte schön, ohne Telefon und Internet?«, fragte Andrew, der mit einem Schlag nüchtern geworden war.

»Außerdem kommt derzeit niemand hierher durch.« Er sah zu seiner Schwägerin. »Mein Gott, du wolltest meinen Bruder *wirklich* erschießen!«

Wachsbleich kauerte Beth auf dem Stuhl und starrte die kleine Pistole an. Greg trat hinter sie und legte eine Hand auf ihre bebende Schulter. Erstaunlich ruhig sagte er: »Beth und ich hatten Platzpatronen vereinbart.«

Nadine schaute sich auf dem Tisch um und nahm schließlich

eine Gabel, fuhr mit den Zinken in den Abzugshahn der Pistole und hob sie an. Mit der freien Hand griff sie nach einer sauberen Serviette, entfernte mit ihr das Magazin und betrachtete es eingehend.

»Das sind keine Platzpatronen. Ma, woher stammt die Waffe, und wer hat sie geladen?«

Greg antwortete für Beth, die unfähig war, etwas zu sagen. »Sie ist ein Requisit aus dem Studio, ich durfte sie mir borgen. Heute Morgen luden Beth und ich die Pistole und legten sie in ein Regal in der Speisekammer. Ich schwöre, es waren Platzpatronen! Es sollte für alle eine Überraschung sein, wenn Beth versucht, mich zu erschießen.«

»Na, die ist perfekt gelungen«, bemerkte Peter zynisch. »Nur, dass es eine Unschuldige getroffen hat.«

»Taras Rolle sah nicht vor, dass sie sich dazwischenwirft«, beteuerte Greg. »Wenn sie es nicht getan hätte …«

»… wärst du jetzt tot«, warf Andrew ein. »Brüderchen, wir beide haben unsere Probleme miteinander, aber den Tod wünsche ich dir dann doch nicht.«

»Wirklich?« Greg zog eine Augenbraue hoch und sah dann zu Peter, die Stirn grimmig gerunzelt. »Und was ist mit dir, mein Freund? Dir vertraute ich, dir überließ ich alle Entscheidungen, auch in finanzieller Hinsicht, damit ich mich auf meine Arbeit konzentrieren kann. Glaubst du, ich weiß nicht, wie du seit Jahren in die eigene Tasche wirtschaftest?«

»Das ist nicht wahr!«, rief Peter empört. Aber Nadine bemerkte das nervöse Flackern in seinen Augen. »Wahrscheinlich hast du deine Frau tatsächlich nach Strich und Faden betrogen«, schleuderte er Greg entgegen. »Deshalb hat sie sich gerächt und wollte es wie einen bedauerlichen Unfall aussehen lassen.«

»Ich war das nicht.« Stockend kamen die Worte über Beth' Lippen. »Es sollte nur ein Spiel sein, ein Spaß …«

»Tja, um die Sache zu klären, brauchen wir die Polizei«, äußerte

Andrew trocken. »Mit den Bullen habe ich zwar keine guten Erfahrungen gemacht, aber in diesem Fall geht es wohl nicht anders.«

»Bis wir wieder Telefon und Strom haben, können Stunden, wenn nicht ein ganzer Tag vergehen«, gab Greg zu bedenken. »Auch die Straße muss erst freigeräumt werden. Was machen wir so lange mit der Leiche?«

»Sprich nicht so von meiner Frau«, rief Jim verzweifelt. »Mein Gott, wären wir doch nie hierhergekommen!«

Nadine straffte die Schultern und sagte bestimmt: »Über mehrere Stunden befand sich die Tatwaffe unbeaufsichtigt in der für alle frei zugänglichen Speisekammer. Jeder von euch hatte also die Gelegenheit, die Platzpatronen gegen scharfe Munition auszutauschen.« Sie sah von einem zum anderen. »Ich bin überzeugt, das Ziel des Täters war Greg. Er konnte ja nicht wissen, dass Tara sich kurzentschlossen dazwischenwirft.«

»Meine Güte, Nadine!« Peter starrte sie fassungslos an. »Spielst du jetzt Miss Marple in jung? Wie wir es auch drehen und wenden: Wir müssen die Polizei informieren, denn der Mörder«, er sah zu Beth, »oder die Mörderin ist hier unter uns.«

»Die Polizei ist bereits im Haus«, flüsterte Beth und ihre Unterlippe zitterte.

»Was soll das heißen?«, fragte Andrew.

Greg deutete auf Nadine. »Sie ist Detective Sergeant bei der Kent Police, nicht wahr?«

»Das ist richtig«, bestätigte Nadine. »Allerdings hatte ich auf ein paar ruhige Tage in Cornwall gehofft.«

»Ach, sieh an, deshalb hast du darauf geachtet, an der Pistole keine Spuren zu verwischen«, stellte Andrew fest. »Wer immer die Patronen austauschte, sofern es nicht Beth war, hat vielleicht Fingerabdrücke hinterlassen.« Er starrte Nadine unverwandt an. »Vielleicht warst es ja auch du? Es ist kein Geheimnis, dass du deinen Stiefvater nicht leiden kannst. Du nimmst es deiner Mutter übel, dass sie nur ein Jahr nach dem Tod deines Vaters Greg heiratete. Als Polizistin der eigenen Mutter einen Mord anzuhängen, das ist …«

»Halt den Mund, Andy, und trink einen Whisky«, sagte Greg scharf. »Für Nadine lege ich meine Hand ins Feuer, ebenso für Beth.«

»Danke, Greg«, erwiderte Nadine betont ruhig. Doch Andrews Anschuldigungen hatten sie nicht kalt gelassen. »Ich gebe zu, dass ich über die schnelle Heirat von Ma und dir wenig erfreut war, deswegen hege ich aber noch lange keine Mordgedanken. Unter uns befindet sich ein Mörder, und den gilt es zu finden.« Nadine trat neben Jim, der sie aus geröteten Augen anstarrte. »Jim, hast du deine Frau geliebt?«

»Über alle Maßen!«

»Warum wollte sich Tara dann von dir trennen?«

Jim wurde blass. »Woher weißt du das?«

»Gestern Abend hatte ich die Gelegenheit, euch alle …«, Nadine sah von einem zum anderen, »… zu beobachten. Mein Job bringt das so mit sich. Und ich bemerkte die sehnsüchtigen Blicke, die Tara Greg zuwarf. Es war völlig klar, dass sie in Greg verliebt ist. Und der Gedanke liegt nicht fern, dass sie dich, Jim, für Greg verlassen wollte.«

»Das kann ich leider nicht leugnen«, gab Greg seufzend zu und sah mitleidig auf Jim. »Schon seit einiger Zeit versuchte Tara, mich zu verführen. Sie hat immer wieder gesagt, dass sie sich scheiden lassen würde, wenn auch ich mich von Beth trenne. Ich wies sie zurück, denn ich liebe Beth und würde sie niemals verlassen. Sie ist das Beste, das mir in meinem ganzen Leben passiert ist.«

»Willst du etwa andeuten, ich hätte geplant, meine Frau aus Eifersucht zu töten?«, fragte Jim.

Greg nickte. »Tara ist … war vermögend, aber soviel ich weiß, habt ihr einen Ehevertrag. Bei einer Scheidung hättest du keinen Penny bekommen. Hast du Tara von der Scharade erzählt, dass Beth so tun wird, als würde sie auf mich schießen, und sie gebeten, sich dazwischenzuwerfen?«

»Das ist infam! Ich wusste weder von der Pistole noch von Beth' Plan, das Spiel in eine andere Richtung zu lenken!«

Jims Entsetzen schien aufrichtig zu sein, ebenso Gregs Beteuerung, er liebe Beth. Nadine wusste nicht, ob sie den Männern glauben konnte. Im Moment galten Fakten, und nach diesen hatte jeder im Raum ein Mordmotiv, ganz gleich, ob Greg oder Tara das Opfer sein sollte. Selbst ihre Mutter … Schnell wischte Nadine diesen Gedanken beiseite.

»Ich will versuchen, unten in der Bucht ein Mobilfunksignal zu bekommen«, sagte sie.

»Das ist viel zu gefährlich«, wandte Greg ein. »Der Sturm wütet an der Küste besonders heftig, eine Welle könnte dich ins Meer reißen, und es fliegen immer noch Äste umher oder Bäume können umknicken.«

»Ich passe auf, versprochen. Greg, bitte achte darauf, dass niemand das Zimmer verlässt, während ich weg bin.« Nadine blieb nichts anderes übrig, als dem Mann ihrer Mutter zu vertrauen.

»Aufs Klo werde ich wohl noch gehen dürfen«, murrte Andrew. Nadine antwortete nur mit einer hochgezogenen Augenbraue.

Sie ging in ihr Zimmer, zog die Regenjacke an und steckte das Mobiltelefon in die Tasche. Glücklicherweise hatte sie noch ausreichend Akku. Bevor sie wegging, warf sie noch einen Blick in die Küche. Wie in den letzten Tagen war auch heute die Hintertür nicht abgeschlossen. Jemand hätte also unbemerkt in die Speisekammer gelangen können, während sie alle beim Dinner saßen. Nadine sah in den Garten hinaus. Im vom Regen aufgeweichten Erdreich waren keine Fußspuren zu erkennen. Wer immer die Patronen ausgetauscht hatte: Es musste entweder während des Frühstücks und zehn Uhr oder während des Essens stattgefunden haben. Seit den frühen Morgenstunden war die Straße mit entwurzelten Bäumen blockiert, ergo musste der Täter entweder aus dem Haus oder der nächsten Umgebung sein.

Gleich einem reißenden Bach schoss das Wasser über die Straße in Richtung der Bucht, und der Himmel war nicht gewillt, seine Schleusen zu schließen. Nadine musste über Baumstämme klettern und sich unter ihnen hindurchwinden. Trotz der Regenjacke war sie binnen kurzer Zeit bis auf die Haut durchnässt. In der Lamorna Cove riss der Sturm Nadine beinahe von den Füßen, weit und breit war keine andere Person zu sehen. Greg hatte nicht übertrieben. Der Wind peitschte die Wellen des Atlantiks fünf oder sechs Meter hoch gegen die Kaimauer, der Parkplatz stand knöcheltief unter Wasser. Nadine drückte sich gegen die Wand eines zweistöckigen weißgetünchten Cottage und zückte ihr Telefon. Ein Balken zeigte einen schwachen Empfang. Nadine wählte den Notruf 999, erhielt aber kein Signal, und der Balken verschwand gleich darauf wieder.

»So ein Mist aber auch!«

Die Tür des Cottage öffnete sich einen Spalt und ein älterer Mann, glatzköpfig und mit einem struppigen grauen Bart, lugte hinaus.

»Hier kriegen Sie keinen Empfang«, brummte er.

»Sie haben nicht zufällig ein funktionierendes Telefon oder einen Internetanschluss?«

»Nee, Internet brauchen wir nicht, und das Telefon ist tot. Muss wohl ein Baum auf die Leitung gekracht sein.« Seine wasserhellen Augen musterten Nadine von oben bis unten. »Ich kenn Sie nicht. Was machen Sie bei dem Wetter hier draußen?«

»Ich muss dringend telefonieren, Mr Penvellick.«

Er runzelte die Stirn. »Woher kennen Sie meinen Namen?«

Nadine lächelte freundlich. »Sie kümmern sich doch um das Haus von Greg Tamworth, wenn er in London ist. Elisabeth Tamworth ist meine Mutter, ich besuche sie über die Feiertage.«

»Na, wenn das so ist …« Er öffnete die Tür jetzt ganz. »Kommen Sie rein. Wollen Sie 'nen Tee?«

Nadine stand unmittelbar in einer geräumigen Wohnküche. Auch hier spendete ein Holzofen mollige Wärme. Mit einem Blick erkannte Nadine das Fehlen jeglicher Weihnachtsdekoration.

»Ist am Haus etwas kaputt, weil Sie telefonieren wollen?«, fragte Penvellick.

»Nein, mit dem Haus ist alles okay.« Nadine hielt es nicht für nötig, dem Mann die Wahrheit zu sagen. »Wissen Sie, wann wieder mit Strom zu rechnen ist?«

Er kratzte sich am Bart. »Keine Ahnung. Manchmal geht's schnell, manchmal dauert es Tage.« Er griff nach dem Wasserkessel und stellte ihn auf den Herd. »Nicht doch 'nen Tee, Miss?«

Bevor Nadine antworten konnte, rief eine Stimme aus dem Nebenraum, zu dem die Tür nur angelehnt war: »Mit wem sprichst du, Philipp? Wann kommt der Strom wieder? Ich will fernsehen …«

Der Mann stieß die Tür auf und erwiderte: »Es ist nur eine junge Frau, die telefonieren will.«

An ihm vorbei sah Nadine in einen kleinen Wohnraum und erfasste mit einem Blick die Einrichtung: ein Sofa, ein Sessel, ein niedriger, runder Tisch, eine Anrichte mit einem Fernsehapparat, ein Wandregal mit ein paar Büchern und DVDs. Im Kamin glühten Holzscheite, im Raum war es außerordentlich warm. In einem Rollstuhl saß eine Frau, deren dünner weißer Zopf über den Rücken baumelte. Wie gebannt starrte sie auf die dunkle Mattscheibe des Fernsehers. »Ich will meine Serie sehen«, nörgelte sie, ohne den Kopf zu drehen und Nadine zu begrüßen.

Mit einem Seufzer schloss Mr Penvellick die Tür. »Meine Frau verpasst nie ihre Lieblingsserie, und heute gibt es eine extra Weihnachtsfolge.«

»Meinen Sie die Soap, in der Greg Tamworth mitspielt?«

Der Mann nickte, von einem weiteren Seufzer begleitet. »Margaret ist verrückt danach. Verstehen Sie mich nicht falsch, Miss, ich mag Mr Greg und helfe gern aus, aber was er so im Fernsehen macht, ist nicht mein Ding. Ich guck lieber Fußball.«

»Ihre Frau kann nicht laufen?«

»War ein Unfall vor zehn Jahren. Seitdem sitzt sie ständig vor der Glotze und verlässt kaum noch das Haus. Dabei kann sie an Krücken schon laufen, sie will es aber nicht. Sie meint, es strenge sie zu sehr an und sie habe ständig Schmerzen. An manchen Tagen geht's Margaret echt dreckig. Heute Mittag hatte sie fast einen Kreislaufkollaps, jetzt geht's aber wieder.« Er holte tief Luft und fuhr verlegen fort: »Sorry, Miss, so sollte ich nicht von Margaret sprechen, aber sie ist nicht mehr die, die sie mal war.« Er seufzte und senkte den Kopf. Nadine merkte, wie es dem Mann gut tat, sich auszusprechen.

»Ich muss manchmal hier raus, dann geh ich spazieren. Wind und Wetter stören mich nicht.«

»Das tut mir leid«, murmelte Nadine und wandte sich zur Tür. Da sah sie auf einem Bord die gerahmte Fotografie einer aparten dunkelhaarigen Frau mit schwarzen Augen und vollen roten Lippen. Um eine Ecke des Rahmens war ein dunkles Band geschlungen. Nadine vermutete eine nahe Verwandte, vielleicht auch die Tochter des Ehepaars, wollte aber nicht indiskret sein und nachfragen. Mr Penvellick hatte von einem Unfall gesprochen. Vielleicht war die junge Frau dabei ums Leben gekommen? Das würde Margarets Antriebslosigkeit zusätzlich erklären.

»Entschuldigen Sie die Störung«, sagte sie. »Ich versuche draußen noch mal, ein Signal zu erhalten.«

»Wohl kaum, Miss. In der Cove gibt's nicht mal bei gutem Wetter Handyempfang. Darum ist sie bei Besuchern so beliebt, hier hat man nämlich Ruhe.«

Während des steilen Anstiegs zurück zu Gregs Haus wirbelten die Gedanken in Nadines Kopf wild durcheinander. Jeder der Anwe senden beim Krimidinner hatte die Möglichkeit gehabt, die Patronen auszutauschen und Beth dadurch einen Mord begehen zu lassen. Dass ihre Mutter die Täterin war, schloss sie als Tochter aus, die Detective Sergeant in ihr durfte das allerdings nicht. Sie musste sich einen objektiven Standpunkt bewahren. Jeder der Gäste hatte ein Motiv für die Tat, die Frage war nur: Wer sollte das Opfer sein? Greg oder Tara? Beide kamen in Frage. Greg und Tara könnten eine Affäre gehabt haben, Greg wollte sich von Beth trennen, daraufhin wollte Beth ihn tatsächlich erschießen, rechnete aber nicht damit, dass sich Tara schützend vor Greg warf. Oder Beth bat Tara darum, mitzuspielen, um sich so der Rivalin zu entledigen. Aus einem ähnlichen Motiv hätte auch Jim handeln können. Oder hatte der Spieler und ständig in Geldschwierigkeiten steckende Andrew gehofft, seinen Bruder zu beerben? Da Greg keine Kinder hatte, wäre Andrew der alleinige Erbe, wenn Beth als Mörderin verurteilt werden würde. Und dann Peter Meyers. Es hatte Nadine überrascht zu erfahren, dass der Manager betrog und Greg es wusste. Warum hatte Greg ihn überhaupt eingeladen und die Angelegenheit nicht längst geklärt? Und schließlich Greg selbst. Bei ihm konnte Nadine nur das Motiv erkennen, Tara auszuschalten, weil er fürchtete, sie würde ihre Beziehung publik machen – sofern es überhaupt eine Affäre gegeben hatte. Die Möglichkeit, dass Tara mit ihrem Körper die Kugel nicht auffangen würde, wäre allerdings sehr groß gewesen. Zu leicht hätte Greg selbst tödlich getroffen werden können.

»Nur eine Person kann ich sicher als Täterin ausschließen«, murmelte sie mit einem Anflug von Galgenhumor. »Mich selbst.«

Als sie wieder beim Haus angelangt war, entdeckte sie Andrew, der unter dem vorspringenden Dach stand und rauchte, in der anderen Hand hielt er ein gut gefülltes Whiskyglas.

»Erfolg gehabt, Schnüfflerin?«, rief er ihr zu.

Auf seine despektierliche Anrede ging Nadine nicht ein. »Hatte ich nicht untersagt, das Haus zu verlassen?«

»Werde ja wohl 'ne Kippe rauchen dürfen. Da ich Tara nicht umgenietet habe, kannst du mir gar nichts befehlen.«

Nadine ging auf ihn zu. Zuerst sah es aus, als wolle Andrew ihr den Weg versperren, doch dann trat er demonstrativ einen Schritt zur Seite und verbeugte sich mit einem spöttischen Lächeln.

Was für ein unangenehmer Typ, dachte Nadine. Aber sie rief sich sofort selbst zur Ordnung: Gefühle durften bei einer Mordermittlung keine Rolle spielen.

Bereits in der Halle vernahm sie Gregs aufgeregte Stimme. »Du wirst mir jeden Penny zurückzahlen, Peter, und dass du mit sofortiger Wirkung gefeuert bist, steht wohl außer Frage.«

Nadine betrat das Speisezimmer. Wie zwei Kampfhähne standen sich Greg und sein Manager gegenüber.

Peter lachte zynisch. »Ach ja? Und was willst du ohne mich und meine Beziehungen machen? *Cheating Love* wird nicht ewig laufen, und die Serie braucht neue, unverbrauchte Gesichter. Wer will dann noch einen alternden Schauspieler, der seine besten Jahre hinter sich hat?«

Ob dieser Beleidigung zog Nadine scharf die Luft ein, Greg blieb jedoch völlig ruhig. »Du wirst von meinem Anwalt hören. Vielleicht wanderst du sowieso in den Knast, weil du versucht hast, mich umzubringen.«

»Wenn du wissen willst, was ich glaube, dann …«

»Bitte, hört auf zu streiten!«, rief Jim verzweifelt. »Meine Frau ist ermordet worden, ihre Leiche liegt hier auf dem Teppich, und ihr habt nichts anderes zu tun, als euch anzugiften.«

Nadine sah, dass ihre Mutter mittlerweile auf dem Sofa lag.

»Wie geht es dir?«, fragte sie leise.

»Ich kann es immer noch nicht fassen. Beinahe hätte ich Greg erschossen. Die Liebe meines Lebens …«

Nadine drückte Beth' Hand. Nein, ihre Mutter trug an allem keine Schuld. Das konnte und wollte sie nicht glauben.

»Hast du jemanden erreicht, Nadine?«, fragte Greg.

»Nein, ich versuche es in einer Stunde noch mal. Ich habe die Leute kennengelernt, die sich um dein Haus kümmern, wenn du in London bist.«

»Philipp und Margaret«, murmelte Beth. »Es ist nur Philipp, der hier nach dem Rechten schaut, seiner Frau bin ich noch nie begegnet.«

»Sie sitzt im Rollstuhl«, erklärte Nadine, »und ist übrigens ein großer Fan von *Cheating Love*. Sie war sehr enttäuscht, die heutige Folge nicht sehen zu können.«

»Ja, ich weiß, Margaret verpasst nie eine Folge«, erwiderte Greg. »Ich werde eine Kopie auf DVD besorgen und sie Margaret zuschicken lassen.«

»Darüber freut sie sich bestimmt«, sagte Nadine. »Hatten die Penvellicks eigentlich eine Tochter, die gestorben ist?«

»Soviel ich weiß, haben sie keine Kinder«, antwortete Greg. »Warum fragst du?«

»In der Küche steht die Fotografie einer dunkelhaarigen Frau mit Trauerflor.«

Greg winkte ab. »Ach, das ist Lucia.«

»Lucia?«, wiederholte Nadine.

»Lucia Ramirez, die Schauspielerin. Ich habe das Foto mal gesehen, als ich Philipp die Schlüssel für das Haus brachte.«

Nachdenklich runzelte Nadine die Stirn. »Ist Lucia tot?«

»Nein, nein, sie erfreut sich bester Gesundheit«, antwortete Greg. »Nächstes Jahr dreht sie einen Kinofilm mit Kenneth Branagh als Regisseur. Der große Durchbruch in England gelang ihr allerdings mit *Cheating Love*, worauf ich schon ein wenig stolz bin. Vor ein paar Monaten ist sie ausgeschieden aus der Serie.«

Warum verehrte Margaret die Schauspielerin wie eine Tote?, schoss es durch Nadines Kopf. »Wie beendete Lucia ihre Rolle?«, fragte sie plötzlich.

Gregs Andeutung eines Lächelns zeigte Verlegenheit, als er antwortete: »Ich habe sie umgebracht. Also, natürlich nicht ich, sondern Brandon Seymour, und es war ein Autounfall. Brandon war betrunken, der Wagen kam von der Straße ab, überschlug sich, und Meghan, so hieß Lucia in der Serie, kam ums Leben. Es war ihr Wunsch, die Rolle sterben zu lassen. Ihr war klar, dass sie sich für immer verabschieden wollte. Sie will andere Pläne realisieren.«

»Wurde Brandon für den Unfall zur Rechenschaft gezogen?«, fragte Nadine.

»Nein, Brandon Seymour entzieht sich immer dem Arm der Gerechtigkeit«, antwortete Greg schmunzelnd. »Seine Kontakte reichen bis ganz nach oben.«

»Wenn du die Serie mal ansehen würdest, wüsstest du das, Nadine«, sagte Beth mit einem leichten Vorwurf in der Stimme.

»Wann wurde die entsprechende Folge ausgestrahlt?«, fragte Nadine.

»Letzten Sommer«, antwortete Greg. »Warum interessiert dich das denn so?«

»Gute Frage«, rief Andrew, der ins Zimmer zurückgekehrt war. »Was soll das dauernde Gerede über die dumme Soap? Sollte unsere Detective nicht lieber den Mörder der armen Tara dingfest machen?«

»Ich bin gerade dabei«, murmelte Nadine und stand auf. In ihrem Kopf fügte sich gerade ein Puzzleteil ans andere. »Noch eine Frage, Ma: Wussten die Penvellicks von dem heutigen Krimidinner und deinem Plan, Greg mit einer Pistole zu bedrohen?«

Beth zuckte mit den Schultern. »Gut möglich, dass ich es erwähnte, als Philipp uns half, den Baum in der Halle aufzustellen.«

Eine Erinnerung blitzte in Nadine auf. Das kleine, überhitzte Wohnzimmer der Penvellicks, die Frau im Rollstuhl, die silberfarbenen Dekorationsgegenstände auf dem Kaminsims ... Nadine schloss die Augen, dachte angestrengt nach, und das Bild in ihrem Kopf nahm Gestalt an.

»Ich muss noch mal weg«, sagte sie. »Greg, würdest du mich bitte begleiten?«

»Was hast du vor?«, rief Beth. »Warum willst du bei dem Wetter noch mal raus?«

»Das würde ich auch gern wissen«, brummte Andrew, und Jim fragte leise: »Warum wollen Sie da draußen Taras Mörder finden? Es war doch einer von uns.«

Nadine blieb ihm die Antwort schuldig und legte eine Hand auf Gregs Arm. »Bitte, begleite mich.«

Greg stellte keine Fragen und folgte Nadine.

»Sie schon wieder! Und Sie, Mr Tamworth?«, rief Philipp Penvellick überrascht. »Ich kann Ihnen nicht helfen, es gibt immer noch keinen Strom, und die Telefonleitungen sind auch noch tot.«

»Wir möchten mit Ihrer Frau sprechen«, sagte Nadine.

»Mit Margaret? Warum?« Philipp zögerte, ließ sie dann aber eintreten. »Sie ist in denkbar schlechter Stimmung, weil sie ihre Serie verpasst hat.«

Die Tür zum Wohnzimmer war geschlossen, und Nadine fragte leise: »Wie ist der Unfall Ihrer Frau passiert?«

»Sie war mit dem Fahrrad unterwegs. Kann man sich heute schwer vorstellen, aber früher war Margaret ziemlich sportlich. Ein besoffener Raser hat sie über den Haufen gefahren.«

»Wurde der Fahrer verurteilt?«

Grimmig erwiderte Philipp: »Ein paar Monate Bewährung, aber das war vor Jahren. Warum wollen Sie das wissen?«

Nadine antwortete nicht und winkte Greg, ihr zu folgen. Gemeinsam betraten sie das Wohnzimmer.

»Mrs Penvellick? Margaret?«

Die Frau im Rollstuhl drehte den Kopf. »Was wollen Sie?«, fragte sie, dann wich alles Blut aus ihren ohnehin fahlen Wangen. Schockiert starrte sie auf Greg. »Was … wie …?«

»Ich glaube, Sie kennen Mr Tamworth«, sagte Nadine, Gregs fragenden Gesichtsausdruck ignorierend. »Bisher nicht persönlich, aber Sie sehen ihn täglich im Fernsehen.« Nadine ging zum Kamin und nahm einen der Pokale in die Hand. »Erster Platz im South-West-County-Zielschießen 1992«, las sie vor. »Englische Meisterschaft 1995, ebenfalls der erste Platz.« Sie hatte den zweiten Pokal in die Hand genommen und wandte sich wieder an Margaret. »Ich nehme an, Sie sind noch im Besitz von Waffen und auch Munition.«

»Was soll das?«, fragte Philipp. »Ja, meine Frau war früher Schützin, seit dem Unfall hat sie aber nicht wieder geschossen.«

»Ich verstehe das alles auch nicht, Nadine«, sagte Greg und wirkte ehrlich verwirrt.

»Sie, Margaret, verstehen es jedoch genau, nicht wahr?« Nadine ging neben dem Rollstuhl in die Hocke. »Ich bin sicher, im Haus werden wir neben scharfer Munition auch Ihre Krücken finden, verschmutzt mit Erdreich aus dem Garten von Gregs Haus.«

Margarets Lippen wurden zu einem schmalen Strich. Sie hatte ihre Fassung wiedergefunden, hob die Hand, deutete auf Greg und raunte: »Warum lebt der noch?«

»Die Kugel traf eine unschuldige Frau, die mit allem nichts zu tun hatte«, antwortete Nadine.

»Nadine, behauptest du etwa, Margaret habe die Patronen ausgetauscht?«, fragte Greg fassungslos. »Warum hätte sie das tun sollen?«

»Möchten Sie es ihm erklären, Margaret?«, fragte Nadine.

»Die Welt steht immer auf der Seite der Bösen«, murmelte Margaret. »Brandon Seymour verdient es nicht, zu leben.«

Leise sagte Nadine: »Als Lucia … als Meghan bei dem von Brandon Seymour verursachten Unfall starb, erinnerte es Sie an Ihren eigenen Unfall. Der Fahrer war, ebenso wie Brandon, betrunken und entzog sich einer gerechten Strafe.«

»Meghan war so wunderschön! Brandon brachte sie um und tarnte es als Unfall. Das durfte nicht ungesühnt bleiben.«

Greg stöhnte lauf auf, und Philipp legte eine Hand auf die Schulter seiner Frau.

»Das ist doch nicht wahr, was die Frau behauptet, oder? Margaret, ich weiß, du hast diese Meghan verehrt. Aber du weißt doch auch, dass sie nicht wirklich tot ist. Das ist ein Film und sie ist nur eine Schauspielerin!«

»Ich fürchte, Mr Penvellick, Ihre Frau hat den Bezug zur Realität verloren«, sagte Nadine. »Sie lebt in ihrer eigenen Welt, einer Welt der Serien und Schicksale fiktiver Figuren. Nachdem sie von Ihnen von dem Krimi-Weihnachtsdinner und Mrs Tamworths Plan hörte, reifte in ihr der Rachegedanke.«

»Brandon ist ein Mörder«, schnaubte Margaret, einen fanatischen Glanz in den Augen. »Ebenso schuldig wie der, der mich zum Krüppel gemacht hat.«

»Sie sind kein Krüppel, Margaret«, erwiderte Nadine. »Wer es bei dem Wetter fertigbringt, die Baumstämme und alles, was der Sturm auf die Wege geweht hat, auf Krücken zu überwinden, in dem steckt eine außerordentliche Kraft. Außerdem mussten Sie sich beeilen. Sie wussten nicht, wann Ihr Mann von seinem Spaziergang zurückkehren würde.«

»Deswegen warst du so erschöpft, als ich zurückkam«, murmelte Mr Penvellick, das Entsetzen stand ihm ins Gesicht geschrieben.

Mit einem Schlag leuchteten die Lampen auf, der Bildschirm flackerte, und die Nationalhymne erklang aus dem Fernsehapparat.

»Oh, wie wunderbar, wir haben wieder Strom!« Mit leuchtenden Augen klatschte Margaret in die Hände. »Genau richtig zur Ansprache der Queen. Die Worte dieser zarten, aufrechten Frau sind stets der Höhepunkt des Weihnachtsfestes.« Margarets Blick heftete sich auf den Bildschirm, auf dem die Queen in einem dunkelroten Kleid vor einem prächtig geschmückten Weihnachtsbaum erschien.

Nadine stand auf, nahm Gregs Hand und raunte Philipp Penvellick zu: »Sie werden verstehen, dass ich so schnell wie möglich meine Kollegen informieren muss?«

Der alte Mann sah sie verständnislos an. »Ihre Kollegen?«

»Ich bin Polizistin«, erklärte Nadine. »Margaret wäre beinahe der perfekte Mord gelungen.«

In den letzten Minuten schien Philipp Penvellick um Jahre gealtert zu sein. Er senkte den Kopf und deutete auf die Kommode. »Dort steht das Telefon. Vielleicht funktionieren auch die Leitungen wieder. Wenn nicht: Wir werden nicht versuchen, zu fliehen. Es ist schlimm, was Margaret getan haben soll, aber ich werde an ihrer Seite bleiben.«

Mühsam kniete er sich neben seiner Frau auf den Boden und nahm ihre hagere Hand in die seine. Mit verklärtem Blick und glücklich lächelnd starrte Margaret Penvellick auf den Bildschirm und lauschte den bewegenden Worten der Queen, die in diesem Moment sehr liebevoll über ihren verstorbenen Ehemann sprach.

URSULA SCHRÖDER

Perfektes Timing

Zwei Jahre lang hatte unsere Vierer-WG in absoluter Harmonie gelebt. Was ja nicht selbstverständlich ist bei vier Studenten mit ebenso unterschiedlichen Fachrichtungen wie persönlichen Neigungen. Aber definitiv von Vorteil, zumal wenn man in einer Stadt studiert, in der sich Normalsterbliche kaum die Miete für eine Plattenbau-Wohnung leisten können.

Wir hingegen bewohnten ein kleines Haus mit Garten in einer ruhigen Vorort-Straße, mit einer gemütlichen Wohnküche und fünf Minuten Fußweg zur U-Bahn. Wenn wir andere Leute zu Besuch hatten, konnten wir immer wieder diesen sehnsüchtig-neidischen Blick in ihren Augen erkennen, und mehr als einmal sagte jemand: »Für so eine Wohnlage könnte ich einen Mord begehen.« Dann lachten wir fröhlich, ohne zu ahnen, dass wir das eines Tages auch denken würden.

Wie alles Gute im Leben hatte die Sache nämlich einen Haken in Person meiner Oma Edda. Ihr gehörte das Haus. Und wenn man normalerweise bei der Vokabel »Oma« an eine freundliche ältere Dame denkt, die nichts lieber tut, als ihren Enkeln Socken zu stricken oder einen Fünfer zuzustecken, dann war Oma Edda das genaue Gegenteil davon, eine herrische, dickköpfige Frau, die schon meinem Vater – und später dann auch ihrer Schwiegertochter – das Leben schwer gemacht hatte. Zum Glück wohnte sie mehrere Autostunden weit weg, und solange wir ihr regelmäßig die Miete überwiesen, hörten wir wenig von ihr.

Bis zu jenem Adventssonntag, an dem sie mich überraschend anrief. »Julius! Ist dir bewusst, dass deine Eltern sich entschieden haben, über Weihnachten eine Seereise zu machen?«

»Ja, Oma Edda«, antwortete ich. »Das hatte Mama sich immer gewünscht, und nun hat Papa ihr die Kreuzfahrt zum fünfzigsten Geburtstag geschenkt.«

»Das ist dir also bekannt«, sagte sie spitz. »Und was sagst du dazu, dass deine Eltern über das höchste christliche Fest nicht zuhause sind und deshalb nicht wie sonst Weihnachten mit der ganzen Familie feiern?«

»Ich gönne es ihnen«, erklärte ich wahrheitsgemäß. »Genauer gesagt habe ich ihnen sogar zugeredet. Sie arbeiten beide so viel, da sollten sie doch endlich mal etwas tun, was ihnen Spaß macht.«

»Was ihnen Spaß macht«, wiederholte sie aufgebracht. »Was sagt man dazu? Und was ist mit dem Rest der Familie? Hast du mit deiner Schwester gesprochen?«

»Nina fand es auch in Ordnung«, behauptete ich. »Sie wollte sowieso lieber mit ihrem Freund über die Feiertage zu seinem Vater fahren. Und ich verbringe Weihnachten mit meinen Mitbewohnern, die wollen alle hierbleiben. Uns ist das Fest jetzt nicht sooo wichtig, weißt du.«

»Ach was!«, rief sie aus. »Na, das habt ihr euch ja fein ausgedacht! Und was ist mit mir?«

Jetzt wurde es ein wenig ungemütlich, aber ich war durchaus bereit, meine Eltern zu verteidigen. Weihnachten mit Oma war bisher immer eine Strapaze für sie gewesen. »Ja, also … Mama sagte, sie hätten mit deiner Schwester Gerda gesprochen, und die würde sich freuen, wenn du dieses Jahr mal zu ihr kommst. Das hatte sie dir aber auch erzählt, oder?«

»Ja, das hat sie mir mitgeteilt«, zeterte Oma Edda. »Aber vorher gefragt hat sie mich nicht! Meine Schwester Gerda! Diese langweilige Trantüte in ihrem bekloppten Hornissen-Nest mitten im Niemandsland, zu der soll ich also abgeschoben werden.«

»Mama sagte, die hätten sehr bequeme Gästezimmer im Diakonissenhaus. Und dort wird bestimmt auch total stimmungsvoll Weihnachten gefeiert, Oma.«

»Ach was! Ich kenne das Kaff. Da gibt es noch nicht mal einen Friseur. Nein, dahin werde ich über die Feiertage bestimmt nicht reisen! Da komme ich doch lieber zu euch.«

»Zu uns?«, quiekte ich erschrocken auf. »Du meinst, du willst bei uns …«

»Ja, das will ich, Julius«, bestätigte sie. »Ihr werdet mich ja wohl für ein paar Tage aufnehmen können, wenn ich euch ansonsten zu so günstigen Konditionen in meinem Haus wohnen lasse und deine Eltern beschließen, dass ich bei ihnen nicht willkommen bin. Weihnachten ist schließlich das Fest der Familie, und ich bin deine Großmutter. Du kannst mich am 23. Dezember am Bahnhof abholen. Ich gehe davon aus, dass ihr mir ein anständiges Bett zur Verfügung stellen könnt.«

»Natürlich, Oma«, murmelte ich ziemlich überrumpelt.

Mit schwerem Herzen zog ich los, um meine Mitbewohner von dieser unerwarteten Entwicklung zu unterrichten. Meiner Freundin Lena erzählte ich es zuerst.

»Deine Oma will mit uns Weihnachten feiern?«, fragte sie amüsiert. »Das ist allerdings eine Überraschung. Aber irgendwie auch ziemlich cool, oder?«

»Du kennst meine Oma nicht. Sie ist zickig und anspruchsvoll.«

»Mag sein«, sagte Lena. »Aber wenn sie zu uns zu Besuch kommt, dann wird sie sich halt auch ein wenig anpassen müssen. Das ist nun mal so.«

Ich war mir nicht sicher, ob Oma das auch so sah. Aber da wir eh keine Wahl hatten, nickte ich nur. »Dann lass uns mal planen, wie wir das organisieren.«

»Sie kann für die Zeit in meinem Zimmer wohnen«, bot sie an. »Ich übernachte ja sowieso meistens in deinem Bett. Ich kann ihr die Kommode freiräumen und meinen Rechner abbauen, über die Feiertage werde ich vermutlich nicht viel für die Uni machen.«

»Das scheint mir eine gute Lösung zu sein«, meinte ich erleichtert.

»Wir kriegen das hin, Julius«, versicherte sie mir tröstend. »So wild wird es wohl nicht werden.«

Die Meinung teilten auch Alice und Tim. »Es ist doch alles eine Sache der Absprache«, fanden sie. »Wenn sie erst mal da ist, regeln wir gemeinsam, wie wir die Feiertage miteinander verbringen.«

In dieser Hinsicht hatten sie allerdings die Rechnung ohne Oma Edda gemacht, denn die war noch nie eine Freundin von Kompromissen gewesen. Weil ihr Zug vierzig Minuten Verspätung und keinen Speisewagen hatte, kam sie bereits mit extrem schlechter Laune am Bahnhof an. Der Zustand meines Autos konnte sie auch nicht besänftigen. »Du erwartest wirklich, dass ich in diesen Müllwagen steige?«, fuhr sie mich an.

Natürlich nahm ich erst in diesem Moment wahr, wie staubig das Armaturenbrett war und dass im Fußraum noch ein Pappbecher herumkullerte. »Ich bin noch nicht dazu gekommen, es sauberzumachen«, entschuldigte ich mich. »Wir hatten bis gestern Vorlesung.« Hastig klopfte ich einige Krümel vom Sitz.

»Also wirklich, Julius«, sagte sie mürrisch. »Ich hätte gedacht, du würdest dir mehr Mühe geben, wenn du mal einmal Besuch von deiner Großmutter bekommst.«

»Ich kümmere mich heute um alles«, versprach ich. Nachdem ich ihren unglaublich schweren Koffer verstaut hatte, schrieb ich Lena noch rasch eine Nachricht. ›Kannst du was kochen? Oma hatte kein Mittagessen!‹ Sie antwortete mit einem knappen ›Ja klar‹.

Ich setzte mich hinters Steuer. »Los geht's!«, sagte ich so munter wie möglich. »Wie lange warst du nicht mehr hier?«

»Mindestens sieben Jahre«, brummte sie. »Aber vielleicht ist das auch gut so, wenn ich mir die Gegend angucke. Wie runtergekommen es hier inzwischen aussieht!«

Bleib ganz ruhig, sagte ich zu mir selber. »Das ist nun mal so, Oma«, stellte ich fest. »Wir sind auch gleich da. Es ist nicht mehr weit bis zu unserem Haus.«

»Soweit ich weiß, ist es immer noch mein Haus«, erwiderte sie spitz. »Ich hoffe, das ist dir bewusst.«

»Natürlich, Oma«, antwortete ich mit zusammengebissenen Zähnen.

So ging es auch weiter, als wir zuhause angekommen waren. Kritisch betrachtete sie Haus und Grundstück und äußerte erste Kritik, noch bevor sie aus dem Auto ausgestiegen war. »Die Hecke ist viel zu hoch, Julius. Schneidet ihr die nicht regelmäßig?«

»Doch, Oma. Aber uns gefällt es besser, wenn uns nicht jeder von der Straße ins Wohnzimmerfenster gucken kann.«

»Das ließe sich ja verhindern, indem ihr ordentliche Gardinen aufhängt. Was ist aus den Stores geworden, die es früher hier gab?«

Ich verzichtete darauf, ihr zu beichten, dass die längst in den Sperrmüll gewandert waren, zusammen mit einigen anderen Relikten aus früheren Zeiten. »Komm, ich stelle dich meinen Mitbewohnern vor«, schlug ich stattdessen vor. »Dann gibt es auch was zu Mittag.«

Ich führte sie ins Haus, wo die anderen schon darauf warteten, meine Oma kennenzulernen. »Das ist meine Freundin Lena, die Informatik studiert. Tim steht kurz vor seinem Abschluss an der

Fachhochschule für Modedesign, und Alice ist Biologiestudentin im fünften Semester.«

Oma musterte Alice, ihre Rastazöpfchen, die dunkle Haut, die vielen goldfarbenen Armreifen am Handgelenk. »Wo kommt die denn her?«, fragte sie abfällig. »Kenia? Kongo?«

»Duisburg«, erklärte Alice ihr. Sie wirkte ganz ruhig, aber ich bemerkte, wie sie hinter dem Rücken die Fäuste geballt hatte.

Ich schob Oma eilig in die Küche. »Setz dich doch«, forderte ich sie auf. »Wir können sofort essen. Lena macht einen ganz hervorragenden Zucchiniauflauf.«

»Zucchiniauflauf«, brummte Oma. »Was ist nur aus den guten deutschen Gemüsesorten geworden? Früher aß man Blumenkohl oder Möhren.«

»Das könnten wir morgen auch kochen«, sagte Lena, während sie die Auflaufform aus dem Backofen holte. »Gute Idee. Ich habe ein tolles Rezept für Blumenkohlsteaks mit Linsensalat.«

Oma runzelte die Stirn. »Blumenkohl, Steaks und Linsensalat? Merkwürdige Kombination.«

»Blumenkohlsteaks«, korrigierte Lena sie geduldig. »Dabei wird der Kohl in Scheiben geschnitten und frittiert. Steaks gibt es bei uns nicht, wir sind ein vegetarischer Haushalt.«

»Ein vegetarischer Haushalt?« Oma sah regelrecht entsetzt drein. »Und was ist mit Weihnachten? Da muss doch eine Gans auf den Tisch!«

»Bei uns nicht«, sagte Alice. »Wir sind alle der Meinung, dass Fleisch zu essen nicht mehr zeitgemäß ist. Aus Gründen der Nachhaltigkeit.«

»Da hört sich doch alles auf«, klagte sie. »Kein Fleisch mehr aus Gründen der Einfältigkeit. Keine Gardinen vor den Fenstern. Hier sieht es aus wie in einer Sozialwohnung! Kein Weihnachtsschmuck im ganzen Haus, obwohl es sich um den höchsten Festtag des Jahres handelt! Was wollt ihr einer alten Frau denn noch alles zumuten?«

Die Stimmung war eindeutig angespannt. Meine Mitbewohner warfen sich inzwischen ratlose Blicke zu. »Daran soll es nicht scheitern«, warf ich rasch ein. »Wir finden bestimmt noch etwas Weihnachtsdeko irgendwo.«

»Weihnachtsdeko finden?«, fragte sie scharf zurück. »Bedeutet das vielleicht, dass es noch nicht mal einen Weihnachtsbaum gibt?«

»Öhm«, machte ich unbehaglich, »bisher haben wir darauf alle nicht so großen Wert gelegt. Tim und sein Freund zum Beispiel sind Buddhisten …«

»Tim und sein Freund?« Sie musterte meinen Mitbewohner streng. »Dachte ich's mir doch gleich. Modedesign.« Sie legte ihr Besteck beiseite. »Na, das soll mir ja was werden. Julius, ich glaube, ich muss mich erst mal etwas hinlegen. Es war doch alles recht anstrengend. Bitte bring mich in mein Zimmer.«

Nichts lieber als das, dachte ich. Sie war kaum da, und wir sehnten uns bereits alle nach einer omafreien Stunde. Ich wuchtete ihren Koffer die Treppe hinauf.

»War die immer so steil?«, wollte Oma stirnrunzelnd wissen.

»Ja, Oma, das war sie«, antwortete ich. »Wir haben nur den Teppichboden von den Stufen entfernt, deswegen wirkt sie jetzt vielleicht anders.«

»Ist das nicht sehr laut?«, fragte sie. »Ich hoffe doch, ihr werdet Rücksicht nehmen und nicht ständig rauf und runter poltern, wenn ich mich ausruhen möchte.«

»Wir werden ganz leise sein«, versprach ich und stellte den Koffer vor dem Bett ab. »Hier wirst du wohnen, Oma Edda. Das ist sonst Lenas Zimmer, aber sie hat dir Platz gemacht.«

»Ist das Bett frisch bezogen?« Mit prüfendem Blick sah sie sich um.

»Natürlich!«, versicherte ich. »Brauchst du sonst noch irgendwas?«

»Ach, ich denke, es wird schon gehen«, erwiderte sie. »Muss ja.«

Seufzend verließ ich das Zimmer, aber ich war noch halb auf der Treppe, als sie hinter mir herrief: »Da steckt kein Schlüssel in der Badezimmertür!«

»Nein, der ist irgendwann verlorengegangen«, rief ich über die Schulter nach oben. »Aber mach dir keine Sorgen, wenn wir sehen, dass Licht brennt, dann gehen wir nicht rein.«

Unten in der Küche warteten meine Mitbewohner mit vorwurfsvollen Gesichtern auf mich. »Hör mal, Julius«, sagte Lena als ihre Sprecherin, »das geht so nicht.«

»Ich hatte euch gewarnt«, sagte ich schulterzuckend und setzte mich zu ihnen an den Tisch.

»Ja, schon«, erwiderte sie. »Aber wir wussten ja nicht, dass du so sehr vor ihr kuschst. Du musst mit ihr reden und ihr erklären, dass wir hier respektvoll miteinander umgehen.«

»Ich? Ich soll ihr das erklären?« Allein der Gedanke versetzte mich in Panik. »Wieso ich?«

»Weil du ihr Enkel bist«, antwortete Tim sehr sachlich. »Du hast zugestimmt, dass sie über Weihnachten herkommt.«

»Und deshalb bist du dafür zuständig, ihr ein paar grundsätzliche Regeln unseres Zusammenlebens nahezubringen«, fügte Alice hinzu. »Bisher haben wir uns immer gut verstanden und alle Unstimmigkeiten ordentlich klären können. Deshalb bin ich nicht bereit, mich von deiner Großmutter so behandeln zu lassen.«

»Aber ihr habt doch mitgekriegt, wie sie ist«, klagte ich. »Man kommt nicht gegen sie an.«

»Du musst mit ihr sprechen«, forderte Lena unbeirrt. »Sonst kommt es hier irgendwann zur Katastrophe, und das wollen wir doch alle nicht.«

Nein, das wollten wir nicht. Also nickte ich schicksalsergeben. »Na gut. Ihr habt ja recht. Ich werde es versuchen.«

Mir wurde schon bei der Vorstellung flau, und als ich eine Weile später hörte, dass Oma wieder aufstand, war mir geradezu übel. Aber ich hatte es versprochen. Und vielleicht war es längst an der Zeit, dass sich ihr mal jemand entgegenstellte und erklärte, dass sie sich nicht alles herausnehmen konnte. Aber musste das ausgerechnet ich sein?

Ich hörte sie die Treppe herunterkommen und stählte mich innerlich für das, was mir bevorstand. Ich versuchte, an James Bond zu denken oder mir vorzustellen, dass eine Zahnbehandlung ohne Betäubung wesentlich schlimmer wäre, aber selbst das machte es mir nicht leichter. Wenn ich nicht gewusst hätte, dass die anderen nebenan im Wohnzimmer saßen und alles mitbekamen, hätte ich vielleicht sogar gekniffen, aber das war keine Option.

Oma kam in die Küche und schaute sich um. »Ich wage kaum zu hoffen, dass man hier eine anständige Tasse Kaffee kriegen kann?«

»Doch, selbstverständlich.« Ich hastete zu unserer Maschine und stellte sie an. »Was hättest du denn gern? Café au Lait, Cappuccino, Latte Macchiato?«

Sie kniff die Lippen zusammen. »Ist ein ganz normaler Kaffee zu viel verlangt?«

»Nein, das geht auch«, beruhigte ich sie und stellte das Gerät entsprechend ein. »Setz dich doch. Hast du gut geschlafen?«

»Na ja, wie man so schläft in einem fremden Bett«, antwortete sie. »Es war schon ein wenig befremdlich, im Nachttisch Kondome vorzufinden. Von einigen anderen Objekten ganz zu schweigen.«

»Oma, das ist Lenas Zimmer. Findest du es richtig, darin herumzuschnüffeln?«

»Herumzuschnüffeln?«, wiederholte sie entrüstet. »Ich wohne schließlich in diesem Raum.«

»Du bist darin zu Gast«, stellte ich klar. »Und im Interesse eines konfliktfreien Zusammenlebens müssen wir uns wohl darüber unterhalten, wie wir in den nächsten Tagen miteinander umgehen sollten.«

»Was meinst du damit, Julius?«

Ich holte tief Luft. Jetzt oder nie. »Ich meine damit, dass wir uns hier gegenseitig wertschätzend und respektvoll behandeln.« In Gedanken sah ich die drei im Wohnzimmer Beifall klatschen. Ja, darum geht es, Julius! Weiter so!

Sie runzelte die Stirn. »Du meinst also, ich bin nicht respektvoll genug gegenüber diesem Schwulen oder der kleinen Mulattin mit dem Nasenring?«

Das war ja einfacher gewesen, als ich dachte. Sie verstand immerhin, was ich meinte, auch wenn sie an ihrer Wortwahl noch arbeiten könnte. »Ja, genau.«

»Oder zu deiner kondomsammelnden Freundin«, fuhr sie fort, »die glaubt, wenn man Gemüse mit Reibekäse überbackt, wäre das schon ein ordentlicher Auflauf.«

»Bitte, Oma«, sagte ich geradezu flehentlich. »Ist es so schwer zu akzeptieren, dass manche Menschen ihr Leben anders führen als du? Schau, du kommst aus einer anderen Generation und …«

»Jetzt hör mir mal zu, Julius«, unterbrach sie mich. »Du musst mir nicht unter die Nase reiben, dass ich eine alte Frau bin, das weiß ich selber. Und du musst mir auch nicht mit dem Thema Respekt kommen, denn genau den vermisse ich an allen Ecken. Wie könnt ihr mich hierher einladen, um gemeinsam Weihnachten zu feiern, und es gibt aber auch gar nichts Weihnachtliches in diesem Haus! Wie könnt ihr mir zumuten, so eine matschige Pampe zu essen, und sie auch noch als Mahlzeit bezeichnen? Wieso hängen im Treppenhaus nicht mehr die Aquarelle, die dein Großonkel Hugo von seinen Bulldoggen gemalt hat? Das ist die Art von Respektlosigkeit, über die wir hier sprechen müssen.«

Okay, wir waren also doch noch nicht wirklich vorangekommen. »Oma, darf ich dich daran erinnern, dass du dich selbst eingeladen hast? Meine Mitbewohner hatten gar keine Wahl, sie standen sozusagen vor vollendeten Tatsachen, aber sie haben dem zugestimmt, weil sie davon ausgegangen sind, dass man immer vernünftige Kompromisse für ein harmonisches Zusammenleben schließen kann.«

»Was heißt das, sie hatten keine Wahl? Wussten sie nicht, dass dies mein Haus ist, als sie hier eingezogen sind?«

»Doch, natürlich wussten sie das. Es bedeutet aber nicht, dass sie dich hier wohnen lassen müssen. Als Mieter hat man schließlich auch Rechte seinem Vermieter gegenüber.«

Oma Edda kniff kriegerisch die Augen zusammen. »Ach, ist das so? Ich darf in meinem eigenen Haus nicht unterkommen? Das ist ja interessant. Können also deine Freunde jetzt entscheiden, dass ich rausgeworfen werde? Soll ich im Gartenhaus schlafen? Oder im Hotel?«

»Nein, Oma«, rief ich ratlos. An welcher Stelle war mir das Gespräch so entglitten? »Davon redet doch keiner. Hör zu, wenn du so großen Wert darauf legst, dann besorge ich morgen noch einen Weihnachtsbaum und eine Gänsekeule. Aber im Gegengeschäft erwarte ich von dir, dass du mit uns freundlich und höflich umgehst und ohne dauerndes Gemecker akzeptierst, dass wir bestimmte Dinge anders handhaben als du. Können wir uns darauf einigen, die nächsten Tage so zu verbringen?«

Sekundenlang starrten Oma und ich uns an. So ungefähr wie in einem Westernfilm. Ich hatte beinahe schon den Eindruck, ich hätte sie überzeugt, da bekam sie wieder diesen stechenden Blick. »Pass mal gut auf, Julius. Wenn du meinst, du könntest mir Vorschriften machen, dann hast du dich getäuscht. Angesichts dieser Dreistigkeit muss ich wohl andere Saiten aufziehen. Und deshalb werde ich, sobald ich wieder zuhause bin, dieses Haus einem Makler zum Verkauf übergeben und den Erlös dem Tierschutzverein spenden. Ihr könnt also schon mal auf die Suche nach einer neuen Bleibe gehen.«

Für einen Moment blieb mir die Luft weg. »Das ist doch nicht dein Ernst, Oma!«

»Das ist mein voller Ernst!«, entgegnete sie kühl. »So gut solltest du mich kennen, mein Junge. Ich mache keine leeren Drohungen. Ich bin eine Frau, die weiß, was sie will, und die in der Lage ist, das auch umzusetzen.«

Wenn die anderen es nicht bereits mitgehört hätten, hätte ich es vermutlich erst mal für mich behalten. Schließlich gehört es zu der Sorte Nachrichten, die jedem das Weihnachtsfest versauen können, selbst wenn es ihm nicht wichtig ist. Ich fühlte mich total schlecht, weil mein Vermittlungsversuch offensichtlich alles noch schlimmer gemacht hatte.

Oma hingegen schien mit ihrer Entscheidung sehr zufrieden zu sein und demonstrierte das auf jede erdenkliche Weise. Mit prüfendem Blick spazierte sie durch das Haus und probierte aus, ob noch alle Rollläden funktionierten, während wir uns damit abzufinden versuchten, dass wir über kurz oder lang ausziehen müssten. Zweifellos würde sie bei der augenblicklichen Marktlage schnell einen Käufer finden, während wir umso länger brauchen würden, um eine Wohnung zu mieten, die auch nur halbwegs so gut und trotzdem bezahlbar war.

In Ruhe darüber reden konnten wir erst, als Oma Edda nach der endlos langen ARD-Weihnachtsshow endlich ins Bett ging. Ich fuhr noch rasch zur Tanke, um ein paar Flaschen Rotwein zu besorgen, und als ich zurückkam, fand ich meine drei Mitbewohner am Küchentisch vor. Lena saß vor ihrem Laptop und studierte die Online-Portale für Mietwohnungen. Während ich die Gläser füllte, kommentierte sie die wenigen Angebote.

»Leute, das sieht übel aus«, stöhnte sie. »Auf dem freien Markt ist alles abgegrast. Wir können nur noch darauf hoffen, dass wir einen Tipp von Bekannten kriegen, die zufällig was hören.«

»Das halte ich für höchst unwahrscheinlich«, meinte Alice. »Tut mir leid, dass wir dir so viel Druck gemacht haben, Julius. Jetzt ist der Schuss nach hinten losgegangen.«

»Wer konnte denn damit rechnen?«, stieß Tim frustriert hervor. »Ich hätte nie gedacht, dass eine Großmutter ihre eigene Familie so behandelt. Aber es ist halt schiefgelaufen, und wir müssen eine Lösung finden.«

Ich hatte mein erstes Glas bereits geleert und schenkte mir nach. »Ich könnte sie umbringen!«, knurrte ich wütend.

»Das wäre allerdings eine sehr unkonventionelle Lösung«, spottete Tim.

»Wobei die nicht ganz neu ist«, erwiderte ich. »Jetzt neulich meinte mein Vater noch, einer seiner größten Fehler wäre gewesen, den Rettungswagen zu rufen, als sie ihren ersten Herzanfall hatte. Er hat es zwar im Scherz gesagt, aber ein Körnchen Wahrheit war doch dabei.«

Alice schüttelte mit einem schiefen Lächeln den Kopf. »Herzanfall? Du willst damit sagen, sie könnte schon tot sein?«

»Hör mal, sie ist achtzig«, sagte ich. »Das ist schon ziemlich alt.«

Lena seufzte. »Das müsst ihr euch mal vorstellen. Vielleicht stirbt sie, kurz nachdem sie das Haus verkauft hat. Aber wir sind die Blöden, die dann auf der Straße stehen.«

»So was nennt man schlechtes Karma«, sagte Tim achselzuckend.

»Oder mieses Timing«, fügte Alice hinzu. Sie blickte nachdenklich in die Runde. »Ich frage mich gerade, ob es eine Möglichkeit gibt, den Hausverkauf zumindest noch ein bisschen hinauszuzögern.«

»Du meinst auf die Chance hin, dass sie zwischenzeitlich verstirbt?«, fragte Lena. »Da habe ich wenig Hoffnung. Die macht das doch jetzt so schnell wie möglich, um uns eins auszuwischen.« Sie goss sich noch ein wenig Rotwein nach, und dann war die Flasche leer.

Ich öffnete die nächste und füllte alle Gläser auf. »Worauf trinken wir? Auf das perfekte Timing?«

Alice lachte spöttisch. »Prost darauf! Wobei … wenn wir auf den

Hausverkauf keinen Einfluss haben … dann gibt es ja noch eine andere Stellschraube.«

Lena starrte sie an. »Du meinst … wir nehmen Einfluss auf die Lebensdauer von Julius' Oma?«

»Vielleicht könnten wir sie totkitzeln?«, schlug Tim kichernd vor. Er war immer schon derjenige von uns, der am wenigsten vertragen konnte. »Die ganze Welt würde es uns danken. Oder glaubst du, es gibt einen Menschen auf der Welt, der ernsthaft um sie trauern würde?«

»In meiner Familie jedenfalls nicht«, antwortete ich mit einem gewissen Sarkasmus, der auch das weitere Gespräch prägte. »Meine Eltern würden uns vermutlich vor Freude das Haus schenken.«

»Es müsste natürlich wie ein natürlicher Tod aussehen«, spann Lena weiter. Sie tippte auf ihrem Laptop herum. »Hier. Ersticken mit einem Kopfkissen. Sehr schwer nachzuweisen.«

»Man könnte sie auch die Treppe runterschubsen«, sagte Tim. »Häusliche Unfälle sind angeblich die häufigste Todesursache.«

»Aber es ist nicht garantiert, dass sie dann tot ist«, gab Lena zu bedenken.

Alice setzte ein feines Lächeln auf. »In dem Fall könnte man mit einem Tee aus Eibennadeln nachhelfen.«

»Eibennadeln?«, fragten wir verblüfft im Chor.

Sie nickte. »Der Baum mit diesen roten Früchten neben dem Gartentor. Taxin B ist hochwirksam, sieht einem Herzanfall täuschend ähnlich, und es gibt quasi kein Gegengift.«

»Oh«, sagte Tim beeindruckt. »Das ist ja interessant! Methoden hätten wir also genug. Fehlt nur noch die passende Gelegenheit.«

»Ich würde sie nutzen, wenn sie sich ergibt«, behauptete Alice. »Wie sieht's mit euch aus?«

»Ich auch!«, bekräftigte Lena mit einem Nachdruck, der mich überraschte.

»Ich auch«, fiel Tim ein. »Vielleicht ist es für alle die beste Lösung.«

»Na dann«, sagte ich, »dann will ich mich nicht ausschließen. Wenn sich die Gelegenheit ergibt. Ist das unser Pakt?«

Die anderen nickten. »Das ist unser Pakt! So einfach lassen wir uns nicht unterkriegen!«

Darauf leerten wir unsere Gläser und gingen ins Bett.

Wenn ich gehofft hatte, Oma Edda hätte ihre Meinung nach einem ausgiebigen Nachtschlaf geändert, wurde ich schnell eines Besseren belehrt. Von dem Moment an, in dem sie die Küche betrat, machte sie das klar.

»Wieso steht der Marmortisch nicht mehr im Wohnzimmer, Julius? Ich bin entsetzt, dass ihr den durch dieses billige Kiefern-Dings ersetzt habt.«

»Nun ja, Oma, das war einfach nicht unser Stil. Papa meinte auch …«

»Ach, du hast hinter meinem Rücken mit deinem Vater gegen mich konspiriert? Darüber werde ich wohl mal mit ihm reden müssen. Und ihr könnt euch unterdessen überlegen, wohin euer Stil zukünftig passt.«

Alice versuchte es mit Freundlichkeit. »Können wir Sie nicht doch noch umstimmen? Wir wohnen nämlich wirklich gern hier, und wir wären auch bereit, über die Miete zu sprechen, wenn …«

»Klar, dass Sie gern hierbleiben würden«, giftete Oma sie an. »Aber geben Sie sich keine Mühe, mein Entschluss steht fest.« Sie wandte sich an mich. »Und du machst dich besser mal auf den Weg, um einen Weihnachtsbaum zu besorgen. Das hast du mir schließlich versprochen.«

Immerhin war es eine Gelegenheit, mal rauszukommen. Ich fuhr in die Stadt und erwarb eine der letzten Tannen auf dem Weihnachtsmarkt. Direkt nebenan war der Stand des katholischen Kindergartens. Dort wurden selbstgebackene Weihnachtsplätzchen verkauft mit dem Etikett »Friede auf Erden«.

Friede auf Erden, das wäre schön, dachte ich. Eine Oma zu haben, die Kekse backt, statt ihre Familie zu terrorisieren. In Ruhe studieren zu können, statt sich Sorgen um die Zukunft machen zu müssen. Ein paar ruhige Feiertage zu genießen, statt sich immer wieder anhören zu müssen, wie meine eigene Großmutter mich und meine Freunde fertigzumachen versuchte.

Die Stimmung zuhause war nicht besser geworden, als ich zurückkam. Oma stichelte herum, beschwerte sich, meckerte über die unglaublichsten Kleinigkeiten. Nach dem Mittagessen wollte sie sich noch nicht mal für die Stunde hinlegen, auf die wir gehofft hatten, sondern nahm wieder vor dem Fernseher im Wohnzimmer Platz, um weihnachtlich angehauchte Seifenopern anzuschauen, während sie uns gleichzeitig herumkommandierte.

Tim und ich mussten den Weihnachtsbaum im Durchgang von der Küche zum Wohnzimmer aufstellen. »Ziemlich mickrig«, urteilte sie. »Aber immerhin haben wir wenigstens einen. Gibt es auch Kerzen dafür?«

»Ich glaube, ich habe im Keller eine Lichterkette gesehen«, behauptete Tim und floh, um sie zu suchen.

Alice kam mit allerhand Grünzeug aus dem Garten zurück und holte eine handgetöpferte Schale aus dem Schrank. »Was wird das denn?«, fragte Oma abfällig. »Ein afrikanischer Zauberritus?«

»Sie wollten doch mehr Weihnachtsdeko«, gab sie schnippisch zurück und breitete ihre Fundstücke auf dem Küchentisch aus. »Und da sind mir Naturmaterialien lieber als Plastik.«

»Na, da bin ich ja mal gespannt«, meinte Oma spöttisch. »Hauptsache, Sie sind dabei leise.«

»Oma, bitte«, versuchte ich zu intervenieren, aber sie hob warnend die Hand.

»Keine Unterbrechungen mehr, Julius. Ich möchte wenigstens in Ruhe ›Was nur Liebe vermag‹ sehen können.«

Die Sendung war gerade zu Ende, als Tim mit einem Karton aus dem Keller kam. »Ich habe einiges an Weihnachtsschmuck gefunden!«, verkündete er.

»Dann machen Sie sich an die Arbeit!«, befahl Oma und erhob sich. »Ich werde nämlich jetzt ein Bad nehmen. Da man das Badezimmer nicht abschließen kann, teile ich das lieber vorher mit.«

Ich glaube, wir waren alle erleichtert über die Aussicht auf eine kleine Pause ohne Oma. »Große Handtücher sind im Flurschrank«, sagte Lena. Ich merkte, wie viel Mühe sie sich gab, trotz allem freundlich zu sein. »Ich hole Ihnen eins. Hätten Sie gern auch einen Badezusatz? Ich habe ein Duftöl mit Bergamotte und …«

»Gott bewahre«, fiel Oma ihr ins Wort. »Auf keinen Fall möchte ich so riechen wie Sie.«

Sprachlos sahen wir zu, wie sie die Küche verließ.

Während ich noch überlegte, ob und wie ich Lena beruhigen konnte, schlug sie mit der Hand auf den Tisch. »Das reicht jetzt!«, fauchte sie. »Wie ist es, seid ihr immer noch bei unserem Plan dabei?«

Ich nickte grimmig. »Ich bin so wütend, ich könnte sie die Treppe runterstoßen.«

Oben hörten wir Wasser rauschen. »Ich werde es mit dem Föhn in der Badewanne versuchen«, verkündete Lena und sah uns der Reihe nach an. »Unfall in einer fremden Umgebung. Kann passieren. Aber ich muss sicher sein, dass ihr mich nicht verpfeift.«

»Keine Sorge«, versprach Tim. »Einer für alle, alle für einen.«

»Wir stehen zusammen«, gelobte auch Alice.

Jetzt guckten alle mich an. Ich nickte. »Sie hat es nicht anders verdient.«

Lena atmete tief durch. »Na dann, los. Jetzt oder nie.« Sie straffte die Schultern, bevor sie nach oben ging.

»Na dann, los«, wiederholte Alice und wandte sich wieder ihrem Grünzeug zu. In der Mitte der Schale hatte sie eine dicke Kerze platziert, um die sie jetzt diverse Zweige dekorierte.

»Na dann, los«, murmelte auch Tim und zog einen ziemlich vergammelten Karton aus seiner Pappkiste, in der sich die Lichterkette für den Weihnachtsbaum befand. »Hilf mir mal, die in den Baum zu fummeln, Julius.«

Wir waren beide nicht ganz bei der Sache. Vermutlich achteten wir alle viel mehr auf die Geräusche: wie oben das Wasserrauschen aufhörte, wie eine der Holzdielen knackte. »So«, sagte Tim schließlich. »Ich denke, jetzt haben wir's.«

Dann gab es einen Knall, und das Licht ging aus. *Sie hat es wirklich getan*, schoss es mir durch den Kopf in einer Mischung aus Entsetzen und Bewunderung.

Bis oben ein schriller Schrei ertönte. »Hilfe! Hilfe! Was ist passiert?« Das war eindeutig Oma Eddas Stimme.

»Mist!«, zischte Tim. »Das war nicht der Föhn, sondern die Lichterkette.« Er zog den Stecker aus der Steckdose. »Das hat also nicht geklappt.« Damit meinte er eindeutig nicht die Baumbeleuchtung.

Im nachmittäglichen Halbdunkel sahen wir uns an. »Geben wir jetzt auf?«, fragte Alice, während sie ihre Kerze anzündete.

Tim schüttelte grimmig den Kopf. »Auf keinen Fall.« Er wandte sich an mich. »Bring du sie dazu, sich hinzulegen. Dann komme ich mit dem großen Kissen vom Sofa.«

»Und ich drehe die Sicherung wieder rein und koche Eibennadel-Tee«, ergänzte Alice. »Für alle Fälle.«

Ich nahm die Schale mit der Kerze und ging mit einem mulmigen Gefühl nach oben. Lena stand inzwischen im Badezimmer und hatte die Taschenlampe ihres Handys angemacht. »Kommen Sie, steigen Sie aus der Wanne«, sagte sie zu Oma. »Ich halte Ihren Bademantel.«

Sie hatte Oma gerade in den Bademantel gewickelt, als das Licht wieder anging. Oma sah mich im Flur stehen und verzog das Gesicht, während sie den Gürtel zuknotete. »Was sollte das denn?«

»Die Lichterkette hat einen Kurzschluss verursacht«, erklärte ich. »Vielleicht möchtest du dich nach diesem Schreck etwas hinlegen?«

»Von wegen!«, zeterte sie. »Hier kann man sich ja auf nichts verlassen. Gib mir lieber diese Kerze.«

»Es wird nicht wieder passieren, Oma. Du kannst dich ruhig hinlegen.«

»Das will ich aber nicht! Ich will diese Kerze!« Energisch schubste sie Lena beiseite und kam auf mich zu, um mir das Kerzengesteck aus der Hand zu nehmen. Aber sie hatte nicht einkalkuliert, dass ihre Füße noch nass und die Fliesen im Flur glatt waren. Bevor sie mich erreicht hatte, rutschte sie seitlich weg und taumelte gegen die Wand, wo sie aber keinen Halt fand. Und dann fiel sie kopfüber die Treppe hinunter. Starr vor Schreck beobachteten Lena und ich, wie sie Stufe für Stufe nach unten rumpelte.

Am Fuß der Treppe stand Tim ebenfalls in Schockstarre. Das große Kuschelkissen vom Wohnzimmersofa glitt ihm gerade noch so rechtzeitig aus den Händen, dass Oma mit dem Kopf auf dem Polster landete statt auf den Fliesen im Flur.

Eine Schrecksekunde lang bewegte sich keiner. Dann kam Alice hinzugestürzt, und Oma begann, hilflos zu zappeln wie ein Käfer, der auf dem Rücken liegt. »Au! Au! Kann mir mal jemand helfen?«

Tim und Alice versuchten sie aufzurichten, und auch Lena und ich gingen vorsichtig die Treppe hinunter. Gemeinsam schafften wir es, Oma in einen Wohnzimmersessel zu bugsieren. Vermutlich standen wir alle auf irgendeine Weise unter Schock.

»Hast du dir wehgetan, Oma?«, fragte ich.

»Was für eine blöde Frage, Julius!«, rief sie beleidigt. »Natürlich habe ich mir wehgetan! Es ist nicht zu fassen! Ich hätte tot sein können!«

Wir nickten betreten.

Sie wandte sich an Lena. »Gut, dass Sie zufällig oben waren, um mir zu helfen. Und immerhin« – sie richtete sich an Tim – »waren

Sie geistesgegenwärtig genug mit dem Kissen. Das hat mir vielleicht das Leben gerettet.« Ihr Blick fiel auf Alice und die bunte Tasse auf dem Küchentisch. »Haben Sie Tee gekocht? Ich könnte jetzt einen Schluck vertragen.«

»Wenn Sie meinen«, antwortete Alice. Ihre Stimme zitterte ein wenig, und ihre Hand zitterte noch mehr. Die Tasse rutschte ihr aus den Fingern und zerschellte mit lautem Klirren auf dem Fußboden.

»Du liebe Zeit«, rief Oma. »Was ist denn hier bloß los heute?«

Wir zogen es vor, diese Frage nicht zu beantworten.

Anstelle des Giftgetränks kochte Alice für Oma einen Fencheltee, den sie schweigend trank. Das war neu für uns, sodass ich sogar ein wenig Hoffnung schöpfte. Vielleicht hatte der Schreck ihres Treppensturzes sie doch etwas milder werden lassen? Immerhin hatte sie sich meinen Mitbewohnern gegenüber recht freundlich geäußert. Und wie sie da im Sessel saß, blass und in ihren dicken Bademantel gewickelt, wirkte sie schon beinahe sympathisch.

Aber dann atmete sie tief durch und stand auf. »Ich werde mich jetzt doch etwas hinlegen«, verkündete sie. »Und glaubt bloß nicht, ich hätte meine Meinung geändert, nur weil ich ein wenig Hilfsbereitschaft erfahren habe.« Sie warf energisch den Kopf zurück und stakste die Treppe hinauf, die Hand immer fest am Geländer.

Wir sahen ihr melancholisch nach, bevor wir uns für einen Kaffee an den Küchentisch setzten.

»Eins weiß ich jedenfalls«, sagte Tim nachdenklich. »Ich eigne mich nicht zum Mörder, und wenn ich ehrlich bin, beruhigt mich das irgendwie. Mit diesem Kissen loszuziehen war kein gutes Gefühl.«

»Geht mir ähnlich«, murmelte Alice. »Im Fernsehen sieht es immer so einfach aus, aber in Wirklichkeit ...«

»In Wirklichkeit ist man nicht in der Lage, einen dusseligen Föhn einzustöpseln«, nickte Lena und rührte in ihrer Tasse. »Was soll's, die Sache ist gelaufen. Jetzt müssen wir uns halt auf die Suche nach einer neuen Bleibe machen. Irgendwie kriegen wir das schon hin.«

»Aber erst im neuen Jahr«, schlug ich vor. »Lasst uns wenigstens die Feiertage noch in Ruhe miteinander verbringen.«

»Recht hast du«, meinte Tim. »Sie muss erst mal das Haus bewerten lassen und anbieten. Ein bisschen Zeit bleibt uns also noch, bis die ersten Interessenten kommen. Und wer weiß, was bis dahin alles passiert.« Er sah mich an. »Meinst du, wir können noch irgendwo eine funktionierende Lichterkette auftreiben, wenn wir schon einen Weihnachtsbaum haben?«

Wir telefonierten ein wenig herum und siehe da, mein Kumpel Andreas hatte tatsächlich eine, die er nicht brauchte. Ich setzte mich ins Auto und holte sie ab. Tim nickte wohlgefällig, als wir sie in den Baum montiert hatten. »Selbst wenn ich nicht viel von Weihnachten halte, so ein Lichterbaum ist doch ganz nett«, meinte er.

Auch Alice fühlte sich motiviert, ein paar weitere Gestecke mit Kerzen und Tannengrün aus dem Garten zu basteln, und Lena wandte sich der Gänsekeule zu. Eine Stunde später roch es im ganzen Haus danach. So viel Weihnachten hatten wir gar nicht geplant.

Draußen war es inzwischen ganz dunkel geworden. In den Fenstern der Nachbarhäuser konnte man leuchtende Weihnachtsbäume erkennen – die Leute fingen an, Heiligabend zu begehen. Lena sah mich ungeduldig an. »Geh mal deine Oma wecken! In dreißig Minuten ist die Gans gar, und der Rotkohl auch!«

Mit wenig Begeisterung machte ich mich auf den Weg. Behutsam öffnete ich die Schlafzimmertür, um sie nicht zu erschrecken. »Oma? Wir wollen gleich essen!«

Sie antwortete nicht, also machte ich einen vorsichtigen Schritt ins Zimmer – und merkte, wie ich dabei auf etwas Weiches trat. »Hallo?«

Ein wenig besorgt machte ich das Licht an. Und sah Oma Edda mit merkwürdig aufgerissenen Augen auf dem Bett liegen. Ihre

Hand umkrampfte noch immer eine leere Pralinenschachtel, deren Inhalt kreuz und quer über das Zimmer verteilt war.

»Das passiert häufiger, als man denkt«, sagte der Bestatter, den wir gerufen hatten, nachdem der Rettungswagen Oma nicht mehr mitnehmen konnte. »Ältere Menschen verschlucken sich schnell und ersticken dann. Das haben wir gar nicht so selten. Aber ausgerechnet an Heiligabend! Sie hätte die Pralinen besser mit Ihnen gemeinsam gegessen. Dann hätten Sie den Erstickungsanfall mitbekommen, und sie könnte jetzt noch leben.«

Vielleicht könnte sie das. Wir nickten mit betretenen Gesichtern. Und warteten mit dem »O du fröhliche«, bis der Leichenwagen wieder abgefahren war.

DANI BAKER

The same procedure as every year

»Was ist das?« James deutete mit seinen langen, dünnen Fingern auf die Puppe, die auf dem Schuhregal neben der Haustür saß.

»Wonach sieht es denn aus?« Andrew Cooper Eaton, von seinen Freunden nur Ace genannt, warf die Tür hinter James zu. Obwohl die Temperaturen in Los Angeles im Dezember angenehm waren, lief bei ihm immer die Klimaanlage. »Zieh deine Schuhe aus und stell sie auf die Gummimatte. Gestern musste ich nach deinem Besuch die Dreckflecken vom Boden wischen.«

James unterdrückte ein Augenrollen. In seinem Beruf als Dieb war Ace immer darauf bedacht, möglichst keine Spuren zu hinterlassen. Doch leider konnte er diesen Sauberkeitsfimmel auch privat nicht abstellen. James schlüpfte aus seinen Turnschuhen und stellte sie auf besagte Matte. Dann streckte er seine Hand aus, doch bevor er die Puppe hochheben konnte, schnellte Ace' Arm vor und hielt James fest.

»Spinnst du?«, rief Ace.

»Ich wollte mir das Ding doch nur mal näher angucken.«

»Seit wann guckst du mit den Händen?« Ace ließ James los.

»Reg dich ab. Ich will das Püppchen ja nicht klauen.«

»Püppchen?« Ace zog eine Augenbraue hoch. »Man merkt, dass du keine Kinder hast.«

James presste die Lippen aufeinander. Seitdem Ace mit Lori zusammen war, die zwei Kinder aus einer anderen Beziehung mitgebracht hatte, führte Ace sich auf, als hätte er den ›Dad of the Year‹-Award in den letzten fünf Jahren in Folge gewonnen.

»Hast du noch nie vom ›Elf on the Shelf‹ gehört? Der Weihnachtself?« Ace sah ihn mit wichtigtuerischer Miene an. »Vom ersten Dezember bis Heiligabend beobachtet er in Santas Auftrag, ob die Kinder brav sind.«

»Seit wann glaubst du denn an den Weihnachtsmann?«, fragte James belustigt und folgte Ace in die Küche.

»Er ist immerhin einer unserer besten Lieferanten.«

Die beiden Männer lachten. Ace legte zwei Untersetzer auf den Esstisch, öffnete den Kühlschrank und bot James eine Cola an. Sie setzten sich gegenüber, tranken etwas und schwiegen einen Moment. Es war zu einem festen Ritual der beiden geworden. Erst wenn das Prickeln des ersten Schlucks im Mund aufgehört hatte, begannen sie, übers Geschäft zu sprechen.

Ace fuhr sich mit der Zunge über die Lippen.

»Also, wie sieht's aus?«

»In der Gegend vom letzten Jahr, also alles von der Benton Street zum Centennial Boulevard, haben die Leute ordentlich aufgestockt. Mehr Licht, überall Bewegungsmelder, Überwachungskameras, selbst einen privaten Sicherheitsdienst habe ich rumfahren sehen.«

»Das ist schlecht. Richtig schlecht.«

»Müssen wir dieses Jahr aussetzen?«

»Kannst du es dir leisten, nicht zu arbeiten?« Ace zog eine Augenbraue hoch.

James hasste ihn für diese Bemerkung. Ace wusste genau, dass er jeden Cent brauchte und dass er ohne die Weihnachtsdiebstähle nicht durchs nächste Jahr kommen würde.

»Wir versuchen es in dieser Saison am Melrose Drive«, beschloss Ace.

James verschluckte sich und hustete.

»Eine neue Gegend?«

»Wenn deine Jeans nicht mehr passt, kaufst du dir doch auch eine neue.«

»Schon, aber … Meinst du, das lohnt sich?«

»Anfangs stehen da ein paar alte kleine Häuser, aber zur Baker Avenue hin kommen bombastische Mansions.«

James drehte seine Dose zwischen den Händen. Ace und er brachen schon seit Jahren in einer gut betuchten Nachbarschaft in Los Angeles ein. Vorzugsweise zur Weihnachtszeit. Da war es leichter, auf leere Häuser zu treffen, und die Beute war auch lukrativer. Ace war der Boss, der bestimmte, wann und wo eingebrochen werden sollte, und sich um den Verkauf der gestohlenen Dinge kümmerte. James dagegen war für die Vorbereitung zuständig. Er spionierte die Nachbarschaft aus. Über die Jahre waren sie ein unschlagbares Team geworden. James hatte nie an Ace' Entscheidungen gezweifelt. Und heute würde er es auch nicht tun.

»The same procedure as every year, Ace? Die Häuser von außen prüfen, auf regelmäßige Lieferungen achten, sich mit der Quatschtante der Straße anfreunden und alle Social-Media-Accounts checken?«

»The same procedure as every year, James.«

»Was machst du?« James schaute die wackelige Leiter hinauf.

»Wonach sieht es denn aus?«, brummte Ace.

»Du erdrosselst ein Aufblas-Rentier.«

»Ich hänge Weihnachtsdekoration auf.« Ace war auffallend blass, Schweißtropfen hatten sich auf seiner Stirn gebildet.

»Hast du nicht eigentlich Höhenangst?«

Ace stieg vorsichtig die Leiter hinunter.

»Willst du mich bei Tinder anmelden, oder wieso fragst du?«

»Lass mich raten, die Kleine hat sich das gewünscht?«

Ace wurde rot und steckte den Stecker in die Steckdose. Kleine, bunte Lämpchen blinkten über der Haustür, und das Rentier bewegte sich schwankend vor und zurück auf dem Dachvorsprung.

James musste sich ein Grinsen verkneifen. Ace war Wachs in den Händen von Melody, Loris fünfjähriger Tochter. Er war vernarrt in das kleine Mädchen. Ganz im Gegensatz zu dem Teenager-Sohn, den Lori auch mitgebracht hatte. Der vierzehnjährige Jayden war bei Ace ebenso beliebt wie kalter, abgestandener Kaffee zum Frühstück. Die beiden hatten sich von Anfang an nicht leiden können. Nur Lori und Melody zuliebe versuchten sie sich zusammenzureißen. Was in der Regel bedeutete, dass die beiden sich aus dem Weg gingen.

Im Haus fiel James sofort auf, dass die Elfenpuppe nicht mehr auf dem Tisch saß. Gerade als er danach fragen wollte, entdeckte er sie in der Küche auf der Mikrowelle.

»Passte die Deko nicht in den Eingang?«

»Hm?« Ace reichte James eine Cola.

»Na, dieser Elf. Gestern saß er doch noch im Flur.« Es zischte, als James seine Dose öffnete. Cola spritzte auf den Tisch.

Ace war sofort mit einem Tuch zur Stelle und wischte die Flecken weg.

»Der fliegt nachts zum Nordpol, berichtet dem Weihnachtsmann, was er gesehen hat, und sitzt morgens dann woanders im Haus. Magie eben.«

Nachdem das Prickeln des ersten Schlucks auf James' Zunge nachgelassen hatte, deutete er auf den Elf.

»Ich finde den irgendwie unheimlich. Als wenn er mich ständig anstarren würde.«

»Darum geht's doch. Ist ja quasi der Aufpasser von Santa.«

»Hätte nicht gedacht, dass Lori so was Verspieltes gefällt.« James deutete durch die Küche ins angrenzende Wohn- und Esszimmer. »Ist ja alles sehr …« Nüchtern, das lag ihm auf der Zunge.

»Zeitlos klassisch nennt es Lori«, erwiderte Ace und deutete auf die rein in Schwarz-Weiß gehaltene Einrichtung. »Sie war auch nicht begeistert, als Jayden damit nach Hause kam.«

James verschluckte sich an seiner Cola und hustete.

»Jayden hat die Puppe angeschleppt?«

»Alle kleinen Kinder haben zuhause wohl einen Weihnachtself. Er meinte, Melody würde das auch gefallen«, knurrte Ace. Es fiel ihm sichtlich schwer, zuzugeben, dass er sich von Jayden zu so etwas hatte überreden lassen. »Er setzt ihn auch jeden Tag um. Aber das darf Melody natürlich nicht erfahren. Denn wenn man ihn anfasst, ist die Magie weg, und dann stirbt er. Leider glaubt Jayden nicht mehr daran. Sonst könnte ich ihn vielleicht davon abhalten, ständig in meinem Auto herumzuschnüffeln.«

»Hast du ihn schon wieder erwischt?«

»Dieses Mal wollte er angeblich nur in Ruhe Musik hören. Wozu habe ich ihm denn die Kopfhörer besorgt? Ich sage dir, der nimmt irgendwas. Aber genug davon.« Ace sah James erwartungsvoll an. »Also, wie sieht's heute aus?«

»Eine Theatervorstellung bei 322 Melrose.«

»Beute?«

»Geschenke liegen alle schon verpackt unterm Weihnachtsbaum, der direkt am großen Flügelfenster steht.«

»Was ist es?«

»Neues Laptop für ihn, Diamantohrringe für sie und eine Digitalkamera für den Jungen.«

»Das Mädchen?«

»Reitausrüstung. Außerdem noch ganz viel Spielzeug. Da ist aber nichts dabei zum Verkaufen.«

»Zufällig die dunkelhäutige Barbie aus der Topmodel-Kollektion? Melody wünscht sich so eine.«

James schüttelte den Kopf.

Ace trommelte mit den Fingern an seine Coladose.

»Wie lange geht die Vorstellung?«

»Bis elf Uhr. The same procedure as every year, Ace? Ich hole dich zwei Stunden vor Vorstellungsende ab?«

»The same procedure as every year, James.«

»Was ist das?« James betrachtete die bunten Zuckerstreusel und Kugeln, die zwischen den dunkelbraunen Teigplatten auf dem Küchentisch verteilt lagen.

»Wonach sieht es denn aus?« Ace wischte mit der Hand ein paar bunte Streusel zusammen und füllte sie vorsichtig in eine Tüte um.

»Als wenn das Hexenhaus von Hänsel und Gretel zusammengefallen wäre.«

»Melody will heute Nachmittag ein Lebkuchenhaus mit mir basteln. Ich wollte eben nur mal schauen, ob alles in der Packung ist, doch dann sind diese Tüten aufgeplatzt und …« Ace hob die Schultern und atmete schnell.

James sah ihn mitleidig an. So ein Chaos in der Küche musste für seinen Freund die Hölle sein. Er krempelte seine Ärmel hoch und half ihm, die Zuckerdeko zusammenzuräumen.

»Wo ist der Elf heute?«, wollte James wissen.

Ace deutete hinter sich ins Wohnzimmer.

»Tinsel hat es sich auf der Couch bequem gemacht.«

»Tinsel?«

»Offenbar muss man dem Elfen auch einen Namen geben. Melody hat sich für Tinsel entschieden.«

Ace bestand darauf, erst noch den Boden zu fegen und zu wischen, bevor sie den Abend planen würden. James setzte sich auf einen Sessel und sah Ace beim Saubermachen zu. Im Hintergrund dudelte Weihnachtsmusik aus dem Küchenradio.

He knows if you've been bad or good …

»Kannst du den Sender wechseln?«, bat James.

»Der Boden davor ist noch nass.«

… you better watch out …

James ließ seine Finger knacken.

»Meinst du, die Polizei hat uns auf dem Kieker?«

Ace fiel der Wischmopp in den Eimer und das Wasser spritzte über den Rand. Er fluchte und begann erneut über die Stelle zu wischen.

»Gibt es Weihnachten ohne ›Last Christmas‹ von Wham?«, fragte Ace genervt. »Natürlich haben sie uns nicht auf dem Kieker! Wieso sollten sie auch?« Ace drückte den Mopp vorsichtig aus und drehte sich dann zu James. »Oder hast du was aufgeschrieben?«

James schüttelte den Kopf. Er hatte schon immer ein gutes Gedächtnis gehabt, sodass er sich bei seinen Internetrecherchen nie etwas aufschreiben musste, um Ace später davon zu erzählen.

»Ohne Hinweise haben die keinen blassen Schimmer, wer die ganzen Weihnachtsdiebstähle begeht.« Ace brachte den Eimer mit dem Mopp weg und kehrte mit den Getränkedosen zurück. Er warf zwei Untersetzer auf den Couchtisch, setzte sich vorsichtig neben Tinsel aufs Sofa und wischte mit einer Serviette an seiner Dose entlang, an der ein Tropfen herunterlief.

»Was liegt für heute Abend an?«

»417 Melrose ist heute Morgen in die Karibik geflogen.«

»Bestätigt?«

»Ja, die Tochter hat nach der Ankunft gleich schon die ersten Strandbilder im Internet gepostet.«

Ace rieb sich die Hände.

»Also keine Weihnachtsgeschenke heute Abend.«

»Großer Fernseher plus zwei kleinere in den Schlafzimmern, zwei Laptops, die Nachbarn beschweren sich regelmäßig über die kristallklare und laute Soundanlage …«

Ace nickte zufrieden.

»Das wird ein schönes Sümmchen.«

»The same procedure as every year, Ace? Wir machen die Sicherheitsdienstmasche?«

»The same procedure as every year, James.«

»Was machst du?« James starrte auf die Popcornschlange, die Ace in der Hand hielt, als er ihm die Tür öffnete.

»Wonach sieht es denn aus?« Schlecht gelaunt schmiss Ace die Tür hinter ihm zu.

»Du hast Hunger.« James folgte ihm ins Wohnzimmer. Verblüfft blickte er auf Schüsseln voller Popcorn, die auf dem kleinen Tisch vor dem Fernseher standen. »Viel Hunger.«

»Melody hat gestern Nachmittag Popcornschlangen als Dekoration für den Weihnachtsbaum gebastelt.« Ace hob einen Faden hoch, an dem Popcorn aufgefädelt war. »Ich habe abends aus Versehen welche davon gegessen.«

»Du hast die Deko vom Baum gefressen?«

»Die hingen noch nicht dran, sondern lagen in einer Schüssel!«, verteidigte sich Ace. »Jedenfalls hat Melody heute Morgen geheult, und Lori meinte, ich müsse die neu machen.« Er hob eine Nadel und Faden und hielt sie James hin. »Willst du mir helfen?«

James wurde blass und winkte ab.

»Nadeln machen mich nervös.«

Es dauerte noch einen Moment, bis Ace seine derzeitige Popcornschlange beendete und einen Knoten ans Ende setzte. Während er die Cola aus dem Kühlschrank holte, legte James die Dekoration vorsichtig auf die Zweige des künstlichen Tannenbaums. Als er um den Baum herumschritt, erschrak er, als er Tinsel auf dem Fensterbrett sitzen sah.

»Wie lange wandert dieser Elf noch bei euch rum?«

»Bis zum Weihnachtsabend. Am Fünfundzwanzigsten ist er dann morgens verschwunden.« Ace stellte zwei Dosen auf den Tisch.

James' Blick wanderte immer wieder zu Tinsel, während er den ersten Schluck Cola genoss. Er hatte mittlerweile im Internet über diese Weihnachtselfen nachgelesen. Bei Kindern schien die Puppe seit Jahren sehr beliebt zu sein. Bei Eltern ebenfalls, denn so benahm sich der Nachwuchs wenigstens mal vor Weihnachten.

»Was hast du für heute Abend?«, brach Ace das Schweigen.

»423 Melrose hat einen Weihnachtsbasar in der Schule, 611 Melrose geht zu einer Chanukka-Feier im jüdischen Zentrum.«

»Jeweilige Beute?«

»423 hat die Geschenke unterm Baum, Armbanduhr für den Vater, Küchenmaschine für die Mutter, Go-Pro-Kamera für die ältere Tochter, zwei Elektroscooter für die Zwillingssöhne. 611 hat viel Silberbesteck, Schmuck und ein paar Markenhandtaschen.«

Ace spielte mit dem Dosenverschluss.

»423 ist lukrativer als 611. Aber wir waren gerade erst bei 417. Die Nachbarn dort sind also auf alle Fälle in Alarmbereitschaft.« Er nahm noch einen Schluck und sagte dann: »Wir machen 611.«

»The same procedure as every year, Ace? Wir ziehen uns festlich an und gehen als vermeintliche Gäste ins Haus?«

»The same procedure as every year, James.«

»Was ist das?« James konnte seinen Blick nicht von dem grünen Pullover wenden, den sein Freund trug.

»Wonach sieht es denn aus?«, brummelte Ace.

»Wenn du eine zweite Karriere mit Strickwaren eröffnen willst, solltest du lieber noch üben.« James betastete eine der kleinen roten Kugeln, die an der aufgestickten grünen Girlande an dem Pullover befestigt waren.

Ace schlug ihm auf die Hand.

»Was soll der Mist? Seit wann grabschen wir uns gegenseitig an die Klamotten?«

James rieb sich die Hand und trat einen Schritt zurück.

»Wieso trägst du das?«

»Melody hat heute in der Schule ›Ugly Sweater Day‹ und sich gewünscht, dass die ganze Familie dabei mitmacht.«

»Ja, also, hässlich ist das Ding«, bestätigte James.

Wortlos reichte Ace ihm eine Cola und deutete ihm an, sich zu setzen. Tinsel starrte James vom Fernseher aus an. James schnupperte.

»Was riecht hier so?«

»Duftkerzen.« Ace deutete auf ein Gesteck auf dem Tisch. »Lori ist ganz verrückt nach ›Frischer Schnee‹.«

James musste sich eine Hand vor den Mund halten, um nicht die Cola rauszuprusten. Sofort stand Ace mit einem Küchentuch neben ihm. James schluckte runter und winkte ab.

»Nichts passiert.« Er fuhr sich mit der Hand über den Mund.

»Hände?« Ace hielt ihm das Tuch immer noch vor die Nase.

Seufzend nahm James das Tuch und wischte sich seine klebrige Hand darin ab. Mit spitzen Fingern brachte Ace das Tuch zur Waschmaschine.

»Auf so einen Kram kann auch echt nur jemand aus Los Angeles reinfallen«, sagte James, als Ace zurückkam.

»Immerhin kennen wir mehr als nur zwei Jahreszeiten wie die Menschen aus Minnesota: Winter und Baustelle.« Ace nickte James zu. »Was liegt heute an?«

»Wir haben die Wahl: 278 und 280 Melrose machen ihr jährliches Weihnachtsbowling zusammen mit 15 Parker Court. Deren Garten schließt hinten an 280 Melrose an. Außerdem hat 575 Melrose gestern das Zeitungsabo ab heute abbestellt, schätze also, dass die jetzt längerfristig weg sind. Außerdem bin ich beim Checken der Social-Media-Accounts auf 68 Benton gestoßen, die heute zur Weihnachtsfeier seiner Firma gehen werden.«

»Benton ist doch raus für dieses Jahr«, erinnerte Ace ihn.

»Ja, aber weder 68 Benton noch deren angrenzenden Nachbarn haben überwachungstechnisch aufgerüstet. Und …« James hielt Ace sein Handy hin.

Ace' Mund verzog sich zu einem Lächeln, als er das Foto einer Frau sah, die eine dunkelhäutige Barbie mit einem Daumen-hoch-Zeichen in die Kamera hielt.

»Hat sie letzte Woche für ihre Nichte zu Weihnachten gekauft, aber noch nicht verpackt, weil sie noch auf ein anderes Geschenk für sie wartet. Sollte also leicht zu finden sein.«

Ace nickte.

»Gute Arbeit, James. Wir machen die drei Nachbarn, die beim Bowling sind, und holen uns die Barbie von Benton.«

»Was ist mit 575 Melrose? Beide arbeiten bei einem Tech-Unternehmen, die haben bestimmt viel Elektronikkram.«

»Finde erst mal raus, ob sie tatsächlich weggefahren sind. Nicht, dass sie ihr Zeitungsabo nur auf Eis gelegt haben, weil sie über die Feiertage ohnehin keine Zeit haben, es zu lesen.«

»The same procedure as every year, Ace? Wir kommen als Telefonreparatur-Techniker, damit wir bei den drei Häusern lange genug mit dem Van davorstehen können?«

»The same procedure as every year, James.«

»Was machst du?« James inspizierte den Karton mit DVDs, der im Flur stand.

»Wonach sieht es denn aus?« Ace nahm einen Film, schüttelte den Kopf und schmiss die Hülle zurück in den Karton.

»Du sortierst deine Weihnachtsfilmsammlung.«

»Haben wir vor zwei Jahren aus dem Haus mit dem verschrotteten Mustang in der Garage mitgenommen, erinnerst du dich?« Ace legte die DVD mit ›Kevin allein zuhause‹ neben sich.

»Ich dachte, die hättest du längst verkauft.«

»Das guckt doch nach Weihnachten kein Mensch mehr. Und da ich unsere Beute immer erst nach Silvester verkaufe …« Ace tippte auf den Film. »Meinst du, dass der Melody gefallen würde? Sie will heute einen Filmmarathon mit Weihnachtsfilmen machen.«

James hob eine Augenbraue.

»Heute? Es ist der vierundzwanzigste Dezember. Der letzte Arbeitstag für uns.«

Ace verzog das Gesicht.

»Melody wünscht sich das, weil alle ihre Freundinnen das machen.«

»Aber 703 Melrose veranstaltet heute die jährliche Weihnachtsfeier für die Nachbarn. Da sind mindestens zehn Häuser zu holen!«

Ace schüttelte den Kopf.

»Ich kann nicht. Außerdem haben die wahrscheinlich einen Sicherheitsdienst organisiert, der die Nachbarschaft kontrolliert. Wäre also zu gefährlich.«

James sackte in sich zusammen.

»Ace, warte, das kannst du nicht so einfach absagen. Da ist einer dabei, der arbeitet für diese neue Handyfirma, der soll Kartons mit Han…«

Ace winkte ab.

»Vergiss es, heute ist Movie Night. Du kannst mitgucken, wenn du willst.« Er stand auf, stieg über den Karton mit den DVDs und verschwand in der Küche.

James ließ den Kopf in den Nacken sinken und fuhr sich mit der Hand über die Stirn. Tinsel saß im ersten Stock auf dem Treppengeländer und schaute ins Nichts.

»Das heißt, wir sind fertig für dieses Jahr?«, fragte James, als Ace ohne Coladosen zurück in den Flur kam.

»Der Lagerraum bei Store-it ist ohnehin schon voll.« Ace schloss den Karton. »Mach dir keine Gedanken, wenn ich das Zeug erst mal verkauft habe, reicht die Kohle locker fürs nächste Jahr.«

James seufzte.

»The same procedure as every year, Ace? Ich komme am Neujahrstag zum Lager, und wir machen eine Bestandsaufnahme?«

»The same procedure as every year, James.«

209

Los Angeles Post, 31. Dezember 2022

Santa's Little Helper klärt Einbruchserie auf

von Lisa Myers

Der Polizei in Los Angeles ist kurz vorm Jahreswechsel ein Schlag gegen die Einbrecher gelungen, die ausgewählte Nachbarschaften seit fünf Jahren in Atem hielten. Die Polizei verhaftete Andrew Cooper Easton und James Walker, die in den letzten vier Wochen in mehr als vierzig Häuser eingestiegen waren. »Unser besonderer Dank gilt Tinsel, der uns am Weihnachtsmorgen zugespielt wurde.« Detective Kevin Franks präsentierte einen Weihnachtself bei der gestrigen Pressekonferenz. Offenbar war dieses spezielle Exemplar von einem findigen Teenager, dessen nichtsahnende Mutter mit Easton zusammenwohnte, mit einer Überwachungskamera sowie einem Aufnahmegerät ausgestattet und im Haus des Verdächtigen platziert worden.

»Als wir bei meinem Stiefvater eingezogen sind, habe ich sofort gemerkt, dass mit ihm was nicht stimmte. Aber meine Mutter war völlig ahnungslos, womit er sein Geld verdient«, berichtete Jayden Clarkson. »Um herauszufinden, was er so treibt, habe ich den Elf technisch aufgerüstet und dann im Haus immer woanders hingesetzt.«

Aufgrund dieser Aufnahmen gelang es der Polizei, das Einbrecherduo dingfest zu machen sowie das Diebesgut von diesem Jahr sicherzustellen.

»Es sieht so aus, als hätten die Einbrecher mit dem Verkauf der Ware immer bis nach Weihnachten gewartet, denn es war alles noch da. Bis auf eine gestohlen gemeldete Barbiepuppe, von der fehlt jegliche Spur«, teilte Franks mit.

CHARLOTTE CHARONNE

Mandeln und Marzipanwölkchen

Maritzebill dachte nach. Die Bitte ihrer Freundin versetzte sie nicht gerade in Verzückung. Schneeflocken segelten vom Himmel und sammelten sich an der Fensterscheibe. Sie trat näher und betrachtete die kleinen Kunstwerke. Jede Flocke war eine einzigartige Schönheit. Schnee im Advent war in Köln ebenso eine Rarität wie Weißer Klee an Weihnachten. Bestimmt würde die winterliche Pracht nicht bis dahin halten, doch zumindest für den morgigen Nikolaustag standen die Chancen gut.

»Bitte, Maritzebill«, flehte Annemie am anderen Ende der Telefonleitung. »Du kriegst das mit links hin. Du bist so ...« Sie suchte nach dem richtigen Wort. »Patent!«

»Patent?« Maritzebill lachte auf. Ihr Blick hing immer noch an der Scheibe. Sie setzte einen Schritt zurück und betrachtete ihr Spiegelbild. *Prall* war die Beschreibung, die ihr zuerst in den Sinn kam. Aber *patent*? Nun ja, zumindest hatte sie es geschafft, ihre Tochter allein großzuziehen. Dazu hatte sie die Hauswirtschaftsschule abgebrochen und sich mit Gelegenheitsjobs über Wasser gehalten, meistens mit Kellnern. Annemie hingegen hatte die Schule beendet und sogar die Meisterprüfung abgelegt. Anschließend hatte sie eine Stelle als Hausdame bei den von Wachtenbergs angetreten und strapazierte ihre Nerven bereits über zwanzig Jahre in deren Kölner Villa. Es verging kaum eine Woche, in der Annemie sich nicht über Jupp von Wachtenberg, den Hausherrn, beklagte.

»Warum hat das neue Hausmädchen eigentlich gekündigt?« Maritzebill konnte sich nicht an ihren Namen erinnern, nur daran, dass sie vor kurzem *et Bärbelche* ersetzt hatte.

»Der gnädige Herr hat sich im Ton vergriffen.« Annemie seufzte.

Der gnädige Herr! Sie verzog das Gesicht und ließ sich aufs Sofa fallen. Von einem Kissen blinzelte ihr *Rudolf mit der roten Nase* zu.

»Du meinst wohl, er hatte mal wieder einen cholerischen Anfall und sie die Nase voll.«

»Stimmt«, murmelte sie, »aber die Köchin ist wirklich krank.«

»Wer's glaubt!« Maritzebill schüttelte den Kopf. Wäre sie anstelle der Küchenfee, hätte sie sich schon lange aus dem Staub gemacht – allerdings nicht ohne die Familienjuwelen mitzunehmen –, um es sich in der Karibik gut gehen zu lassen.

»Ich habe einen Cateringservice beauftragt. Du musst also nicht kochen, sondern mir nur zur Hand gehen«, versuchte Annemie ihr die Sache schmackhaft zu machen. »Und meine Nerven beruhigen. Ich weiß, es wird etwas Schreckliches passieren.«

»Hast du dir etwa wieder die Karten gelegt?«

Schweigen.

»Das ist absoluter Mist. Und außerdem«, Maritzebill nippte an dem Orangenpunsch, »was soll schon passieren? Das Personal hat er weggeekelt, und die Familie wird kuschen, weil sie scharf auf das Erbe ist.« Sie gönnte sich einen weiteren Schluck. Der Duft von Vanille und Gewürznelken kletterte in ihre Nase und hob ihre ohnehin gute Laune. Daran konnte auch das Gejammer ihrer Freundin nichts ändern. Morgen würde sie ihren Lieblingsweihnachtsfilm anschauen und Hugh Grant anhimmeln. Damit wäre ihr Nikolausabend perfekt.

»Das ist ja das Problem«, maulte Annemie. »Wenn sie von dem neuen Testament erfahren, wird es Mord und Totschlag geben.«

»Oh, ha.« Maritzebill kannte die Neugier ihrer Freundin. »Da hat jemand gelauscht!«

»Nein.« Ihre Stimme kletterte in einen höheren Oktavbereich. »Das würde ich niemals tun.«

Darauf einen Schluck. Maritzebill prostete sich selbst zu.

»Ich habe das Gespräch zufällig mit angehört, als der Notar hier war und ich den Herren Kaffee serviert habe.« Sie schluckte hörbar.

Und danach hast du das Ohr an die Tür gepresst, um nichts zu verpassen, dachte Maritzebill. »Er wird wohl kaum so blöd sein und es allen auf die Nase binden.«

Ein Räuspern kletterte durch die Leitung. »Seine soziale Kompetenz ist leider nicht besonders ausgeprägt.«

Sie schmunzelte. Die Wortwahl ihrer Freundin war oft ebenso gehoben und verstaubt wie das altehrwürdige Gemäuer, das sie täglich umgab. Warum nannte sie die Dinge nicht einfach beim Namen? Jupp von Wachtenberg war ein Schuft!

»Bitte, Maria Sibylla.«

Maritzebill rollte die Augen. *Au weia.* Wenn jemand sie in Köln mit ihrem hochdeutschen Namen und nicht mit der kölschen Koseform ansprach, war die Lage ernst.

Tatsächlich zog ihre Gesprächspartnerin das letzte Register. »Dreißig Euro pro Stunde.«

Maritzebill schnappte nach Luft. Ihr Lieblingsfilm musste warten. »Ich komme!«, versicherte sie, und das tat sie auch.

Am nächsten Tag stand sie mit nur einer Stunde Verspätung vor der Villa und freute sich auf den Abend. Was für leicht verdientes Geld! Ein goldenes Tor trennte das Anwesen vom Rest der Welt. Sie drückte auf die Klingel, die in eine Metallplatte auf der Mauer eingebettet war.

Unverzüglich meldete sich ihre Freundin. »Maritzebill, bist du das?«

»Jaha.«

Ein Surren, und das Tor öffnete sich.

Maritzebill schritt andächtig durch den verschneiten Vorgarten, während sich das Tor hinter ihr wie von Geisterhand schloss. Bäume, Büsche und Boden waren von einer weißen Decke überzogen, die leise unter ihren Sohlen knirschte. Vor ihr hob sich die erleuchtete Villa gegen die Dunkelheit ab. Gebaut um 1900, mit zwei Etagen, Dachgauben, Erkern und Balustraden, bot sie einen zauberhaften Anblick. In den Fenstern hingen Kränze, in denen kleine Feenlichter tanzten. Rechts des Hauses stand eine Tanne, in der zahllose Lichter leuchteten.

Sie steuerte die breite Treppe an, die hinauf zum Eingang führte. Im Schnee entdeckte sie eine Fußspur, die ebenfalls dorthin verlief. Vor der ersten Stufe wandte sich die Spur nach rechts ab. Wahrscheinlich ein Lieferant, der den Nebeneingang genommen hatte. Offenbar war er noch da, denn eine Spur zurück gab es nicht.

»Du bist viel zu spät«, beschwerte sich Annemie. »Ich dachte schon, du kommst nicht mehr.« Sie legte eine Hand auf ihr Herz. »Du kannst dir nicht vorstellen, was ich durchgemacht habe.« Sie zog ein Taschentuch aus der schneeweißen Schürze und schnäuzte sich geräuschvoll die Nase.

Maritzebill drückte ihr einen Kuss auf die gerötete Wange. »Du weißt doch, dass der Verkehr bei Schnee zusammenbricht. Ich bin früh los, aber zwei Bahnen sind ausgefallen.« Der Duft von Gewürznelken und Zimt kletterte in ihre Nase. Sie schaute sich in dem Foyer um. Auf einem Konsolentisch aus massivem Holz entdeckte sie zwischen rot-weißer Weihnachtsdekoration einige Kerzen. Sicherlich verströmten sie diesen Geruch. »So spät bin ich nun wirklich nicht. Kurz vor mir muss auch noch jemand gekommen sein. Da sind Fußspuren.«

»Das war der Nikolaus.« Annemie half Maritzebill aus dem Mantel und hängte ihn zum Trocknen an einen Garderobenständer. »Das war die erste Aufregung.«

»Wieso? Du hattest ihn doch bestellt.«

»Das schon.« Annemie zog eine Flunsch. »Aber anstatt durch die Haustür zu kommen, ist er hintenherum gegangen und hat ans Arbeitszimmer geklopft. Ich konnte ihn nicht abfangen, weil ich die Plätzchen aus dem Ofen holen musste. Herr von Wachtenberg hat es zum Glück erstaunlich ruhig genommen«, sie rollte mit den Augen. »Ich schätze derartige Überraschungen überhaupt nicht.«

Maritzebill zwinkerte ihr zu. »Wahrscheinlich wollte er die Kinder nicht auf sich aufmerksam machen.«

»Genau das hat er gesagt.« Sie packte Maritzebill am Oberarm und zog sie hinter sich her in die Küche. »Die Bescherung hast du verpasst, jetzt machen sie Fotos und danach gibt's Sekt und Kanapees.« Sie befreite die erste Platte von der Klarsichtfolie.

Maritzebill nahm sich die zweite Servierplatte vor. Die mundgerecht geschnittenen Appetithappen sahen zum Anbeißen aus. Sie schob sich ein Eiersalat-Häppchen in den Mund, leckte Soße von den Fingerspitzen und schloss die entstandene Lücke geschickt. »Lecker!«

»Das darf doch nicht wahr sein.« Annemie gab ihr einen Klaps auf den Handrücken. »Und das auch nicht!« Sie stemmte die Hände in die dürren Hüften und plusterte die Wangen auf. »Ich habe ihm extra gesagt, er soll sich bei mir melden, bevor er geht.«

Maritzebill trat neben ihre Freundin und blickte hinaus. Der Nikolaus eilte mit großen Schritten durch den verschneiten Vorgarten.

Annemie griff nach der Fernbedienung, die auf der Fensterbank lag, und gab ihm den Weg durch das Tor frei. »Ich hatte noch etwas für ihn. Als kleines Extra. Die Abrechnung erfolgt über die Event-Agentur.« Sie deutete auf eine Tüte mit Keksen, an die ein Geldschein gebunden war. »Dann eben nicht.«

Gelächter erklang im Foyer.

Maritzebill streckte den Kopf durch die Küchentür. »Hier is jet loss!« Sie lachte. Zwei Mädchen stürmten kichernd die Treppe hinauf. Tausende kleiner Lichter, die in einer Girlande am Treppengeländer glitzerten, leuchteten ihnen den Weg nach oben. Aus Erzählungen ihrer Freundin kannte sie die Kinder. Die Fünfjährige mit dem blonden Pferdeschwanz war Sophie, die jüngste Tochter des Hauses, ihre gleichaltrige Spielkameradin mit der roten Wildmähne ihre Nichte. Dass Tante und Nichte im gleichen Alter waren, verdankten sie dem Umstand, dass Jupp von Wachtenberg nach dem Tod seiner ersten Gattin abermals geheiratet hatte, und zwar eine Frau, die jünger als seine eigenen Kinder war. Ebenso war Maritzebill dank Klatsch und Fotos ihrer Freundin mit den anderen Familienmitgliedern und ihren Marotten vertraut.

»Komm.« Annemie nahm eine Platte auf, nicht ohne Maritzebill aus den Augen zu lassen. »Ab in den Salon.«

Die Tür ebendieses Salons wurde aufgestoßen und hätte der Hausdame um ein Haar die Kanapees aus den Händen geschlagen. Benedikt, der jüngste Nachkomme des Hausherrn aus erster Ehe, stürzte heraus. Er besann sich, schnappte nach der Klinke und hielt ihnen die Tür auf. »Entschuldigung. Wollen Sie da wirklich rein? Ich für meinen Teil brauch frische Luft.«

Die Frauen betraten den Raum. Vertieft in ein Streitgespräch bemerkten die Anwesenden die beiden zunächst nicht. Annemie steuerte einen Sofatisch an, der samt Sitzgarnitur vor dem Kamin stand. Darin loderte ein Feuer. Die Holzscheite knisterten und knackten und verströmten einen holzigen Duft. Über den Kaminsims wanderte eine Truppe Keramik-Nikoläuse durch einen verschneiten Tannenwald.

Aus den Augenwinkeln erspähte Maritzebill in einem der Ohrensessel eine junge Frau. Ihren Kopf zierte ein Pixie Cut in einem leuchtenden Grün. Sie passte in diese Villa wie ein Naturgeist in ein

Schloss. Das musste Julia sein, Benedikts Frau. Wie ihr Mann hatte sie wohl ebenfalls beschlossen, sich auf keine Diskussion einzulassen, sondern sich stattdessen abzulenken. Ihre Daumen flitzten über die Tastatur ihres Handydisplays. Auf ihren rot geschminkten Lippen lag ein Lächeln, an ihren Ohrläppchen baumelten goldene Weihnachtskugeln.

»Die Villa, die Firma – alles hat Mama gehört. Und nun willst du es deinem Schmusi vermachen. Ich fasse es nicht.« Konstantin, Jupps Erstgeborener, machte seinem Ärger lautstark Luft.

»Lass gut sein«, flüsterte ihm seine Frau Tanja zu. »Du weißt doch, wie er ist.«

Von Wachtenbergs Gesicht war rot wie ein Hummer im kochenden Wasser. Bevor er etwas entgegnen konnte, legte seine Frau Miriam ihm eine Hand auf den Arm. Mit Strass verzierte Spangen, die mit den Kristallen der Kronleuchter um die Wette funkelten, hielten ihre blonde Hochsteckfrisur zusammen. »Rege dich nicht auf, Liebster. Bitte denk an dein Herz.«

»Seit wann hat der denn ein Herz?«, nuschelte Katharina. Sie war Konstantins Schwester und überzeugtermaßen Single. Dann bemerkte sie die beiden Haushaltshilfen. »Oh, vielen Dank.«

Es kehrte eine eisige Stille ein, in der man den Schnee hätte leise rieseln hören können.

»Wir servieren in dreißig Minuten das Essen. Wenn die Herrschaften dann bitte ins Esszimmer kommen würden.« Annemie lächelte, als sei nichts geschehen.

»Was war das denn?«, fragte Maritzebill zurück in der Küche, während sie die Maronensuppe wärmten und die Suppentassen bereitstellten.

»Das, was ich befürchtet habe. Streit ums Erbe.« Sie seufzte. »Der gesamte Familienbesitz stammt von der verstorbenen Frau von Wachtenberg. Der werte Herr hat sogar ihren Namen angenommen. Die Villa hat er seiner zweiten Ehefrau Miriam bereits

zur Geburt ihrer Tochter geschenkt. Und nun hat er sie als Alleinerbin eingesetzt.«

»Was?« Maritzebill richtete sich auf. »Darum ging es also in dem
Gespräch mit dem Notar, das du belauscht hast.«

»Ich habe nicht gelauscht.« Sie zog eine Schnute. »Als er hier war,
habe ich den Herren Kaffee serviert. Jupp von Wachtenberg nimmt
das Personal nie wahr. Für ihn gehören wir zum Inventar. Deshalb
hat er weitergeredet.« Sie räusperte sich. »Und weil es so interessant
war, habe ich extra langsam gemacht.«

»Das glaubst du doch selbst nicht.«

Auf halbwegs frischer Tat beim Lauschen an der Tür ertappt,
röteten sich Annemies Wangen. Sie wischte einen Suppentropfen
mit dem Zeigefinger vom Tassenrand und leckte ihn kurzerhand ab.

Gemeinsam jonglierten sie die Suppentassen auf zwei Tabletts
zum Speisezimmer. Kleine Dampfwölkchen stiegen auf und verbreiteten einen köstlichen Duft, der Maritzebill an die frisch gerösteten
Maronen auf dem Weihnachtsmarkt erinnerte, an denen sie sich
stets die Finger verbrannte. Bevor sie die Tür erreichten, hörten sie
eine Schimpftirade.

»Du solltest besser den Mund halten. Schließlich habe ich dir
deine Edel-Boutique eingerichtet und zahle jeden Monat die Miete.«

Ein spitzes Lachen war zu hören. Maritzebill vermutete, dass es
von Katharina stammte.

Als sie die Türschwelle zum Esszimmer passierten, schlug ihnen
eine eisige Atmosphäre entgegen. Weder das frische Tannengrün,
das einen weihnachtlichen Duft verströmte, noch die Kerzen in
den Kandelabern, die weiches Licht verbreiteten, konnten die
Stimmung aufhellen. Wahrscheinlich wären alle am Tisch festge-
froren, wenn nicht die beiden Mädchen ins Zimmer gestürmt
wären. Ihrem fröhlichen Geplapper vom Erlebnis mit dem Nikolaus über die kleinen Geschenke, die sie erhalten, bis hin zu den
Plätzchen, die sie gebacken hatten, konnten sich selbst die Er-

wachsenen nicht entziehen. Sophie kletterte auf Jupps Schoß und drückte ihm einen Kuss auf die Wange. Der alte Herr schmolz dahin wie ein Schneemann im Sonnenschein und die Temperatur im Raum stieg wieder.

Als sie die Hauptspeise, Rheinischen Sauerbraten mit Rotkohl und Klößen, servierten, schien sich die Lage stabilisiert zu haben. Konstantin stand an der Anrichte und dekantierte eine Flasche Rotwein. Er goss ein wenig aus der Karaffe in ein Rotweinglas und schwenkte die rote Flüssigkeit in dem Kelch. Dann trat er an seinen Vater heran. »Möchtest du probieren?«

Jupp ließ den Wein noch einmal kreisen, senkte seine Knollennase in das Glas und schnüffelte. Abschließend gönnte er sich einen Schluck und spülte ihn durch den Mund. Er schluckte und verzog das Gesicht. »Er korkt.«

»Dann ist ja gut, dass ich ihn nicht probiert habe.« Konstantin lachte. Die anderen stimmten ein. Sogar sein Vater. Konstantin trat erneut an die Anrichte und wählte eine andere Flasche.

Mit der steigenden Stimmung im Esszimmer entspannte sich auch Annemie in der Küche. »Du scheinst mir Glück zu bringen«, erklärte sie immer wieder. »Es wird doch noch ein guter Abend ohne Malheurchen.«

Sie trugen nun bereits das Dessert auf. Annemie platzierte einen Bratapfel im Glas vor Benedikt.

Er dankte ihr mit einem Lächeln.

Als sie mit dem Lebkucheneis den Raum betraten, änderte er seine Meinung. »Ich hätte doch lieber das Eis.« Er schob den Bratapfel zu seinem Vater. »Ich bin sicher, der findet hier noch einen dankbaren Abnehmer.« Er nahm das Eis entgegen, probierte einen Löffel voll und verdrehte genießerisch die Augen.

Nach dem Digestif verabschiedeten sich die Gäste, und Miriam von Wachtenberg brachte ihre Tochter ins Bett. Jupp nutzte die Gunst der Stunde und leerte ein Schnapsglas. Katharina hatte ihm

219

den Magenbitter zuvor eingeschenkt, aber seine Gattin hatte ihm das Glas mit einem sanften Kopfschütteln aus der Hand genommen. Danach verbarrikadierte er sich in seinem Arbeitszimmer, um ein Treffen für den nächsten Tag vorzubereiten.

Gemeinsam trugen Annemie und Maritzebill ab, brachten Salon und Esszimmer in Ordnung und die Küche auf Hochglanz. Maritzebill ließ es sich nicht nehmen, in aller Seelenruhe die restlichen Kanapees zu verputzen und den Braten zu probieren. Ein Löffel Lebkucheneis zerging gerade auf ihrer Zunge, als ein hoher, schriller Schrei durch das Haus hallte.

Annemie fuhr herum und schlug die Hände vor den Mund.

Abermals ertönte ein Aufschrei.

Annemie zitterte. Kleine Schweißperlen sammelten sich auf ihrer Stirn.

Maritzebill legte den Löffel aus der Hand, fasste sich ein Herz und eilte los.

Ein Schluchzen wies ihr den Weg ins Arbeitszimmer. Der Herr des Hauses lag ausgestreckt am Boden. Daneben kauerte seine Frau. Als Maritzebill das Zimmer betrat, wandte Miriam ihr das Gesicht zu. Es war schneeweiß. Sie wollte etwas sagen, doch es kam nur ein unverständliches Krächzen heraus.

Im Nu war Maritzebill an ihrer Seite und blickte auf den reglosen Mann. Sein Mund war aufgerissen, die Augen starrten ins Leere. Sie sank auf die Knie und tastete nach seiner Halsschlagader. Der Puls war nicht spürbar. »Er ist tot«, flüsterte sie.

»O-Gott-o-Gott-o-Gott«, lamentierte Annemie, die Maritzebill gefolgt war.

Miriam verdrehte die Augen. Dann sackte sie neben ihrem Ehemann zur Seite.

»O-Gott-o-Gott-o-Gott-o …«, jammerte Annemie erneut.

»Der hilft uns jetzt auch nicht«, stellte Maritzebill fest. »Reiß dich zusammen und hilf mir.«

»Was soll ich denn tun?« Annemies Gesicht war aschfahl. »O-Gott-o-Gott-o …«

»Hol die Polster vom Sofa!« Maritzebill drehte Miriam auf den Rücken, errichtete mit den angeschleppten Kissen einen Berg und lagerte die Beine der Bewusstlosen hoch. Dann tätschelte sie ihr die Wangen.

Ihre Augenlider flatterten.

»Mach die Terrassentür auf. Wir brauchen frische Luft.«

Annemie tat, wie ihr geheißen.

Kühle Nachtluft strömte herein.

Maritzebill atmete tief durch. Was für eine Wohltat!

Annemie schlug die Arme vor der Brust zusammen, ihre Gesichtsfarbe kehrte zurück.

Langsam öffnete Miriam die Augen. »Mir ist übel.«

»Eimer!«, befahl Maritzebill.

Annemie angelte den Papierkorb unter dem Schreibtisch hervor.

»Gib schon her.« Sie hielt Miriam den Behälter vor.

Die Hausherrin erbrach sich in einem Schwall.

»Was machen wir denn jetzt? Einen Krankenwagen rufen?« Annemie starrte sie in der Hoffnung auf weitere Befehle an.

»Dazu ist es zu spät. Die transportieren nur Kranke. Keine Toten.«

»Aber vielleicht ist er gar nicht tot.« Sie zupfte an ihrer Schürze und warf einen Blick auf den leblosen Mann.

»Sogar mausetot.« Maritzebill trat näher heran und schloss ihm die Augen. »Wir brauchen einen Arzt.«

»Ich dachte, er ist tot«, stammelte ihre Freundin.

»Für den Totenschein.« Sie rollte mit den Augen. »Wer ist sein Hausarzt? Hast du die Nummer?«

Ihre Freundin nickte und verließ das Zimmer.

»Geht's wieder?« Maritzebill legte einen Arm um Miriams Schultern. Sie schwankte wie eine Weihnachtsgirlande im Wind.

»Ich kann nicht schlafen.« Sophie stand im Türrahmen. »Ich habe vergessen, dem Nikolaus meinen Wunschzettel zu geben. Fürs Christkind. Meinst du, er kommt noch mal wieder?«

Mit drei Schritten war Maritzebill bei ihr und schob sie aus dem Raum. »Bestimmt tut er das, Liebelein. Aber nur, wenn er sieht, dass du brav schläfst.« Als sie den skeptischen Blick der Kleinen sah, nahm sie ihr den Zettel aus der Hand. »Den lege ich auf den Küchentisch. Dazu stelle ich einen Teller mit Plätzchen und ein Glas Milch. Dann kommt er im Nullkommanichts zurück.«

Ein Leuchten trat in die Kinderaugen. »Echt?«

»Großes Adventsehrenwort.« Sie hob eine Hand zum Schwur und übergab das Mädchen an Annemie, die es die Treppe hochführte.

Maritzebill eilte zurück ins Arbeitszimmer. »Frau von Wachtenberg«, sie schloss die Terrassentür, »Sie haben einen Schock, aber Sie müssen sich zusammenreißen. Für Ihre Tochter. Legen Sie sich zu ihr. Ich bringe Ihnen einen Kamillentee und dann schlafen Sie. Annemie und ich kümmern uns um alles.«

Miriam hatte keine Kraft, um zu widersprechen, und ließ sich die Treppe hinaufbugsieren. Im oberen Stockwerk schlug sie wie ferngesteuert den Weg zum Zimmer ihrer Tochter ein und legte sich angekleidet neben das Mädchen. Begeistert kuschelte sich die Kleine an ihre Mutter. Als Maritzebill mit dem Tee zurückkehrte, waren beide bereits erschöpft eingeschlafen.

»Wann kommt der Arzt denn?« Maritzebill zog eine Augenbraue hoch und musterte ihre Freundin, die im Foyer auf sie wartete.

»Da war nur die Mailbox dran. Er ist zu einem Einsatz unterwegs.«

»Wer's glaubt«, warf Maritzebill ein. »Hast du den ärztlichen Bereitschaftsdienst angerufen?«

Annemie schaute sie verständnislos an.

»Die können auch einen Totenschein ausstellen.« Sie zückte ihr

222

Handy und wählte die Nummer. Geduldig machte sie die erforderlichen Angaben. »Viel los heute. Sie schicken jemanden. Ich brauche einen Eierlikör.« Sie eilte in Richtung Küche. »Und du auch!«

»Was?« Annemie klebte an ihren Fersen. »Wie kannst du jetzt an Eierlikör denken?«

»Und gebrannte Mandeln«, ergänzte sie. »Mandeln liefern Energie. Die brauche ich jetzt, verdammt noch mal.«

Ihre Freundin folgte ihr wie ein treues Hündchen.

Im Wohnzimmer stellte Maritzebill Likör, Gläser und Mandeln auf den Tisch vor dem Kamin und drückte Annemie in den Ohrensessel. Das Feuer war erloschen, doch die Nikolausparade marschierte immer noch über den Sims. Fürsorglich bedeckte sie die Beine ihrer Freundin mit einer Decke, passend zur Jahreszeit grün mit Weihnachtssternen in voller Blüte. Schließlich füllte sie die Gläser und entfernte die rote Schleife an der Tüte. Genüsslich schnupperte sie an den Mandeln. »Die riechen gut. Hast du die gebrannt?«

Ein Nicken.

Maritzebill leerte ihr Glas auf ex und angelte eine Mandel aus der Tüte. »Bis der Arzt kommt, überlegen wir, wer ihn um die Ecke gebracht hat«, entschied sie kauend. »Und du reißt dich am Riemen und hilfst mir gefälligst. Erst mal was lockerer werden.« Sie drückte ihr das Glas in die Hand. »Hopp, hopp in dä Kopp.«

Gemeinsam leerten sie einmal mehr die Likörgläser und Annemie schien tatsächlich aufzutauen. »Du meinst, er ist keines natürlichen Todes gestorben?« Um ihre Nase wurde es wieder blass.

Maritzebill schenkte ihr nach. »Mein siebter Sinn sagt mir, dass hier etwas verdammt faul ist. Und das sind nicht die Mandeln. Die sind lecker.« Sie schob sich eine in den Mund.

»Du hast Nerven.« Ihre Freundin schüttelte den Kopf. »Mir ist richtig übel.«

»Soll ich dir einen Grog machen? Erfrischt, belebt und wärmt.«

»Maritzebill!«

»Dann trink den Eierlikör.« Sie deutete auf die gelbe Flüssigkeit. »Keine Widerrede. Der regt die Fantasie an. Und die können wir brauchen.«

Annemie leerte brav ihr Glas.

»So! Und jetzt spielen wir alle Möglichkeiten durch. Bis der Arzt eintrudelt, müssen wir uns eh auf den Beinen halten.«

»Du meinst wirklich, jemand hat ihn getötet?« Ihre Augen huschten durch den Raum.

»Könnte sein. Vorhin war er noch putzmunter, und beliebt war er weiß Gott nicht. Oder hatte er Herzprobleme oder so?«

Annemies Unterlippe bebte. »Der Arme hat tatsächlich ein schwaches Herz.« Sie korrigierte sich. »Hatte.« Sie schluckte schwer. »Schon seit frühster Kindheit. Jetzt hat er auch noch Herzrhythmusstörungen.«

»Bekam er Medikamente?«

»Ja. Er wird von dem besten Kardiologen in Köln behandelt.« Sie räusperte sich. »Wurde.«

»Siehst du! Und der hatte garantiert alles im Griff. Und an Selbstmord hat er bestimmt nicht gedacht.«

»Suizid?« Annemie bekreuzigte sich. »Er war streng katholisch.«

»Wie beruhigend.« Maritzebill gönnte sich ein weiteres Likörchen. »Wenn wir einen natürlichen Tod und Selbstmord ausschließen, bleibt nur noch Mord. Habe ich ja direkt gesagt.« Sie leckte am Rand des Glases. »Hoffentlich hat der Notarzt was auf dem Kasten und ist nicht irgend so ein Heiopei. Viele Morde bleiben unentdeckt, weil die Ärzte nicht entsprechend geschult sind.«

»Das ist nicht dein Ernst.« Annemie richtete sich auf.

»Würde ich es sonst sagen?« Sie schürzte die Lippen. »Wenn er von den Vorerkrankungen hört, bescheinigt er ganz flott einen plötzlichen Herztod oder so.« Sie holte tief Luft und sortierte ihre Gedanken. »Vielleicht wurde er vergiftet. Bei Vergiftungen reagiert der Körper oft mit Übelkeit, Erbrechen und Durchfall. Das war hier nicht der Fall. Hätten wir mitbekommen, aber …«, sie füllte die Gläser erneut, »bei Vorerkrankungen kann es schnell zu Atemlähmung oder Herzstillstand kommen. Hängt vom Gift ab. Und der Dosierung. Wichtig ist, dass wir ein Motiv finden und die Gelegenheit, den Mord ausgeübt zu haben.«

»Wieso kennst du dich so gut aus?« Annemie schaute sie erstaunt an.

»Agatha Christie. Da kann man allerhand über Gifte lernen.« Sie gönnte sich ein Schlückchen. »Also lassen wir den Abend Revue passieren. Es gab Streit.«

»Um das Erbe.« Endlich ließ Annemie sich von ihr mitreißen. »Und Konstantin hat den Wein geöffnet. Dabei verdeckte er die Flasche mit seinem Rücken. Der gnädige Herr hat gekostet. Er hätte ein Gift reintun können.« Ihre Hand legte sich auf ihren Brustkorb. Er hob und senkte sich schnell.

»Schon.« Maritzebill legte den Finger neben die Nase. »Doch wo ist das Motiv? Warum wollte er ihn umbringen?«

»Aus Rache? Das ist ein starkes Gefühl.« Annemie nickte erfreut über ihren Geistesblitz.

»Dann wäre er ziemlich blöd. Wenn er nur etwas Grips hat, hätte er versucht, sich lieb Kind bei seinem Vater zu machen.« Sie merkte, dass ihre Freundin ihr nicht folgen konnte, und erklärte: »Damit er das Testament zu seinen Gunsten ändert. Außerdem hatte er bisher einen guten Job. Würde er den behalten, wenn Miriam die Firma erbt?«

»Wenn man's so sieht«, gab Annemie kleinlaut bei.

»Deshalb denke ich, dass Benedikt es auch nicht war.«

»Benedikt?« Annemie richtete sich auf.

Maritzebill massierte sich ihren Nacken. »Er hat seinen Bratapfel an seinen Vater weitergeschoben, und der hat ihn verputzt. Natürlich hätte Benedikt den Apfel vergiften können. Aber das glaube ich nicht. Auch für ihn wäre es besser gewesen, wenn er seinen Vater überzeugt hätte, das Testament zu ändern.«

»Damit fällt Katharina auch weg?«, fragte Annemie zögerlich.

»Das sehe ich zumindest so. Sie hat ihm zwar einen Magenbitter eingeschüttet, aber ich hatte das Gefühl, die drei reißen sich am Riemen und versuchen, sich bei ihm einzuschleimen.« Sie fuhr sich mit der Hand durchs Haar.

Annemie nickte. »Es war oft so ein Auf und Ab. Sobald er drohte, den Geldhahn zuzudrehen, fraßen sie ihm aus der Hand. Wahrscheinlich verfolgten sie tatsächlich die Strategie, sich bei ihm einzuschmeicheln und ihn zu einer Änderung des Testaments zu bewegen.« Sie legte den Kopf schief. »Was ist mit Tanja und Julia?«

»Ne.« Maritzebill schnaufte. »Was sollten die denn für einen Grund haben? Für die wäre es auch besser gewesen, wenn er das Testament geändert hätte.«

»Aber dann muss es Miriam gewesen sein. Die Alleinerbin«, schlussfolgerte Annemie.

»Zumindest ist sie die Einzige, die von seinem Tod profitiert, und zwar so richtig. Jetzt gehört ihr alles bis auf den Pflichtteil.«

»Aber sie war so schockiert, als sie ihn gefunden hat.«

»Das ist das Problem.« Maritzebill nickte. »Ich kenne sie nur aus deinen Erzählungen. Habe sie immer für einen Hohlkopf gehalten. Aber die Vorstellung eben war echt hollywoodreif. Würdest du ihr zutrauen, ihn abgemurkst zu haben?«

»Was soll ich sagen?« Annemie zuckte mit den Achseln. »Ich denke, sie liebt ihn wirklich. Herrje«, sie wischte sich eine Träne aus den Augenwinkeln, »hat ihn geliebt. Und sie ist so eine Liebe. Sie hat sich sogar meinetwegen mit ihm gestritten.«

»Wieso das denn?«

»Sie meint, er zahle mir viel zu wenig für meine außerordentliche Leistung. Eine Hausdame wie ich wäre mindestens das Dreifache wert.« Annemie wuchs um einige Zentimeter.

Maritzebill zog die Augenbrauen zusammen und musterte ihre Freundin.

»Aber Miriam ist, nun ja, du hast recht, nicht sehr helle. Ich kann mir nicht vorstellen, dass sie so etwas planen könnte.«

»Wenn das so ist«, Maritzebill lehnte sich zurück, »hat's ihn vielleicht doch einfach so erwischt, oder wir haben was übersehen.« Sie schaute ihre Freundin intensiv an. »Überleg mal. Ist dir heute irgendetwas aufgefallen?«

Annemie fixierte die Feuerholzkiste neben dem Kamin. Darauf stand in geschwungenen Buchstaben *Merry Christmas*. Schließlich schüttelte sie den Kopf.

»Irgendein Kinkerlitzchen?«

»Nein.« Sie hielt inne. »Obwohl …«

Maritzebill beugte sich zu ihr vor.

»Eben im Arbeitszimmer. Da war etwas. Ich weiß aber nicht genau, was.«

»Dann gehen wir hinüber und sehen nach.« Sie erhob sich.

»Das ist nicht dein Ernst, oder?«, japste Annemie.

Maritzebill griff nach ihrem Arm und zog sie aus dem Sessel. »Und ob. Du brauchst ja keinen Blick auf die Leiche zu werfen.«

Die Hausdame seufzte ausgiebig, trottete dann aber hinter ihr her.

Maritzebill betrat das Arbeitszimmer und schaute sich um. Jupp von Wachtenberg lag unverändert auf dem Boden. Ansonsten fiel ihr nichts Verdächtiges auf. Allerdings war sie ja heute zum ersten Mal in dem Zimmer. Dicke, handgeknüpfte Teppiche bedeckten den Parkettboden. Schwere Eichenmöbel versprühten einen rustikalen Charme, dem sie leicht widerstehen konnte. Auf dem Schreibtisch hatte eine liebende Hand einen Adventsstrauß aus Tannengrün und roten und weißen Amaryllis arrangiert.

Hinter ihr stand ihre Freundin, die ihren Blick langsam über die Einrichtung schweifen ließ. Ihr Zeigefinger schnellte nach vorne. »Da!«

»Was?« Maritzebill wirbelte herum und schaute in die angedeutete Richtung, konnte aber nichts Verdächtiges erkennen.

»Die Marzipanwölkchen und die Flasche Magenbitter«, stieß Annemie hervor. »Das war sein Lieblingsgebäck. Und von Magenbitter konnte er nie die Finger lassen, obwohl er eigentlich nicht so viel trinken durfte.«

»Und was ist daran so merkwürdig?«

»Beides war heute Nachmittag noch nicht hier. Ich habe keine Ahnung, wie die Sachen hierhergekommen sind. Diese habe ich weder gebacken noch gekauft. Der werte Herr bestimmt auch nicht. Er ging nie einkaufen.«

»Bist du sicher?«

»Todsicher.« Sie schluckte, als ihr Blick die Schuhe des Toten streifte.

»Vielleicht haben seine Kinder es angeschleppt?«

Sie schüttelte den Kopf. »Ich war ihnen beim Aufhängen der Mäntel behilflich. Wenn jemand ein Gastgeschenk mitgebracht hätte, wäre mir das aufgefallen. Lass mich überlegen.« Sie schloss die Lider und tippte sich mit dem Zeigefinger an die Lippen. Urplötzlich öffnete sie die Augen wieder und stieß einen spitzen Schrei aus.

Maritzebill zuckte zusammen, als hätte ihr jemand einen Schneeball in den Kragen gesteckt. Sie folgte dem Blick ihrer Freundin, die auf die Terrassentür starrte.

»Da war jemand!« Annemie stierte in die Dunkelheit.

»Ich sehe nix.«

»Der Nikolaus!«

»Zu viel Eierlikör?« Maritzebill schnaubte auf. »Du siehst Gespenster. Wie soll der denn über die Mauer kommen?« Sie trat ans Fenster und schaute hinaus. Um besser sehen zu können, schürzte sie die Augen. Auf der Terrasse war niemand, aber im Schnee zeichneten sich frische Spuren ab. »Verdammt!«

»Ganz bestimmt«, insistierte Annemie.

»Sieht so aus, als würde der Mörder zurückkommen.« Sie spürte,

228

wie sich Adrenalin in ihrem Körper breitmachte. Konnten sie fliehen? Miriam und die Kleine waren oben. Was würde der Kerl mit ihnen anstellen? Nein. Sie mussten die Polizei rufen und sich bis zu ihrer Ankunft wacker schlagen. Sie hechtete zum Schreibtisch und öffnete die oberste Schublade. »Gibt's hier 'ne Pistole?«

»Nein.« Ihre Freundin war kreidebleich.

Maritzebill griff nach ihrem Arm und zerrte sie ins Foyer. »Golfschläger?«

Annemie nickte. Mit zitternder Hand deutete sie auf eine der Zimmertüren.

Maritzebill eilte darauf zu. Hinter der Tür befand sich der Abstellraum. In einem Regal standen Körbe mit Mützen, Handschuhen, Einkaufstaschen und anderem Kram. Auf der gegenüberliegenden Seite entdeckte sie zwei Golftaschen. Sie öffnete eine der Taschen und zerrte zwei Golfschläger heraus. Einen drückte sie ihrer Freundin in die Hand. »Ruhig bleiben«, flüsterte sie. »Der Nikolaus ist heute direkt über die Terrasse ins Arbeitszimmer gegangen. Richtig?«

Annemie nickte.

»Er könnte also die Marzipanwölkchen und den Likör mitgebracht haben.«

Annemies Kopf wippte erneut.

»Vielleicht waren sie vergiftet.« Sie überlegte. »Dann müsste jemand in dem Nikolauskostüm gesteckt haben, der seine Vorlieben kannte.«

Annemies Augen wurden groß.

»Natürlich muss er sich auch mit Gift auskennen. Das ist aber keine Kunst. Zum Backen würde ich Rizin nehmen. Die Samen sind leicht erhältlich und einfach zu zermahlen. Hochdosiert kann es tödlich sein. Aber erst nach ein paar Tagen.« Sie senkte die Stimme. »Und jetzt kommt der Mörder zurück, um zu sehen, ob sein Plan aufgegangen ist. Vielleicht wollte er noch mehr Leute umbringen.«

»Du machst mir Angst.«

»Wieso das denn?« Sie kratzte sich am Hinterkopf. »Auf uns hat er es bestimmt nicht abgesehen. Wahrscheinlich will er nur die Reste einsammeln, um Spuren zu vernichten.« Sie schaute ihre Freundin an. »Kam er dir bekannt vor?«

Glas splitterte.

Annemie öffnete die Lippen.

Blitzschnell legte Maritzebill ihr die Hand auf den Mund. »Keinen Laut!«, zischte sie leise.

Ein Scheppern.

Es kam aus dem Salon. War er schon im Haus? Warum hatte er nicht die Terrassentür zum Arbeitszimmer eingeschlagen? Hatten sie ihn dort gestört? Hoffte er, sie würden zur Haustür flüchten, wenn sie das Glas splittern hörten? Wenn er ins Arbeitszimmer wollte, musste er das Foyer durchqueren, um dorthin zu gelangen. Sie legte den Zeigefinger auf die Lippen, schob ihre Freundin in die Küche und drehte den Schlüssel um. Die Fernbedienung für das Tor lag immer noch auf der Fensterbank. Gut. So konnten sie es für die Polizisten öffnen. Sie zog ihr Handy aus der Hosentasche.

Kein Empfang.

»Verfluchte Kacke!« Sie starrte auf das Telefon.

»In der Küche gibt's kein Netz«, erklärte Annemie unnötigerweise.

»Wo denn dann?«

»Eigentlich sonst überall.«

»Na toll! Hier unten gibt's außer der Küche ja nur Salon, Ess- und Arbeitszimmer.« Sie öffnete die Küchentür und lugte hinaus.

Niemand.

Sie hielt die Luft an und lauschte.

Da! Wieder! Glas barst.

Es nützte nichts. Sie musste die Polizei alarmieren. Wer konnte schon wissen, was der Kerl vorhatte? Sie brauchten Hilfe. Auf

Zehenspitzen hetzte sie in den Abstellraum und setzte ihren Notruf ab. Ein Stein fiel ihr vom Herzen, als ihr versichert wurde, ein Streifenwagen käme sofort.

Vorsichtig drückte sie die Klinke herunter, trat zurück ins Foyer und sah rot!

Der Nikolaus trat aus dem Salon. Seine stattliche Figur stand wie eingerahmt in der Tür. Er verharrte kurz, als er Maritzebill entdeckte. Dann hob sich sein Arm. In seiner Hand blitzte ein Brecheisen.

Verdammt! Warum bin ich nicht in dem Kabuff geblieben! Sie setzte einen Fuß zurück und tastete nach der Türklinke.

Langsam, das Eisen im Anschlag, kam er auf sie zu.

Sie spürte die Klinke. Doch um die Tür zu öffnen, musste sie ihm einen Schritt entgegentreten. Ihr Herz hämmerte schwer in ihrer Brust, die Kehle schnürte sich ihr zu. Dann erspähte sie einen Schatten hinter dem Nikolaus.

Sie hielt die Luft an. Schlag zu, dachte sie.

Annemie schlich sich auf Zehenspitzen an den Kerl heran und holte aus.

Der Golfschläger traf seine Schläfe.

Überraschung zeigte sich in seinen Augen. Dann verdrehten sie sich. Er taumelte, seine Knie gaben nach und er ging zu Boden.

Vorsichtig trat Maritzebill näher und pikste ihn mit der Schuhspitze in die Seite.

Er rührte sich nicht.

»So viel Schlagfertigkeit habe ich dir gar nicht zugetraut.«

»Ich mir auch nicht.« Annemie schwankte.

Maritzebill umarmte sie fest. »Danke! Aber jetzt nicht schlappmachen.« Sie tätschelte ihre Wange. »Wir müssen ihn fesseln.«

Annemie eilte in die Küche und kehrte mit Paketband und Schinkengarn zurück. Während der Nikolaus im Traumland verweilte, verschnürten sie seine Beine. Aus dem Abstellraum holte Annemie

zwei Springseile, mit denen sie seine Handgelenke am Treppengeländer fixierten.

»Das sollte halten, bis die Polizei da ist.« Maritzebill beäugte ihr
Kunstwerk. »Fast vergessen.« Sie eilte ins Arbeitszimmer, tütete
die Marzipanwölkchen in einer Gefriertüte aus der Küche ein und
stellte Gebäck und die Flasche Magenbitter neben den gefesselten
Mann.

Langsam kam ihr Gefangener zu Bewusstsein. Ein Stöhnen kroch
aus seiner Kehle. Es knirschte wie Schritte auf Schnee.

Annemie betrachtete den Nikolaus, der blinzelnd die Augen öffnete. »Irgendwie kommt er mir bekannt vor«, überlegte sie laut.
»Ein braunes und ein grünes Auge genau wie … Das darf doch nicht
wahr sein!«

»Was?« Maritzebills Neugier verschaffte sich Luft.

Annemie zog seinen Bart vom Kinn und zerrte die Mütze mit der
weißen Haarpracht vom Kopf. »Tatsächlich! Deshalb ist er mir auch
ständig aus dem Weg gegangen. Wahrscheinlich hatte er Angst, dass
ich ihn erkenne.«

»Jetzt mach's nicht so spannend«, beschwerte sich Maritzebill.

»Das ist der Schmitze Hein!«

Maritzebill sah sie verständnislos an. »Und wer soll das sein?«

»Der frühere Geschäftspartner. Als seine erste Frau noch lebte,
haben Jupp von Wachtenberg und sie zusammen mit Schmitze Hein
das Bauunternehmen geführt. Nach ihrem Tod kam es zu Streitig-
keiten und der werte Herr hat ihn mithilfe eines Anwalts rausge-
klagt.«

»Hmm.« Maritzebill warf die Stirn in Falten. »In seinem Alter
findet er nicht so einfach etwas Neues. Wahrscheinlich hat er deshalb in der Eventagentur angeheuert und auf die passende Gelegenheit gewartet. Im Haus kannte er sich bestimmt gut aus und er
wusste von der Vorerkrankung seines ehemaligen Partners.«

Annemie nickte.

»Doch wieso hat von Wachtenberg ihn nicht erkannt?«

»Der hätte selbst mich nicht erkannt. Dienstboten waren seines Blickes nicht würdig.«

»Na. Dann haben wir den Fall ja gelöst.«

Es klingelte.

Annemie stürmte in die Küche, um das Tor für die Polizisten zu öffnen, doch sie kamen schon auf die Villa zumarschiert.

»Guten Abend.« Die beiden Männer zeigten ihren Dienstausweis. »Im Tor lag ein Holzscheit, deshalb konnten wir herein.«

Wie der dahin gekommen ist, ist ja klar, dachte Maritzebill. »Der Tote ist im Arbeitszimmer, der Mörder hier und das Gift da.« Sie deutete zunächst in Richtung Arbeitszimmer, dann auf Schmitze Hein, die Marzipanwölkchen und den Magenbitter. Schnell fasste sie ihre Theorie für die Beamten zusammen. »Stimmt's?«, wandte sie sich an Schmitze Hein.

Er lag immer noch am Boden, eingeschnürt wie eine Roulade. »Stimmt«, stöhnte er.

»Wo ist das Arbeitszimmer?«, fragte der Polizist mit den Basset-Augen.

»Hier entlang, bitte.« Annemie eilte ihm voraus.

»Und? Was ist in dem Schnaps drin?« Maritzebill stemmte die Hände in die Hüften und schaute Schmitze Hein an.

»Es kommt ja doch heraus«, seufzte er. »Roter Fingerhut.«

»Na bravo.« Maritzebill schnalzte mit der Zunge. »Hätte ich mir denken können. Der wächst an jeder Ecke und wirkt bei einem Herzfehler ruckzuck.«

Annemie kehrte mit ihrem Begleiter zurück in den Flur.

»Die Kollegen sind informiert.« Er nickte seinem Partner zu. »Wir nehmen Schmitze Hein mit.«

Gemeinsam machten sich die Männer daran, die Springseile von seinen Handgelenken zu lösen.

»Hol mal die Geflügelschere«, bat Maritzebill ihre Freundin.

Während die Polizisten Schmitze Hein Handschellen anlegten, zerschnitt Maritzebill Schinkengarn und Paketband, die seine Beine umschnürten.

Schließlich umfassten die Männer die Oberarme von Schmitze Hein und halfen ihm in den Stand.

Er torkelte.

»Warum sind Sie eigentlich zurückgekommen?«, platzte es aus Annemie heraus.

»Um die Reste einzusammeln. Wollte niemanden gefährden. Die Familie kann ja nichts dafür, dass er mein Leben ruiniert hat.«

Eigentlich ganz anständig, dachte Maritzebill, *dieser Schmitze Hein.*

Bereitwillig ließ er sich abführen, als auch schon die nächsten Beamten in Begleitung eines Arztes über die Schwelle schritten, um Jupp von Wachtenberg in die Rechtsmedizin zu überführen.

Gemeinsam mit Annemie stand Maritzebill am Küchenfenster und beobachtete, wie das Gartentor sich hinter dem Trupp mit dem Leichnam schloss. Schneeflocken schwebten vom Himmel und sammelten sich an der Fensterscheibe.

»Jetzt haben wir uns aber echt noch ein Eierlikörchen verdient. Und Mandeln. Und Marzipanwölkchen!« Maritzebill warf einen Blick auf die Tüte Gebäck, an der ein Schildchen mit Jupps Namen baumelte.

Blitzschnell griff Annemie danach und versenkte sie im Mülleimer. »Die brauche ich jetzt nicht mehr!«, flüsterte sie vor sich hin.

JUTTA PROFIJT

Stille Nacht

23. November

Endlich Feierabend, denke ich, als ich den Blinker setze. Zwei Stunden Fahrt zur Arbeit heute früh auf Straßen mit überfrorener Nässe, neuneinhalb Stunden Arbeit im fensterlosen Rechenzentrum einer deutschen Großbank, neunzig endlose Minuten Fahrt nach Hause durch Feierabendverkehr und Schneetreiben, eine Erkältung im Anmarsch – mein Tag hat mir wirklich genug abverlangt. Und nun das. Ein leuchtendes Rentier bei Friedmanns auf dem Garagendach. Es geht wieder los. Himmel, dass das Jahr aber auch immer so schnell vergeht.

24. November

Das Rentier auf Friedmanns Garage leuchtet in unser Schlafzimmerfenster und wird vom Spiegelschrank reflektiert. Marianne, seit sechsundzwanzig Jahren meine Ehefrau, seit Schröders erster Amtszeit von Schlafstörungen geplagt und seit August in den Wechseljahren, hat kein Auge zugetan. Geschlossene Rollläden erträgt sie wegen ihrer Klaustrophobie nicht – und Helligkeit raubt ihr die Nachtruhe. Der Sommer war schwierig, denn die wenigen Stunden Dunkelheit erlaubten nur wenig Schlaf. Je weiter der Herbst voranschritt, desto mehr schlief sie, zuletzt waren es fast acht Stunden. Eine Wohltat nach Monaten der Übermüdung. Das Rentier gegenüber beendet diese Zeit der Erholung. Marianne hat kein Auge zugetan – und ich auch nicht.

25. November

Das Rentier hat Gesellschaft bekommen. Ein zweites, gleichartiges Gestell aus verzinktem Stahl mit einer Lichterkette aus LEDs zieht einen Schlitten mit Weihnachtsmann. Alles blinkt. Außerdem haben die Schubecks von nebenan ihren Vorgarten geschmückt. Drei Leuchtnetze für die Kugelakazien, eine von innen beleuchtete, seidenmatte Plexiglasröhre, die wie eine Kerze aussieht. Die falsche Kerzenflamme flackert, was irritierende Lichtreflexe an die Decke unseres Schlafzimmers wirft. Ich werde mit den Schubecks reden müssen. Und mit den Friedmanns.

26. November

Neben der flackernden Kerze ist ein ballonartiger Plastikschneemann ans Netz gegangen. Sein eisblaues Licht verbreitet Aquariumsstimmung im Schlafzimmer. Marianne fühlt sich unter Wasser unwohl und geht schon mit Beklemmungen ins Bett. Meine Bitte an Herrn Schubeck, die Beleuchtung wenigstens zwischen zweiundzwanzig und sechs Uhr auszuschalten, stößt auf taube Ohren. Auf meinen »Gute Nacht«-Wunsch ernte ich ein empörtes Schnauben von meiner Frau. Aber was soll ich sonst sagen?

27. November

Die vierte Nacht in Folge, in der Marianne nicht schlafen kann. Sie wirft sich im Bett herum, steht auf, schaut aus dem Fenster und schimpft lautstark. Sie zieht die Gardinen zu, legt sich wieder hin, springt aus dem Bett und zieht die Gardinen wieder auf. Sie fragt mich in diesem gereizten Tonfall, ob ich schlafe. Was ich natürlich nicht tue. Sie fordert mich auf, noch einmal mit den Nachbarn zu reden. Ich verspreche es. Gegen halb fünf schläft Marianne endlich ein. Mein Wecker klingelt fünfundvierzig Minuten später. Marianne schläft noch, als ich das Haus verlasse.

28. November

Die Beckers aus Nummer vierzehn haben einen Leuchtstern im Küchenfenster aufgehängt. Er wechselt die Farben von Grün in der Mitte über Weiß, Gelb, Orange bis Rot nach außen. Dann blinken alle Farben gemeinsam. Ein Programmdurchlauf dauert siebzehn Sekunden, es folgt eine Pause von zwei Sekunden, dann startet der grüne Kern sein Blinken erneut. Mariannes Schlaflosigkeit und ihre Beschwerden über meinen rasselnden Atem haben mich wachgehalten. Ich fühle mich erschöpft, die Erkältung hat mich inzwischen fest im Griff. Ich überlege, mich bei der Arbeit krankzumelden – aber ich fürchte, dass ich Mariannes Gejammer über die Grausamkeit ihres Schicksals nicht ganztägig ertrage.

29. November

Gut geschlafen dank des Erkältungssaftes, den mir ein Kollege empfohlen hat. Marianne hat mich nur dreimal geweckt, um mich auf Unregelmäßigkeiten im Blinkrhythmus des Becker'schen Sterns hinzuweisen. Wenn er wenigstens regelmäßig blinke, könne sie schlafen, sagt sie. Ich hege meine Zweifel, widerspreche aber lieber nicht. Sie ist inzwischen sehr unleidlich.

30. November

Das hätte ich nicht von Frau Jansen erwartet. Sie war bisher als Einzige abstinent. Eine drehende Kerzenpyramide aus dem Erzgebirge auf dem Wohnzimmertisch und ein altmodischer Adventskranz auf dem Esstisch, den sie nur während des Abendessens anzündete, waren ihr einziger Lichterschmuck. Nun aber geht auch sie mit der Zeit. Eine Lichterkette mit zweihundertachtundvierzig LED-Lampen windet sich um ihr Balkongeländer. Die sei bei Aldi im Angebot gewesen, hat sie mir stolz erzählt.

Marianne hat mir vorm Zubettgehen bis zwei Uhr nachts erklärt, warum der Erkältungssaft Gift für mich ist. Sie hat ihn weggeworfen – aus Sorge um meine Gesundheit, sagt sie. Das Einzige, was meiner Gesundheit momentan wirklich fehlt, ist Schlaf. Ich denke heimlich über getrennte Schlafzimmer nach.

1. Dezember

Lolek und Bolek haben die Nachbarn auf der Außenspur überholt. Natürlich heißen die Brüder nicht so, aber ihre richtigen Namen enthalten keinen einzigen Vokal, und deshalb nenne ich sie Lolek und Bolek. Sie haben die beiden Doppelhaushälften neben Frau Jansen gekauft und wohnen nun dort mit ihren Frauen und ihren drei (Lolek) beziehungsweise vier (Bolek) Kindern. Fleißige Leute, wirklich. Sie haben ihre Häuser selbst gedämmt, neu verklinkert, die Dachgauben verkleidet, die Einfahrt gepflastert und halten alles tipptopp in Ordnung. Ich mag die beiden aber nicht nur deshalb. Sie essen, trinken und lachen für ihr Leben gern. Und jetzt haben sie den deutschen Nachbarn mal gezeigt, wie eine richtige Weihnachtsbeleuchtung aussieht. Lolek hat dafür extra ein neues Kabel unterirdisch bis in die Mitte der beiden Vorgärten gelegt. Daran hängt nun eine Krippenszene aus beleuchteten Glasfaserfiguren, Lichterketten vom Kellerschacht bis zur Dachtraufe, ein künstlicher Tannenbaum mit Tausenden von LEDs und eine glitzernde, von winzigen Glasfaserlichtpunkten beleuchtete Kunstschneelandschaft.

Ich stelle das Auto in die Garage, und dabei kommt mir der Gedanke, einfach einen Schlauch vom Auspuff in den Innenraum zu legen – dann könnte ich endlich so lange schlafen, wie ich will.

2. Dezember

Getrennte Schlafzimmer? Bis drei Uhr früh hat Marianne geheult und gezetert. Nach all den Jahren sei es also aus, meinte sie. Und ob ich eine andere hätte, wollte sie wissen. Und dass es eine bodenlose Gemeinheit wäre, sie allein leiden zu lassen und in Ruhe nebenan zu schlafen, anstatt das Übel der weihnachtlichen Lichtverschmutzung zu beseitigen, damit auch sie wieder schlafen könne. Ich habe ihr zugesagt, mit allen Nachbarn zu reden. Konnte auch danach nicht schlafen, da sie mich jedes Mal anstieß, wenn ich anfing zu schnarchen. Aber ohne Nasenspray (Teufelszeug!, sagt Marianne) und Erkältungssaft ist die Nase verstopft, da ist lautloses Atmen nun einmal nicht möglich. Schlafen auch nicht, das versteht sich von selbst.

4. Dezember

Während Marianne sich ausruhte, habe ich das Wochenende genutzt, um mit den Nachbarn zu reden. »Musst du Rollläden zumachen«, schlug Lolek vor. »Hast du Luxushaus mit Rollläden. Haben wir nicht. Wo ist Problem?«

Frau Jansen gab mir ein Mittelchen gegen die Beschwerden der Wechseljahre mit. Das habe ihr auch geholfen. Herr Friedmann und Frau Schubeck waren beleidigt, und Frau Becker rümpfte verächtlich die Nase über Marianne, die sich als »Nur«-Hausfrau doch den ganzen Tag ausruhen könne.

Marianne geriet außer sich, als ich ihr den Rat der Polen und das Mittelchen von Frau Jansen überbrachte. »Ich lasse mich doch nicht einsperren oder mit Gift vollpumpen.« Dann sprach sie den Rest des Tages nicht mehr mit mir, dabei waren weder die Medizin noch der Ratschlag meine Idee gewesen. Ich hätte ihr besser gar nichts davon gesagt.

Als ich Sonntagabend auf der Couch einschlief, ließ Marianne mich bis nachts um drei dort unten liegen. Als ich aufwachte, war mein Nacken steif, der rechte Arm eingeschlafen, und ich fror erbärmlich. So wird die Erkältung nie besser.

5. Dezember

Zuwachs: Zwei LED-Lichterketten, eine Weihnachtsmannpuppe, die am Regenfallrohr hängt, ein beleuchtetes Iglu, ein Leuchtband mit Intervallschaltung, sieben Meter blinkende Eiszapfen und zwölf laufende Meter Lichtervorhänge. Es ist nachts heller als an einem wolkenverhangenen Tag um die Mittagszeit. Ich habe heimlich neuen Erkältungssaft gekauft und es irgendwie geschafft, in der Arbeit zwei Stunden zu schlafen.

6. Dezember

Marianne ist inzwischen dazu übergegangen, meditative Musik zu hören. Im Schlafzimmer. Sie findet sie herrlich und kommentiert besonders schöne Stellen unter Anwendung ihres musikalischen Grundwissens, das noch aus dem Flötenkreis der Grundschule herrührt. Manchmal schläft sie dann leise summend ein. Ich nicht.

Habe übrigens eine Abmahnung bekommen.

7. Dezember

Bin heute schon gegen Mittag nach Hause gekommen, weil in der Firma die Weihnachtsfeier stattfindet. Mir ist nicht nach Weihnachten und sicher nicht nach Feiern zumute. Fand Marianne schlafend vor. Bin wütend geworden und habe sie geweckt, was sie zu erbitterten Vorwürfen veranlasste, die später in einer wahren Tränenflut endeten. Kurz darauf hörte ich, wie sie mit ihrer Mutter telefonierte und ihr anbot, über Weihnachten ein paar Tage zu kommen. Als ob alles nicht schon schlimm genug wäre. Bin abends ins Kino gegangen und habe dort geschlafen. Als ich aufwachte, war ich voller Cola und Popcorn vom Nebenmann. Demnächst sollte ich mehr Sorgfalt auf die Auswahl des Films und des zu erwartenden Publikums verwenden, anstatt mich an der Kasse nur nach dem Saal mit den bequemsten Sesseln zu erkundigen.

9. Dezember

Es hat tatsächlich noch niemand bemerkt, dass der Weihnachtsmann, der nun auch an Frau Jansens Balkon hängt, kein Weihnachtsmann ist. Dabei hatte ich das gar nicht geplant. Sie hätte mich einfach nicht fragen sollen, ob ich ihr bei der Montage helfe. Zumal ich sie gerade darum gebeten hatte, ihre Lichter um dreiundzwanzig Uhr abzustellen. Als Zeichen gegen den Klimawandel. Als Zeichen des Mitgefühls für Marianne. Als kleines Zeichen der Hilfsbereitschaft mir gegenüber. Aber sie hat sich mal wieder taub gestellt und alles mit einer energischen Handbewegung weggewischt. Stattdessen hat sie meine Hilfe eingefordert. Wie beim Schneeschippen, das ich seit Jahren für sie erledige. Oder bei der Installation der neuen Satellitenschüssel samt Receiver. Oder bei der Verlegung des Starkstrom-Herdanschlusses auf die andere Seite der Küche. Oder bei dem verstopften Klo im Sommer oder der eingefrorenen Wasserleitung letzten Winter. Aber hat sie sich jemals dafür erkenntlich gezeigt? Nein. Und jetzt noch ein Weihnachtsmann. Mit einem blinkenden Bommel an der Mütze.

Die Mütze blinkt jetzt auf Frau Jansens Kopf, der rote Kunstsamtanzug passte ihr wie angegossen. Das Seil, mit dem die Gestalt vom Balkon baumelt, musste ich allerdings gegen ein etwas stärkeres tauschen. Bin gespannt, wann jemand die olle Jansen vermisst.

10. Dezember

Marianne hat ihren Rhythmus jetzt gefunden. Wir gehen gemeinsam ins Bett, etwas anderes kommt für sie nicht infrage. Da sie weiß, dass sie sowieso nicht schlafen kann, erzählt sie mir ihren Tag. Dass der Einzelhändler gar kein Türke ist, wie sie immer glaubte, sondern Afghane. Jetzt überlegt sie, ob sie dort noch einkaufen soll, denn die sind ja alle so gefährlich. Vom Einzelhändler kommt sie zu ihrer Yogastunde, dann geht es zu ihrer Mutter, die die Feiertage höchstwahrscheinlich bei uns verbringen wird, wofür sie mir eine Liste mit den nötigen Vorbereitungen schreiben wird, und weiter zu der Masseurin, die ihr gesagt hat, sie müsse endlich mal wieder schlafen.

Nach zwei Stunden schläft Marianne ein. Ich nicht. Wenn ich endlich zur Ruhe komme, wird sie gerade wieder wach und dreht sich im Bett, seufzt, steht auf. Zwischen kurzen Phasen des Wegdösens höre ich, wie sie sich über das Licht draußen beschwert und mich auffordert, etwas zu unternehmen. Wenn sie wüsste, dass ich damit bereits begonnen habe. Leider hat es in Lichtstärke gemessen noch nicht viel gebracht, aber daran arbeite ich. Kurz bevor mein Wecker klingelt, schlafe ich ein.

12. Dezember

Ich habe mich bei der Arbeit krankgemeldet und den Tag in der Sauna verbracht. Genauer gesagt im Ruheraum. Fühle mich nach acht Stunden Schlaf zum ersten Mal seit drei Wochen wieder wie ein Mensch. In den kurzen wachen Phasen habe ich mir meine schon leicht verschütteten Kenntnisse der Elektrotechnik ins Gedächtnis zurückgerufen und einen Plan gemacht. Die Hoffnung gibt mir Kraft.

13. Dezember

Habe Teil eins des Plans ausgeführt. Es fühlt sich so gut an, dass ich tatsächlich einige Stunden schlafe, bevor Marianne mich gegen vier Uhr durch einen heftigen Stoß mit dem Ellenbogen weckt. Sie tut so, als sei das versehentlich geschehen, aber ich kenne sie besser. Im Nachhinein wundert es mich, dass sie so lange gewartet hat, denn sie fühlt sich betrogen, wenn ich schlafe und sie nicht. Aber vielleicht hatte sie es auch früher schon versucht, und meine Erschöpfung war zu groß. Ich drehe mich um, kann aber nicht wieder einschlafen. Der Wecker erlöst mich von ihrer Unruhe.

14. Dezember

Die Zeitung bringt darüber fast eine ganze Seite im Regionalteil. Ein Viertel nimmt die detaillierte Berichterstattung über den aktuellen Unfalltod ein, der Rest beschäftigt sich mit den leider oft nicht beachteten Vorsichtsmaßnahmen beim Hantieren mit elektrischen Lichterketten.

Die Nachbarschaft ist sich einig, dass Lolek ein fleißiger, sympathischer Mann war, um den es schade sei, auch wegen der Kinder. Marianne betont mir gegenüber, dass er trotz seines Fleißes aber seine osteuropäische Herkunft nicht hätte verleugnen können. Bei so einem leichtsinnigen Heimwerker, der eine nicht korrekt isolierte Außenleitung an eine nicht korrekt abgesicherte Verteilerdose in der Garage heranbastle, habe das früher oder später passieren müssen.

Die Witwe hat alle Lichter abgeschaltet, der Bruder des Opfers tut es ihr gleich. Gut. Einer weniger, um den ich mich kümmern muss. Die anderen Nachbarn kennen keine Pietät. Schade. Für sie.

15. Dezember

Ich weise Marianne darauf hin, dass mindestens zweitausend Watt abgeschaltet sind, und hoffe, dass sie sich wenigstens um Schlaf bemüht, aber sie hört mir gar nicht zu, sondern redet nach dem Zubettgehen drei Stunden lang über ausländische Mitbürger. Wie rückständig sie seien, wie unzuverlässig, tickende Zeitbomben alle miteinander. Ich würde gern schlafen, aber ihr Gerede hört einfach nicht auf. Immerhin höre ich nicht mehr zu, sondern arbeite weiter an meinem Plan. Kurz bevor mein Wecker klingelt, döse ich ein.

16. Dezember

Frau Jansen wird vermisst. Ihre Tochter hat bei der Polizei angerufen und eine Vermisstenanzeige aufgegeben. Die Polizei war
da und hat bei Frau Jansen geklingelt. Die Nachbarn wurden be-
fragt. Marianne erzählt mir alles brühwarm, als wir im Bett liegen.
Warum hat sie mir das nicht erzählt, als ich nach Hause kam? Oder
beim Abendessen? Jetzt würde ich gern schlafen, aber sie redet und
redet und redet. Morgen kaufe ich mir Ohrenstöpsel.

17. Dezember

Frau Jansen wurde immer noch nicht gefunden, obwohl inzwischen
mehrere Polizisten und Nachbarn genau unter ihr standen und den
Klingelknopf drückten. In dem Schneetreiben schaut natürlich keiner hoch und – der Kälte sei Dank – sie riecht auch noch nicht.
Marianne hat den ganzen Tag am Fenster gestanden, auch bei ihr
haben die Polizisten geklingelt, aber sie konnte ihnen nicht helfen.
Sie gibt den Wortlaut des Gesprächs jetzt zum dritten Mal wieder,
während wir nebeneinander im Bett liegen. Der Weihnachtsstern
von Beckers hat einen Wackelkontakt, weshalb die Reihenfolge der
Lichter in unregelmäßigen Abständen Lücken aufweist. Marianne
lässt sich davon ablenken und verliert den Faden, was sie zu der
Annahme veranlasst, dass sie unter beginnender Demenz leidet. Ich
versuche, nicht mehr zuzuhören.

Ich habe meinem Chef meine häusliche Situation geschildert,
damit er von einer zweiten Abmahnung absieht. Er versteht das
Problem nicht. Hätte mich auch gewundert. Trotzdem lässt er mich
diesmal noch davonkommen. Ich muss die Sache endlich zu Ende
bringen.

18. Dezember

Herr Friedmann fängt mich vor der Einfahrt ab. Ob ich mal helfen könne, er hätte da ein kleines elektrisches Problem, und ich sei doch ein Fachmann … Natürlich gehe ich mit, denn das Problem Friedmann hat mir mehr als eine schlaflose Nacht beschert. In jedem denkbaren Wortsinn. Im Keller mit den Hausanschlüssen liegt ein riesiger Karton. Vier Rentiere, ein Schlitten, ein Weihnachtsmann, alles mit Zehntausenden winzigen LEDs überzogen.

»Und das kann ich nicht an meine Außensteckdose klemmen, dann knallt mir die Sicherung raus.« Das kann ich mir vorstellen. Ich soll also …

»Ja, die Sicherung tauschen. Oder wegmachen oder …«

Ob er keine Angst habe, wo doch Lolek …

»Nein.« Herr Friedmann grinst. »Ich frage schließlich einen Fachmann.«

Er lässt mich im Keller allein, um ein Bier zu holen. Ich begebe mich an die Arbeit.

»Wann wollen Sie das denn aufbauen?«, frage ich, als ich mich verabschiede.

»So schnell wie möglich. Wir sind ja schon spät dran!«

20. Dezember

Nachdem die Feuerwehr abgezogen ist, ist es stockdunkel. Die Explosion von Friedmanns Gasanschluss hat das Nachbarhaus von Schubecks mitgerissen. Drei Tote, ein Trümmerhaufen neben dem Explosionskrater, die Stromversorgung der ganzen Straße ausgefallen. Ich lasse die Vorhänge offen, als ich ins Bett klettere. Meine Augenlider sind so schwer, dass ich kaum glaube, sie jemals wieder öffnen zu können. Ich sinke in die Kissen. Endlich schlafen.

»Also, das ist wirklich nicht zu glauben«, erklingt Mariannes schrille Stimme dreißig Zentimeter neben meinem rechten Ohr.

»Gute Nacht«, murmele ich.

»Gute Nacht? Du kannst doch jetzt nicht etwa schlafen?«

»Hm …«, brumme ich.

Marianne ist hellwach, sie stützt sich auf den linken Arm, damit sie mir ins Gesicht sehen kann. »Frau Jansen, die sich mit dem Seil selbst erhängt. Lolek, mit der Lichterkette vom Stromschlag getroffen, und nun auch noch die Explosion …«

»Marianne«, flüstere ich, »es ist dunkel. Es ist still. Schlaf gut.«

»Bei so viel Unglück kann man doch nicht schlafen.«

Und wenn Marianne das sagt, dann gilt das auch für mich.

21. Dezember

Der vorletzte Arbeitstag dieses Jahres. Ich schlafe mit der Wange auf dem Schreibtisch, als der Chef plötzlich in meinem Büro steht. Er sucht eine Akte. Mein Blutdruck ist so weit im Keller, dass ich ihn zuerst nicht erkenne. Der Aktenordner, auf dem ich liege, hat einen Abdruck auf meinem Gesicht hinterlassen, mein Speichel einen Fleck auf dem Ordner. Es ist mir nicht einmal peinlich. Gerade mal eine Stunde hatte ich zu Hause die Augen zugemacht, dann klingelte der Wecker. Während der Chef aus dem Zimmer stürmt, denke ich an Marianne. Sie liegt jetzt sicher im Bett oder auf dem Sofa und träumt selig. Der Chef kehrt mit dem Personalsachbearbeiter in mein Büro zurück, ich nehme die zweite Abmahnung entgegen.

»Noch ein Fehler …«, droht mein Chef.

Ich nicke.

22. Dezember

Die Polizei klingelt nur Minuten, nachdem ich die Schuhe ausgezogen habe. Aufgrund der ungewöhnlichen Häufung von Unfällen im Sperberweg sei man gezwungen, Ermittlungen anzustellen. Ich antworte auf alle Fragen, bin den Herren aber keine große Hilfe. Was sollte ich ihnen auch erzählen? Nachts geht Marianne die Fragen der Polizei einzeln durch, erwägt alle möglichen Antworten, implizit oder explizit, und versucht, sich jedes Wort eines jeden Nachbarn der letzten zehn Jahre ins Gedächtnis zurückzurufen. Immer wenn ich eindöse, stößt sie mir den Ellbogen in die Rippen.

»Schlaf, Marianne«, sage ich leise.

»Bei so viel Grausamkeit kann man doch nicht schlafen.«

Ich spüre, wie mir eine Träne aus dem Augenwinkel ins Kissen rinnt. All der Aufwand – und trotzdem kein Schlaf. Sollen alle diese Menschen umsonst gestorben sein?

23. Dezember

Mariannes Mutter kam mit dem ICE aus Frankfurt, ich habe sie am Bahnhof abgeholt. Nun ist auch tagsüber der letzte Rest Ruhe dahin. Mariannes sonst übliches Mittagsschläfchen fällt aus, und sie verzichtet auf ihre geliebten Fernsehserien. Stattdessen schnattern Mutter und Tochter ohne Pause. Das Schneetreiben verhindert ihre geliebten Spaziergänge, die Wettervorhersage macht keine Hoffnung auf Besserung. Bis ins neue Jahr will Mama bleiben. Bei so viel Gerede am Tag ist Marianne abends noch ganz aufgekratzt, sie wird mir jede Nacht brühwarm berichten, worüber sie mit ihrer Mutter gesprochen hat. Ich gehe zur letzten verbliebenen Telefonzelle des Viertels und rufe die Polizei an. Nur eine Verhaftung kann mir jetzt noch helfen.

24. Dezember

Sie haben Marianne gegen zehn Uhr abgeholt. Ihre Fingerabdrücke waren an Frau Jansens Geländer sowie an Loleks Verteilerdose in der Garage. In ihrer Schmuckschatulle fand die Polizei einen Schaltplan von Friedmanns Hausanschluss. Als ausgebildete Fernmeldeingenieurin hatte Marianne das nötige Wissen, um die Unfälle zu inszenieren. Der anonyme Anrufer hatte sie die »Weihnachtsfurie« genannt, und plötzlich erinnerten sich alle Nachbarn, wie rücksichtslos Marianne immer gegen andere war, während sie selbstverständlich erwartete, dass man Rücksicht auf sie nahm. Und jeder wusste, wie sehr sie die Weihnachtsleuchtdekoration hasste.

Wie man Fingerabdrücke von einem Wasserglas abnimmt und auf eine beliebige Stelle appliziert, kann man übrigens im Internet nachlesen, und wie man den Computer danach von verräterischen Spuren säubert, weiß niemand besser als ich.

Die Schwiegermama habe ich in einem kleinen, privaten Gästehaus in fußläufiger Nähe zur JVA untergebracht. Sie darf Marianne täglich besuchen, an den Feiertagen sind sogar Geschenke erlaubt.

Im Radio läuft Stille Nacht. Ich lächle selig, während ich den Kopf sanft auf das Kissen sinken lasse. Stille Nacht.

Endlich.

DIE AUTORINNEN UND AUTOREN

Jussi Adler-Olsen veröffentlicht seit 1997 Romane, seit 2007 die erfolgreiche Serie um Carl Mørck vom Sonderdezernat Q. Er ist einer der erfolgreichsten Bestsellerautoren weltweit. Seine vielfach preisgekrönten Bücher erscheinen in über 40 Ländern und wurden mehrfach verfilmt.
›Kredit für den Weihnachtsmann‹ 35
(© Jussi Adler Olsen. Für die Übersetzung © 2011. dtv Verlagsgesellschaft mbh & Co. KG, München. Deutsch von Hannes Thies)

Dani Baker, Jahrgang 1974, wuchs in der Lüneburger Heide auf. Während ihres Studiums der Umweltwissenschaften und einem Doktortitel in Pädagogik verschlug es sie nach Bern, San Francisco und Hannover. Seit 2010 lebt sie mit ihrer Familie in der Nähe von Toronto, sie arbeitet freiberuflich für verschiedene Verlage und schreibt am liebsten Wohlfühlkrimis. Mehr über die Autorin: www.danibakerbooks.com
›The same procedure as every year‹ 198
(Erstveröffentlichung. Abdruck mit freundlicher Genehmigung der Autorin. © 2022 Dani Baker)

Dietmar Bittrich ist ein Hamburger Autor und Herausgeber. Er war viele Jahre als Reisereporter und Begleiter auf Studienfahrten unterwegs. Für dtv sammelte er dabei u.a. ›Böse Sprüche für jeden Tag‹ und kurze Geschichten vom Reisen: ›Müssen wir da auch noch hin?‹. Zuletzt erschien sein Garten-Krimi ›Zum Niedermähen schön‹. Mehr über den Autor unter: www. dietmar-bittrich.de
›Festliche Schussfahrt‹ 26
(Erstveröffentlichung. Abdruck mit freundlicher Genehmigung des Autors. © 2022 Dietmar Bittrich)

Charlotte Charonne wurde in der Nähe des Kölner Doms geboren. Nach dem Studium der Betriebswirtschaftslehre arbeitete sie bis zur Geburt ihrer drei Kinder in verschiedenen internationalen Werbeagenturen. 2002 zog die fünfköpfige Familie nach Thailand. Charonnes Gedichte und Kurzgeschichten werden seitdem in zahlreichen Anthologien veröffentlicht. Heute schreibt sie schwerpunktmäßig Thriller und Urban Fantasy. Seit 2018 lebt sie wieder in Köln.
›Mandeln und Marzipanwölkchen‹ 211
(Erstveröffentlichung. Abdruck mit freundlicher Genehmigung der Autorin. © 2022 Charlotte Charonne)

Marlies Ferber, geboren 1966, studierte Sinologie in Deutschland, China und den Niederlanden und arbeitete viele Jahre als Verlagslektorin, bevor sie sich ganz dem Schreiben und Übersetzen widmete. Für dtv schrieb sie die originelle vierbändige 0070-Krimi-Reihe um den britischen Ex-Agenten James Gerald im Ruhestand. 2021 erschien ihr Roman *Wohin die Reise geht*. Mehr über die Autorin unter www.marliesferber.de
›Null-null-siebzig: Operation Dottie‹............................ 44
(Erstveröffentlichung. Abdruck mit freundlicher Genehmigung der Autorin. © 2022 Marlies Ferber)

Randi Fuglehaug ist eine norwegische Autorin und Free-Lance-Journalistin. 2022 ist ihr erster Kriminalroman unter dem Titel *Todesfall* auch in Deutschland erschienen. Die Autorin lebt mit ihrer Familie in Oslo.
›Wer will Weihnachten schon auf die Lofoten?‹ 65
(Abdruck mit freundlicher Genehmigung der Autorin. © 2022 Randi Fuglehaug. Im Original erschienen in: Påskekrim, Strawberry Publishing, Oslo 2021. Deutsch von Christel Hildebrandt in Zusammenarbeit mit den Teilnehmerinnen des nordischen ÜbersetzerInnenseminars 2021 im Nordkolleg)

Frank Goldammer, 1975 in Dresden geboren, erlernte einen Handwerksberuf und begann mit zwanzig zu schreiben. Mit den Bänden seiner erfolgreichen historischen Kriminalroman-Reihe über den Ermittler Max Heller landet er regelmäßig auf den Bestsellerlisten. Er lebt mit seiner Familie in seiner Heimatstadt. Mehr über den Autor: www.frank-goldammer.de

›Der Weihnachtsmann ist tot – es lebe der Weihnachtsmann‹ 88
(Erstveröffentlichung. Abdruck mit freundlicher Genehmigung des Autors. © 2022 Frank Goldammer)

Romy Hausmann, Jahrgang 1981, hat sich 2019 mit ihrem Thrillerdebüt *Liebes Kind* an die Spitze der deutschen Spannungsliteratur geschrieben: *Liebes Kind* landete auf Platz 1 der SPIEGEL-Bestsellerliste, mit *Marta schläft* und *Perfect day* folgten 2021 und 2022 ihre nächsten Bestseller. Mehr über die Autorin unter www.romy-hausmann.de

›Merry Misery‹ 76
(Abdruck mit freundlicher Genehmigung der Autorin. © 2022 Romy Hausmann)

Ulrich Hefner ist Polizeibeamter und Autor. Er lebt mit seiner Familie in Lauda-Königshofen. Er schreibt erfolgreiche Thriller sowie die Krimiserie um den Polizeiermittler Martin Trevisan und, unter dem Pseudonym Max Zorn, Ostseekrimis. Er ist Mitglied im DPV und bei den Polizeipoeten und gewann mit einem Treatment zur ZDF-Serie ›Wilsberg‹ den mit dem Grimme-Preis ausgezeichneten Wettbewerb eScript 2002. Mehr über den Autor: www.ulrichhefner.de und www.autorengilde.de

›Requiem für den Nikolaus‹ 113
(Abdruck mit freundlicher Genehmigung des Autors. © 2022 Ulrich Hefner)

Dora Heldt, 1961 auf Sylt geboren, ist gelernte Buchhändlerin und lebt heute in Hamburg. Mit ihren Romanen führt sie seit Jahren die Bestsellerlisten an, die Bücher werden regelmäßig verfilmt. Weitere Informationen unter www.dora-heldt.de

›Geld oder Lebkuchen‹ 7
(© dtv Verlagsgesellschaft mbH & Co. KG, München. Auszug aus: D. Heldt, Geld oder Lebkuchen, München 2022)

Rebecca Michéle, 1963 in Rottweil geboren, schreibt seit ihrer Jugend und hat unter verschiedenen Pseudonymen bereits über vierzig Romane veröffentlicht. Eine besondere Beziehung verbindet sie mit den britischen Inseln, wo viele ihrer Geschichten spielen. Bei dtv erschien zuletzt ihr historischer Roman *Das Geheimnis des blauen Skarabäus*. Sie lebt mit ihrer Familie am Fuß der Schwäbischen Alb.

›Plumpudding mit Schuss oder Ein fast perfekter Mord‹ . . . . 151 (Erstveröffentlichung. Abdruck mit freundlicher Genehmigung der Autorin. © 2022 Rebecca Michéle)

Jutta Profijt wurde gegen Ende des Babybooms in eine weitgehend konfliktfreie Familie hineingeboren. Nach einer kurzen Flucht ins Ausland kehrte sie ins Rheinland zurück und arbeitete als Projektmanagerin im Maschinenbau. Heute schreibt sie sehr erfolgreich Bücher und lebt mit ihrem Mann, fünf Hühnern und unzähligen Teichfröschen auf dem Land. Mehr über die Autorin unter www.juttaprofijt.de

›Stille Nacht‹. . . . . 235 (Abdruck mit freundlicher Genehmigung der Autorin. © 2022 Jutta Profijt)

Anne B. Ragde wurde 1957 im westnorwegischen Hardanger geboren. Sie ist eine der beliebtesten und erfolgreichsten Autorinnen Norwegens und wurde mehrfach ausgezeichnet. Mit ihren Romanen *Das Lügenhaus*, *Einsiedlerkrebse* und *Hitzewelle* gelangen ihr einige die größten norwegischen Bucherfolge.

›Eine Pistole mehr oder weniger‹ . . . . 17 (Abdruck mit freundlicher Genehmigung der Autorin. © 2022 Anne B. Ragde. Ins Deutsche übersetzt von Gabriele Haefs.)

Ursula Schröder arbeitet neben ihrer Schriftstellertätigkeit in ihrer eigenen ›Text-&-Ideenwerkstatt‹ als PR-Beraterin. Mittlerweile sind fünfzehn Romane und mehrere Kurzgeschichten von ihr erschienen. Sie lebt mit ihrer Familie im Sauerland.

›Perfektes Timing‹ . . . . 176 (Erstveröffentlichung. Abdruck mit freundlicher Genehmigung der Autorin. © 2022 Ursula Schröder)